BIENVENUE DANS L'ANTHROPOCÈNE

Chroniques sensibles des choses humaines

John Green

BIENVENUE DANS L'ANTHROPOCÈNE

Chroniques sensibles des choses humaines

Traduit de l'anglais (États-Unis)
par Nathalie Peronny

Gallimard

Titre original : *The Anthropocene Reviewed – Essays on a Human-Centered Planet*
Édition originale publiée en 2021 aux États-Unis par Dutton,
une marque du groupe Penguin Random House LLC.

Texte composé en Bembo MT Pro

Je dois admettre que je ne suis pas un grand fan des pages de copyright en général, avec leurs trucs écrits en tout petit, leur jargon incompréhensible et leurs clauses légales à tendance moralisatrice. Mais j'aime bien le fait qu'elles permettent de citer la police de caractère du livre, comme on le voit ci-dessus. Ce livre a été composé en Bembo. La police de caractère Bembo a été inventée en 1929 par la Monotype Corporation, mais elle s'inspire d'un lettrage conçu à l'origine en 1495 par Francesco Griffo, qui travaillait pour le célèbre imprimeur vénitien Aldus Manutius. La première presse typographique est arrivée à Venise en 1469 ; trente ans plus tard, il en existait plus de quatre cents, et elles servaient à imprimer toutes sortes de textes, des classiques grecs aux journaux de voyage. La police de caractère baptisée Bembo s'inspire de celle créée pour imprimer le court récit d'expédition de Pietro Bembo sur le mont Etna. Robert Slimbach a vanté son « parfait équilibre entre beauté et fonctionnalité », avis que je partage entièrement, bien que je ne sois pas typographe. Ma note pour la police de caractère Bembo est de 4,5 étoiles.

À mes amis, collègues et compagnons de voyage,
Rosianna Halse et Stan Muller

SOMMAIRE

BIENVENUE DANS L'ANTHROPOCÈNE

Chroniques sensibles des choses humaines

Dans le monde de l'édition et de l'impression, cette page est appelée «faux-titre» parce qu'elle indique le titre de l'ouvrage, mais pas son sous-titre ou son auteur. Si le faux-titre remplissait jadis une fonction bien précise dans le processus d'impression et de reliure, sa raison d'être est purement ornementale de nos jours. Je n'ai jamais été très fan des faux-titres. Quand j'en arrive là, en tant que lecteur, je connais déjà le titre du livre que je m'apprête à lire et, au pire, je peux toujours me référer à la couverture. Cela dit, à notre ère de lecture sur écran, toutes les étapes de la fabrication d'un livre peuvent sembler anachroniques. Et je voue un amour profond au papier et au texte imprimé. Ma note pour le faux-titre est donc de 2,5 étoiles.

INTRODUCTION

Mon roman *Tortues à l'infini* a été publié aux États-Unis en octobre 2017. Après un mois de tournée promotionnelle, je suis rentré chez moi, à Indianapolis, et j'ai taillé un chemin entre la cabane de mes enfants et la petite pièce où ma femme et moi nous installons souvent pour travailler, pièce qui, selon le point de vue, s'apparente soit à un bureau, soit à un abri de jardin.

Je ne parle pas de tailler un chemin sur le plan métaphorique. Il s'agissait d'un véritable sentier au milieu des bois, où j'ai dû élaguer des dizaines de chèvrefeuilles invasifs et luxuriants comme il en pousse dans toute la partie centrale de l'Indiana, puis arracher le lierre grimpant qui s'était invité un peu partout, avant de recouvrir le sol de copeaux de bois et de border la voie de briques. J'y ai travaillé dix à douze heures par jour, cinq à six jours par semaine, pendant un mois. Quand tout a été terminé, j'ai chronométré le trajet à pied entre notre bureau et la cabane des enfants. Cinquante-huit secondes. Il m'avait fallu un mois pour construire un trajet de cinquante-huit secondes à travers bois.

Une semaine après la fin de ces grands travaux, j'étais en train de fouiller un tiroir à la recherche d'un stick à lèvres quand j'ai soudain perdu l'équilibre. Le monde s'est mis à tanguer autour de moi, j'étais comme un tout petit bateau au milieu d'une mer démontée. Mes yeux se sont révulsés et j'ai été pris de vomissements. J'ai été conduit d'urgence à l'hôpital mais le monde a continué à vaciller pendant des semaines. On a fini par me diagnostiquer une labyrinthite, une maladie de l'oreille interne au nom très poétique, mais dont je ne recommande l'expérience à personne.

Ma convalescence m'a imposé de garder le lit pendant des semaines sans pouvoir lire, regarder la télé ou jouer avec mes enfants. Je n'avais que mes pensées pour me distraire – et elles pouvaient être légères, à la dérive dans un ciel morne, ou m'écraser du poids de leur stressante et sournoise omniprésence. Durant ces longues journées d'immobilité, mon esprit s'est mis à voyager dans tous les sens et à arpenter le passé.

On a un jour demandé à l'écrivaine Allegra Goodman : « Qui aimeriez-vous voir écrire l'histoire de votre vie ? », et elle a répondu ceci : « Je crois que je l'écris moi-même mais, comme je suis une romancière, tout est en langage codé. » S'agissant de mes livres, j'avais l'impression qu'un nombre croissant de gens croyaient comprendre le code. Ils partaient du principe que je partageais la vision du monde de certains de mes personnages, ou bien me posaient des questions comme si *j'étais* l'un de mes personnages. Un intervieweur célèbre m'a demandé si, comme le narrateur de *Tortues à l'infini*, je faisais aussi des crises de panique quand j'embrassais quelqu'un.

Bien sûr, j'avais tendu la perche en parlant ouvertement de mes troubles psychologiques. Mais parler autant de moi dans le contexte de la fiction commençait à m'épuiser, voire à me déranger. J'ai rétorqué à l'intervieweur que non, le fait d'embrasser quelqu'un ne m'inspirait pas d'angoisse particulière, mais qu'il m'arrivait en revanche de faire d'intenses et effrayantes crises de panique. À mesure que je parlais, j'avais l'impression de m'éloigner de qui j'étais – comme si je n'étais plus vraiment moi-même mais une chose que j'essayais de vendre, ou de louer, en échange de bons articles dans les journaux.

Bref. Pendant ma phase de convalescence, je me suis soudain aperçu que je n'avais plus envie d'écrire en langage codé.

En 2000, j'ai travaillé quelques mois comme jeune aumônier dans un hôpital pour enfants. Je m'étais inscrit en fac de théologie pour devenir pasteur épiscopalien, mais mon expérience à l'hôpital m'a radicalement fait changer d'avis. J'étais incapable de supporter la détresse que je voyais autour de moi. Et c'est toujours le cas. J'ai plaqué mes études de théologie et je suis parti vivre à Chicago, où j'ai travaillé comme dactylo dans des agences d'intérim jusqu'à ce que le magazine *Booklist*, un bimensuel de critiques littéraires, m'embauche pour faire de la saisie informatique.

Quelques mois plus tard, j'ai eu l'occasion de signer ma toute première chronique quand une rédactrice en chef m'a demandé si j'aimais les romans à l'eau de rose. Je lui ai répondu que j'adorais ça, et elle m'a confié la recension d'un livre dont l'intrigue se déroulait dans le Londres du XVIIe siècle. Durant les cinq années suivantes, j'ai chroniqué des centaines d'ouvrages pour *Booklist* (des beaux livres sur Bouddha aux recueils de poésie) et je me suis passionné pour le format des chroniques littéraires. Celles du magazine étaient limitées à 175 mots, ce qui voulait dire qu'une même phrase était censée remplir plusieurs fonctions. Chaque chronique devait à la fois présenter un livre et l'analyser. Les compliments devaient cohabiter avec les critiques.

Chez *Booklist*, les chroniques n'ont pas de système de notation à cinq étoiles. Et à quoi bon? En 175 mots, on peut communiquer bien plus d'informations au lecteur qu'une simple note pourra jamais le faire. Le système de notation à cinq étoiles n'est apparu dans le champ de l'analyse critique que depuis quelques décennies. Utilisé sporadiquement par les critiques de cinéma depuis le début des années 1950, il ne s'applique aux hôtels que depuis 1979, et son usage pour les livres s'est seulement généralisée avec l'ajout des commentaires clients sur le site d'Amazon.

La notation sur cinq étoiles n'est pas vraiment là pour informer les humains; elle sert surtout aux systèmes d'agrégation de données, ce qui explique pourquoi elle s'est imposée à l'ère d'Internet. Tirer des conclusions sur la qualité d'un livre à partir d'une chronique de 175 mots est très compliqué pour une intelligence artificielle. Une note sur cinq étoiles, en revanche, est pour elle la donnée idéale à traiter.

On pourrait être tenté de voir la labyrinthite comme une métaphore : ma vie était déséquilibrée, et j'ai donc été frappé par un trouble de l'équilibre. Je venais de passer un mois à construire un sentier bien droit pour m'apercevoir que la vie n'est jamais faite de lignes droites, mais plutôt d'étourdissants dédales qui se replient sur eux-mêmes. Aujourd'hui encore, je me surprends à rédiger cette introduction comme un labyrinthe, en repassant par des endroits que je croyais avoir quittés.

Mais la métaphorisation de la maladie est précisément ce contre quoi j'ai voulu écrire dans *Tortues à l'infini* et *Nos étoiles contraires* – deux romans qui, je l'espère, ne présentent pas les troubles obsessionnels compulsifs et le cancer comme des batailles à remporter ou une manifestation symbolique des défauts des personnages ou je ne sais quoi encore, mais comme des maladies avec lesquelles il faut s'efforcer de vivre au mieux. J'ai développé une labyrinthite, mais pas parce que l'univers voulait me donner une bonne leçon sur l'importance de l'équilibre. Je me suis donc efforcé de vivre avec – au mieux. Au bout de six semaines, j'allais déjà beaucoup *mieux*, mais il m'arrive aujourd'hui encore d'avoir des vertiges. Et c'est une expérience terrifiante. Je le sais désormais avec une certitude viscérale : la conscience est une chose fragile et éphémère. Et il ne s'agit pas d'une métaphore pour comparer la vie humaine à un parcours d'équilibriste.

À mesure que mon état s'améliorait, je me demandais ce que j'allais faire du reste de mon existence. J'ai recommencé à poster une vidéo tous les mardis et à enregistrer un podcast avec mon frère, mais je ne me suis pas remis à l'écriture. Cet automne et cet hiver ont constitué pour moi la plus longue période sans écrire pour des lecteurs depuis mes quatorze ans. Certes, l'écriture me manquait, mais comme un être que j'avais aimé autrefois.

J'ai quitté *Booklist* et Chicago en 2005 parce que ma femme, Sarah, allait terminer ses études à New York. À la fin de son doctorat, nous sommes partis nous installer à Indianapolis, où elle a été engagée comme curatrice d'art contemporain à l'Indianapolis Museum of Art. Et c'est là que nous vivons depuis.

J'ai lu tellement de livres pendant mes années chez *Booklist* que je ne sais même plus quand je suis tombé sur le mot *anthropocène* pour la première fois. Mais je dirais que c'était en 2002. L'Anthropocène est un terme inventé pour définir notre ère géologique caractérisée par l'incidence profonde et significative des humains sur la planète et sa biodiversité. Rien n'est plus humain que d'exacerber le rôle des humains, mais nous sommes à l'évidence une force éminemment puissante sur la Terre au XXIe siècle.

Mon frère, Hank, qui a commencé sa carrière professionnelle comme biochimiste, m'a un jour expliqué les choses en ces termes : « En tant qu'être humain, ton plus gros problème, c'est les humains. Tu es vulnérable face à eux, et tu dépends d'eux. Imagine maintenant que tu es un fleuve, un désert ou un ours polaire au XXIe siècle. Ton plus gros problème, c'est *aussi* les humains. Tu es tout aussi vulnérable face à eux, et tu dépends également d'eux. »

Hank m'avait accompagné lors de cette fameuse tournée promotionnelle à l'automne 2007. Pour passer le temps durant nos longs trajets en voiture entre deux villes, nous jouions à qui trouverait les avis Google les plus absurdes sur les sites que nous étions en train de traverser. Un internaute prénommé Lucas, par exemple, n'accordait qu'une seule étoile au parc national des Badlands, avec ce commentaire : « Pas assez de montagnes. »

En l'espace de quelques années après mon départ de *Booklist*, le monde entier semblait être devenu critique ou chroniqueur et jugeait utile de donner son avis sur tout et n'importe quoi. Le système de notation à cinq étoiles ne s'appliquait plus seulement aux livres et aux films, mais aussi aux toilettes publiques et aux photographes de mariage. Le médicament que je prends pour soigner mon trouble obsessionnel compulsif a généré plus de 1 100 avis sur Drugs.com, avec une note moyenne de 3,8. Une scène dans le film adapté de *Nos étoiles contraires* a été filmée sur un banc à Amsterdam ; ce banc fait maintenant l'objet de centaines d'avis Google. (Mon préféré, associé à une note de 3 étoiles, résume de façon laconique : « C'est un banc. »)

Hank et moi étions fascinés par cette nouvelle mode consistant à mettre des notes étoilées sur tout. Je lui ai avoué que j'avais eu l'idée d'écrire une chronique sur la bernache du Canada, quelques années auparavant

Et il a eu cette phrase :

– L'Anthropocène… de 1 à 5 étoiles !

J'avais déjà écrit certaines de ces chroniques en 2014 : celle sur la bernache du Canada, et aussi celle sur le Diet Dr Pepper. Début 2018, je les ai envoyées à Sarah pour lui demander ce qu'elle en pensait.

Quand j'écrivais des livres, le « je » n'entrait jamais en ligne de compte. Je me voyais comme un observateur neutre livrant un point de vue extérieur. Mes chroniques sur la bernache du Canada et le Diet Dr Pepper étaient également rédigées du point de vue d'un narrateur omniscient à la troisième personne. Après les avoir lues, Sarah m'a fait remarquer qu'à l'Anthropocène l'observateur neutre n'existe pas : il n'y a que des participants. Quand les gens laissent un avis, a-t-elle ajouté, ils parlent en réalité d'eux-mêmes : voici *mon* expérience en allant manger dans ce restaurant ou en allant *me* faire couper les cheveux dans ce salon de coiffure. J'avais écrit 1 500 mots sur le Diet Dr Pepper sans dire une seule fois que je vouais un amour inconditionnel à cette boisson.

À la même époque, alors que je commençais à retrouver mon sens de l'équilibre, je me suis replongé dans l'œuvre de mon amie et mentor Amy Krouse Rosenthal, qui était décédée quelques mois plus tôt. Elle avait un jour écrit : « Message à tous ceux qui cherchent leur voie dans l'existence : SOYEZ ATTENTIFS À CE QUI ATTIRE VOTRE ATTENTION. C'est tout ce que vous avez besoin de savoir. » Mon attention était devenue si fractionnée, et le monde faisait tellement de bruit autour de moi, que je ne remarquais même plus ce genre de choses. Mais dès l'instant où, sur la suggestion de Sarah, je me suis investi personnellement dans mes chroniques, j'ai senti que, pour la première fois depuis des années, je faisais au moins l'effort d'être attentif à ce qui m'intéressait.

Ce livre est d'abord né sous la forme d'un podcast visant à souligner les contradictions de la vie humaine du point de vue de ma propre expérience – comment nous pouvons nous montrer à la fois compatissants et cruels, déterminés et enclins au désespoir. Surtout, je voulais comprendre les contradictions du pouvoir humain : nous sommes à la fois trop puissants, et trop impuissants. Nous avons le pouvoir de transformer radicalement le climat et la biodiversité de la Terre, mais nous n'avons pas le pouvoir de choisir *comment* nous les transformons. Nous avons réussi à quitter l'atmosphère de notre planète, mais nous n'avons en revanche pas le pouvoir d'épargner la souffrance à ceux que nous aimons.

Je voulais aussi parler de certaines circonstances dans lesquelles ma petite existence se heurte aux forces supérieures de l'Anthropocène. Début 2020, après deux années consacrées à l'écriture de ce podcast, l'une de ces forces supérieures exceptionnelles est apparue sous la forme d'un nouveau coronavirus. Je me suis alors mis à écrire autour du seul sujet dont j'étais capable. Dans le chaos de cette crise (et au moment où je vous écris ces mots, en avril 2021, nous sommes encore en plein dedans), beaucoup de choses m'inspirent de la peur et du désespoir. Mais je vois aussi des êtres humains qui travaillent ensemble à partager et à diffuser leurs apprentissages communs, et je vois aussi des gens qui travaillent ensemble pour prendre soin des personnes malades et vulnérables. Même isolés, nous sommes reliés les uns aux autres. Pour reprendre les mots de Sarah, il n'y a pas d'observateurs, seulement des participants.

Vers la fin de sa vie, le brillant auteur et illustrateur Maurice Sendak a déclaré dans l'émission *Fresh Air*, diffusée sur la radio NPR : « Je pleure beaucoup parce que les gens me manquent. Je pleure beaucoup parce qu'ils meurent, et que je ne peux pas les en empêcher. Ils me quittent, et je les aime encore plus. »

Il a dit aussi : « Je m'aperçois en vieillissant que je suis amoureux du monde. »

Il m'a fallu tout ce temps, jusqu'à aujourd'hui, pour tomber amoureux du monde, mais je le ressens vraiment très fort depuis ces deux dernières années. Tomber amoureux du monde ne veut pas dire ignorer ou minimiser ses souffrances (humaines ou autres). Pour moi, en tout cas, tomber amoureux du monde, c'est contempler le ciel la nuit et sentir son esprit osciller entre la beauté et la distance des étoiles. C'est prendre mes enfants dans mes bras quand ils pleurent ou regarder les sycomores faire leurs feuilles au mois de juin. Quand un poids pèse sur ma poitrine, que ma gorge se serre et que les larmes me montent aux yeux, j'ai envie de fuir mes sentiments. Envie de me réfugier derrière l'ironie ou d'employer n'importe quelle autre parade pour m'empêcher de ressentir les choses trop fort. Nous savons tous comment l'amour se termine. Mais j'ai quand même envie de tomber amoureux du monde. De m'ouvrir complètement à lui. J'ai envie de ressentir tout ce qu'on ressent tant que je suis en vie.

Sendak terminait son interview par ces mots, les derniers qu'il ait jamais prononcés en public : « Vivez votre vie. Vivez votre vie. Vivez votre vie. »

Ce qui suit est ma tentative d'appliquer ce conseil.

« YOU'LL NEVER WALK ALONE »

Nous sommes en mai 2020, et mon cerveau a beaucoup de mal à gérer tout ça.

De plus en plus, je me surprends à en parler en disant « ça », sans mettre d'autre nom dessus ni éprouver le besoin de le faire, parce que nous partageons une expérience humaine rare et si globale que ce mot parle de lui-même. L'horreur et la souffrance nous entourent, et j'aimerais m'en distraire par le biais de l'écriture. Mais « ça » revient quand même – un peu comme la lumière qui s'insinue derrière les stores d'une fenêtre ou une inondation qu'aucune porte n'arrête.

J'imagine que vous lisez ceci dans mon futur. Un futur si éloigné de mon présent, peut-être, que « ça » s'est enfin terminé. Je sais que ça ne se terminera jamais vraiment, et que notre nouvelle normalité sera différente de celle d'avant. Mais une vie normale reviendra quand même, et j'espère que vous la vivez en ce moment et que je la vis en même temps que vous.

En attendant, je dois vivre avec ça, trouver du réconfort où je le peux. Et pour moi, en ce moment, le réconfort est un air de comédie musicale.

En 1909, l'écrivain hongrois Ferenc Molnár présentait sa dernière pièce, *Liliom*, à Budapest. Le héros éponyme, un jeune aboyeur de foire tourmenté et en proie à des accès de violence, est amoureux d'une jeune fille prénommée Julie. Quand celle-ci tombe enceinte, il accepte de braquer une banque pour subvenir aux besoins de sa future petite famille, mais les choses tournent mal, et Liliom meurt. Après seize années au purgatoire, il reçoit l'autorisation de redescendre une journée sur terre pour rencontrer sa fille adolescente, Louise.

La pièce fit un four lors de sa création à Budapest, mais Molnár était trop vaniteux pour se laisser abattre. Il continua à monter ses pièces dans toute l'Europe, puis aux États-Unis, où l'adaptation de *Liliom* en anglais s'attira de bonnes critiques et un succès modeste au box-office.

Giacomo Puccini, le compositeur, tenta d'adapter *Liliom* en opéra, mais Molnár refusa parce qu'il voulait que « *Liliom* reste dans les mémoires comme une pièce de Molnár et non comme un opéra de Puccini ». Il préféra vendre les droits à Richard Rodgers et Oscar Hammerstein, un duo de producteurs de music-hall auréolé par le récent triomphe de *Oklahoma !*. Sans le savoir, Molnár fit ainsi en sorte que *Liliom* reste presque exclusivement dans les mémoires comme une comédie musicale de Rodgers et Hammerstein, baptisée *Carrousel* et créée en 1945.

Le morceau intitulé « You'll Never Walk Alone » est chanté à deux reprises : la première fois pour consoler Julie, jeune veuve, après la mort de son époux, et la seconde par les camarades de

Louise lors d'une cérémonie de remise de diplôme. Louise n'a pas le cœur de chanter avec eux car elle a trop de chagrin mais, portée par la présence invisible de son père, elle finit par se joindre à eux.

Dire que les paroles de « You'll Never Walk Alone » sont une succession de clichés est un euphémisme. La chanson nous encourage à « marcher malgré le vent et malgré la pluie », ce qui n'est pas la façon la plus originale de décrire une tempête. Elle nous conseille également de « marcher avec de l'espoir dans le cœur », expression à la niaiserie quasi offensante. Pour finir, elle nous informe qu'« après la tempête viendra le ciel doré et le doux chant argenté de l'alouette » alors qu'en réalité, après une tempête, le sol est jonché de branches d'arbres, les lignes à haute tension sont arrachées et les cours d'eau débordent.

Pourtant, cette chanson me fait de l'effet. Peut-être à cause de la répétition de « *walk on* » – « continue à marcher ». Je crois que deux des aspects fondamentaux liés à la condition humaine sont 1/ que nous devons toujours aller de l'avant, et 2/ qu'aucun de nous ne marche jamais seul. Il peut nous arriver de nous *sentir* seuls (et cela nous arrivera à coup sûr à tous un jour) mais, même broyés par le poids de la solitude, nous ne sommes pas seuls. À l'instar de la jeune Louise à sa cérémonie de remise de diplôme, ceux qui sont loin de nous ou qui nous ont quittés sont toujours là, à nous encourager.

Ce morceau a été repris par tout le monde ou presque, de Frank Sinatra à Johnny Cash en passant par Aretha Franklin. Mais la reprise la plus célèbre est sans conteste celle de Gerry and the Pacemakers en 1963. Comme les Beatles, le groupe venait de

Liverpool, était managé par Brian Epstein et produit par George Martin. Fidèles à leur nom, les Pacemakers – ou « faiseurs de rythme » – modifièrent la pulsation du morceau, accélérèrent le tempo et lui donnèrent un peu plus de peps. Résultat, leur version se classa en tête des ventes en Grande-Bretagne.

Les fans du club de foot de Liverpool commencèrent à la chanter spontanément pendant les matchs. Cet été-là, Bill Shankly, le légendaire sélectionneur de Liverpool, dit au chanteur des Pacemakers, Gerry Marsden : « Gerry, fiston, je vous ai donné une équipe de foot, et vous nous avez donné un hymne. »

Aujourd'hui, la phrase « You'll Never Walk Alone » orne le frontispice en fer forgé de l'entrée d'Anfield, le stade de Liverpool. Daniel Agger, l'un des plus célèbres défenseurs de l'équipe, a les lettres YNWA tatouées sur les doigts de sa main droite. J'ai été un fervent supporter de Liverpool pendant des années[1] et, pour moi, cette chanson est tellement associée au club que dès les premières notes je repense invariablement à toutes les fois où je l'ai entonnée avec d'autres fans – parfois dans l'exaltation, souvent dans les larmes.

Quand Bill Shankly est mort en 1981, Gerry Marsden a chanté « You'll Never Walk Alone » à ses obsèques – comme cela se fait souvent aux funérailles des supporters du club. La magie de cette chanson, pour moi, c'est qu'elle fonctionne aussi bien aux enterrements qu'aux cérémonies de remise de diplôme, mais aussi pour fêter une victoire contre Barcelone à la Champions

1. Pourquoi ? Quand j'avais douze ans, je jouais dans l'équipe de foot de mon collège. J'étais nul, bien sûr, et je touchais rarement la balle. Nous avions un joueur excellent dans l'équipe, un type prénommé James. Il était originaire d'Angleterre et nous racontait que là-bas il y avait des équipes de foot professionnelles et des milliers de supporters qui se tenaient debout, épaule contre épaule, pour chanter pendant toute la durée des matchs. Il a ajouté que le meilleur club d'Angleterre était Liverpool. Et je l'ai cru.

League. Pour reprendre les termes de Kenny Dalglish, ancien joueur et entraîneur de Liverpool : « Elle traite de l'adversité et de la tristesse, mais aussi du succès. » C'est une chanson qui parle de se serrer les coudes, même quand nos rêves s'effondrent. Une chanson qui parle à la fois de la tempête et du ciel doré.

À première vue, on peut s'étonner que l'hymne de foot le plus célèbre du monde provienne d'une comédie musicale. Mais le football n'est pas autre chose que du théâtre, et ce sont les fans qui en font un spectacle chanté. L'hymne de West Ham United s'intitule « I'm Forever Blowing Bubbles » et, au début de chaque match, des milliers d'adultes soufflent des bulles de savon depuis les gradins en chantant « Toujours je soufflerai des bulles, de jolies bulles dans l'air / Elles s'envolent si haut qu'elles touchent presque le ciel / Puis, comme mes rêves, elles éclatent et meurent. » Les supporters de Manchester United ont détourné les paroles de « Battle Hymne of the Republic », le chant de la guerre de Sécession écrit par Julia Ward Howe, en « Glory, Glory Man United ». Quant aux fans de Manchester City, ils ont adopté « Blue Moon », un morceau de Rodgers et Hart de 1934.

Toutes ces chansons sont anoblies par les communautés qui se les approprient. Ce sont des affirmations d'unité dans la défaite, et d'unité dans le triomphe : que la bulle vole dans l'air ou qu'elle éclate, nous chantons tous ensemble.

« You'll Never Walk Alone » est une chanson mièvre, mais il n'y a rien de mal à cela. Elle n'essaie pas de nous faire croire que le monde est juste et heureux. Elle nous demande seulement d'aller de l'avant avec de l'espoir dans le cœur. Et comme Louise à la fin de *Carrousel*, même si vous ne croyez pas vraiment au ciel doré ou au doux chant argenté de l'hirondelle, en entendant ses premières notes, vous y croyez déjà un peu plus à la fin.

En mars 2020, une vidéo a fait le tour d'Internet. Elle montrait un groupe d'auxiliaires médicaux britanniques en train de chanter derrière une vitre « You'll Never Walk Alone » à leurs collègues qui travaillaient dans une unité de soins intensifs. Ils voulaient les encourager. Quel mot extraordinaire, *en-courager.* Même quand nos rêves volent en éclats, nous continuons à chanter pour nous encourager nous-mêmes et les autres.

Ma note pour « You'll Never Walk Alone » est de 4,5 étoiles.

LA PORTÉE TEMPORELLE DE L'HUMANITÉ

Quand j'avais neuf ou dix ans, je suis allé au planétarium du Science Center d'Orlando. L'animateur, sans une once d'émotion dans la voix, nous a expliqué que, dans un milliard d'années, le soleil serait 10 % plus lumineux qu'aujourd'hui et que cela entraînerait l'évaporation de tous les océans de la planète. Dans quatre milliards d'années, la surface de la Terre serait tellement chaude qu'elle se mettrait à fondre. Et dans sept ou huit milliards d'années, le soleil serait une étoile rouge géante qui continuerait à grossir jusqu'à engloutir notre planète, si bien que les dernières traces terrestres de tout ce que nous avons pu dire ou penser disparaîtraient dans une sphère brûlante de plasma.

Merci pour votre visite au Science Center d'Orlando. La sortie se trouve sur votre gauche.

J'ai passé l'essentiel des trente-cinq années suivantes à me remettre du traumatisme de cette expérience. J'ai fini par apprendre que la plupart des étoiles que nous voyons la nuit, y compris Arcturus, sont des géantes rouges. Les géantes rouges sont très fréquentes. Il est tout à fait banal, pour une étoile, de grossir et d'absorber son ancien système solaire. Normal que nous nous fassions un sang d'encre à propos de la fin du monde. Les mondes meurent tout le temps.

Une étude menée en 2012 dans vingt pays a révélé des écarts considérables dans le pourcentage de gens convaincus qu'ils assisteraient à la fin de l'humanité de leur vivant. En France, c'était le cas pour 6 % des personnes interrogées. Aux États-Unis, ce nombre s'élevait à 22 %. C'est logique, d'une certaine manière : la France a connu un certain nombre de prêcheurs apocalyptiques. L'évêque Martin de Tours, pour ne citer que lui, a par exemple écrit : « Il ne fait aucun doute que l'Antéchrist est déjà né. » Mais cela remonte au IVe siècle. Le millénarisme à l'américaine est un phénomène plus récent, depuis les prédictions de la secte protestante des Shakers qui annonçaient la fin du monde pour l'an 1794 jusqu'aux calculs du célèbre radio-évangéliste Harold Camping, pour qui l'apocalypse tomberait en 1994 – puis, voyant que ça ne venait pas, en 1995. Camping s'obstina ensuite à annoncer que la fin des temps commencerait le 21 mai 2011, suivie de « cinq mois de feu, de soufre et de fléaux sur Terre, qui entraîneraient des millions de morts par jour et culmineraient le 21 octobre 2011 par la destruction finale du monde ». Voyant que rien de tout cela ne se produisait, Camping finit par déclarer : « Nous reconnaissons humblement que notre planning était erroné » (même si l'emploi du nous de majesté pour reconnaître « humblement » ses torts laisse ici songeur). Je me souviens de ce que mon professeur de religion, Donald Rogan, m'a dit un jour : « Il ne faut jamais prédire la fin du monde. Vous avez toutes les chances de vous tromper et, si vous avez raison, plus personne ne sera là pour vous féliciter. »

L'apocalypse personnelle de Harold Camping s'est produite en 2013, avec son décès à l'âge de quatre-vingt-douze ans. Une partie de la peur que nous inspire la fin du monde en général doit être liée à la perturbante prise de conscience que *notre monde personnel* touchera un jour – et même bientôt – à sa fin. Dans ce sens, les angoisses apocalyptiques ne sont peut-être qu'un dérivé de la stupéfiante tendance humaine au narcissisme (comment le monde pourrait-il survivre à la mort du plus important de ses habitants – moi ?). Pourtant, je crois qu'il y a d'autres raisons à cela. Si nous savons que nous disparaîtrons un jour, c'est parce que nous avons vu disparaître d'autres espèces.

Les « humains modernes », comme nous désignent les paléontologues, sont sur Terre depuis deux cent cinquante mille ans. C'est notre « portée temporelle », soit la durée qui s'est écoulée depuis l'apparition de notre espèce. Les éléphants contemporains sont au moins dix fois plus âgés que nous : leur portée temporelle remonte à l'ère du pliocène, qui s'est achevée il y a plus de deux millions et demi d'années. Les alpagas, eux, sont là depuis une dizaine de millions d'années, soit quarante fois plus longtemps que nous. Le tuatara, une espèce de reptiles présente en Nouvelle-Zélande, est apparu pour la première fois voici deux cent quarante millions d'années. Il existe depuis mille fois plus longtemps que nous – bien avant que la Pangée, le supercontinent de la Terre, commence à se morceler.

Nous sommes plus jeunes que les ours polaires et les coyotes, les baleines bleues et les chameaux. Nous sommes aussi bien plus jeunes que de nombreux animaux dont nous avons provoqué l'extinction, du paresseux géant au dodo.

Au printemps 2020, quelques semaines après que l'émergence d'un nouveau coronavirus avait causé la fermeture des écoles et vidé les supérettes des États-Unis, quelqu'un m'a envoyé une compilation de toutes les fois où j'avais publiquement exprimé ma crainte d'une pandémie de maladie infectieuse. Dans un épisode du podcast *10 Things That Scare Me* – « 10 trucs qui me font peur », j'avais cité presque en haut de la liste : « une pandémie mondiale qui entraînera l'effondrement de toutes les normes humaines ». Des années plus tard, dans une vidéo consacrée à l'histoire mondiale, j'avais imaginé ce qui se passerait « si une sorte de super-insecte faisait irruption demain et se répandait en empruntant toutes les routes commerciales ». En 2019, j'avais déclaré dans un autre podcast : « Nous devons tous nous préparer à la pandémie globale qui nous pend au nez. » Pourtant, je n'ai strictement rien fait pour m'y préparer. Le futur, même dans ce qu'il a d'inévitable, me semble toujours flou et nébuleux, jusqu'au jour où il ne l'est plus du tout.

Après la fermeture de l'école de mes enfants, et après avoir retrouvé un masque que je m'étais acheté des années auparavant pour respirer moins de sciure pendant la construction de leur cabane, mais bien avant que je comprenne l'étendue de la pandémie, j'ai appelé mon frère, Hank, et je lui ai avoué mes craintes. Hank est le plus raisonnable de nous deux, le plus sensé, le plus calme. Il l'a toujours été. Le fait que je sois l'aîné ne nous a jamais empêchés de le laisser assumer le rôle du grand frère plein de sagesse. Depuis notre plus tendre enfance, l'une des techniques que j'ai trouvées pour gérer mes angoisses est de me tourner vers lui. Mon cerveau ne m'obéit plus très bien lorsqu'une menace potentielle devient *réellement* réelle. Dans ces cas-là, je regarde Hank, je vois qu'il ne panique pas, et je me dis que ça va aller. S'il y avait vraiment quelque chose de grave, il serait incapable de projeter cette belle et tranquille assurance.

Je lui ai donc expliqué que j'avais peur.

– Notre espèce survivra, m'a-t-il répondu avec une petite tension dans la voix.

– Quoi ? Et c'est tout ce que tu proposes ?

Il s'est tu. J'entendais le tremblement dans sa respiration, le même tremblement qu'il avait toujours entendu dans la mienne.

– C'est tout ce que j'ai à te proposer, a-t-il fini par répondre.

Je lui ai raconté que j'avais acheté soixante cannettes de Diet Dr Pepper, histoire d'en boire deux par jour pendant la durée du confinement.

Et c'est là seulement que j'ai entendu son éternel petit sourire se glisser dans sa voix, ce sourire qui signifiait « mon frère est une cause perdue » :

– Pour quelqu'un qui a passé quatre décennies à angoisser sur les pandémies, tu n'as vraiment rien compris à comment ça marche.

L'une des règles d'or de la vente au détail est qu'il faut entretenir un sentiment d'urgence pour booster les ventes. *Bientôt la fin de nos mégapromotions ! Plus que quelques billets disponibles !* Ces menaces mercantiles, surtout à l'ère du commerce en ligne, sont presque toujours de la fiction. Mais elles sont efficaces, car elles agissent comme un écho à nos propres terreurs apocalyptiques : si l'expérience humaine nous inspire un sentiment d'urgence, peut-être nous retrousserons-nous vraiment les manches, que ce soit pour nous hâter de sauver des âmes avant le ravissement[1] ou de nous attaquer au réchauffement climatique.

Je m'efforce de me rappeler qu'au IVe siècle les tourments eschatologiques de Martin de Tours devaient lui sembler aussi réels que mes propres angoisses le sont pour moi. Il y a mille ans, les inondations et les fléaux étaient considérés comme des présages apocalyptiques parce qu'ils signalaient l'existence d'une force bien au-delà de notre compréhension. À l'époque où j'ai moi-même grandi, en plein avènement des ordinateurs et des bombes H, le passage à l'an 2000 et l'hiver nucléaire apparaissaient comme les scénarios de fin du monde les plus crédibles. Aujourd'hui, ces peurs prennent parfois la forme d'une intelligence artificielle incontrôlable, ou d'une pandémie mortelle à laquelle nous ne serions pas préparés du tout. Chez moi, le plus souvent, cela se manifeste par une angoisse climatique, ou ce qu'on appelle éco-anxiété – des termes qui n'existaient pas il y a encore quelques dizaines d'années, mais qui constituent aujourd'hui des phénomènes largement répandus.

Les humains sont déjà une catastrophe écologique. En à peine deux cent cinquante mille ans, notre comportement a entraîné l'extinction de nombreuses espèces et provoqué le déclin rapide d'un encore plus grand nombre d'entre elles. C'est un fait lamentable, et de plus en plus absurde. Nous n'avions sans doute pas

1. *Le « ravissement (ou enlèvement) de l'Église » est un concept de la théorie évangélique (surtout aux États-Unis) voulant qu'à la fin des temps, tous les chrétiens seront enlevés dans les airs et monteront au ciel pour rencontrer Dieu. (Toutes les notes en italique sont de la traductrice.)*

conscience de ce que nous faisions, il y a des dizaines de milliers d'années, en chassant certains grands mammifères au point de les faire disparaître. Mais aujourd'hui, nous savons. Nous avons compris comment alléger le poids de notre présence sur Terre. Nous pourrions choisir de consommer moins d'énergie, de manger moins de viande, de raser moins de forêts. Or nous choisissons de ne pas le faire. Résultat, pour de nombreuses formes de vie, l'humanité *est* l'apocalypse.

Certaines visions du monde reposent sur les cosmologies cycliques ; l'eschatologie hindoue, par exemple, propose une série de périodes de multimilliards d'années appelées « kalpas » durant lesquelles le monde connaît d'abord une phase de formation, de maintien, puis de déclin. Mais dans les eschatologies linéaires, la fin des temps pour l'humanité est souvent désignée comme « la fin du monde », alors que notre disparition n'entraînera probablement pas la fin du monde en soi, pas plus qu'elle ne marquera la fin de la vie sur Terre.

Les humains sont une menace à leur propre espèce et à quantité d'autres, mais la planète nous survivra. En fait, la vie sur Terre ne mettra sans doute que quelques millions d'années à se remettre de nous. Elle a déjà rebondi après des chocs bien plus graves. Voici deux cent cinquante millions d'années, durant l'extinction permienne, on estime que la surface des océans avait grimpé jusqu'à 40 °C. Quatre-vingt-quinze pour cent des espèces animales avaient péri et, au cours des cinq millions d'années suivantes, la Terre n'était plus qu'une « zone morte » où la vie se développait très peu.

Il y a soixante-six millions d'années, l'impact d'un astéroïde a provoqué un nuage de poussière si énorme que la pénombre a probablement recouvert la Terre pendant *deux années entières*, mettant un coup d'arrêt total à la photosynthèse et entraînant l'extinction de 75 % des animaux terrestres. Comparés à ces désastres, nous ne sommes pas si importants. Quand la Terre se sera débarrassée de nous, elle se dira peut-être : « C'était vraiment pénible, cette vérole humaine, mais au moins, j'ai échappé au syndrome de la grande astéroïde. »

Le plus dur, sur le plan de l'évolution, a été le passage des cellules procaryotes aux cellules eucaryotes, puis celui des organismes monocellulaires aux organismes multicellulaires. La Terre a 4,5 milliards d'années, une échelle du temps que mon cerveau a beaucoup de mal à appréhender. Imaginons plutôt l'histoire de la Terre sur le calendrier d'une année classique, avec sa formation au 1er janvier, et notre époque actuelle au 31 décembre à 23 h 59. La première trace de vie sur Terre émergerait aux alentours du 25 février. Les organismes photosynthétiques apparaîtraient à la fin mars. La vie multicellulaire ne se manifesterait pas avant août ou septembre. Les premiers dinosaures, comme l'éoraptor, sont apparus il y a deux cent trente millions d'années, soit le 13 décembre sur notre calendrier. L'impact de météore qui a signé leur disparition se serait produit le 26 décembre. Et les *Homo sapiens* n'entreraient pas en scène avant le 31 décembre à 23 h 48[1].

Pour dire les choses autrement : il a fallu trois milliards d'années

1. L'agriculture, les grandes communautés humaines et la construction des monolithes se produiraient toutes durant la dernière minute de cette année calendaire. La révolution industrielle, les deux guerres mondiales, l'invention du basket-ball, de l'enregistrement sonore, du lave-vaisselle et des véhicules plus rapides que les chevaux n'auraient lieu que durant les quelques dernières secondes.

à la Terre pour passer de la vie monocellulaire à multicellulaire. Il a fallu moins de soixante-dix millions d'années pour passer de *Tyrannosaurus rex* aux humains capables de lire, écrire, exhumer des fossiles, calculer la chronologie de l'évolution du vivant et s'inquiéter de leur propre disparition. À moins que nous ne parvenions aussi à éliminer toute forme de vie multicellulaire sur la planète, la Terre n'aura pas à repartir de zéro, et tout se passera très bien pour elle – du moins jusqu'à ce que ses océans s'évaporent et qu'elle se fasse dévorer toute crue par le soleil.

Mais nous aurons disparu d'ici là, ainsi que notre mémoire collective et collectée. Je crois qu'une des choses qui m'effraient à propos de la fin de l'humanité, c'est la disparition des souvenirs. Si un arbre tombe dans la forêt et que personne n'est là pour l'entendre, il fera quand même du bruit. Mais si personne n'est là pour passer un disque de Billie Holiday, sa voix s'éteindra à jamais. Nous avons créé beaucoup de souffrances, mais aussi bien d'autres choses.

Je sais que le monde nous survivra – et, d'une certaine manière, qu'il sera encore *plus* vivant. Avec plus de chants d'oiseaux. Plus de créatures qui rôdent partout. Plus de plantes qui perceront nos trottoirs et réensauvageront la planète que nous avons terraformée. J'imagine des coyotes endormis au milieu des ruines de nos maisons. J'imagine nos déchets plastiques encore échoués sur les plages plusieurs siècles après la mort du dernier d'entre nous. J'imagine les papillons de nuit, perdus sans nos lumières artificielles, se tournant vers la lune.

Je trouve un certain réconfort dans l'idée que la vie poursuivra sa course après nous. Mais j'ai aussi tendance à penser que notre extinction sera la plus grande des tragédies terrestres : j'ai beau savoir que les humains sont enclins à la grandiloquence, je considère que nous sommes de loin le phénomène le plus intéressant qui se soit produit sur Terre.

On oublie facilement à quel point les humains sont extraordinaires. À quel point ils sont étranges et adorables. Grâce à la photographie et à l'art, chacun de nous a pu voir des choses que nous ne verrons jamais en vrai : la surface de Mars, les poissons bioluminescents de l'océan profond, une jeune fille du XVIIe siècle portant une perle à son oreille. Grâce à l'empathie, nous avons ressenti des choses que nous n'aurions jamais éprouvées autrement. Grâce à la richesse de notre imagination, nous avons vécu toutes sortes d'apocalypses.

Nous sommes la seule partie de notre univers qui soit consciente qu'elle vit dans l'univers. Nous savons que nous tournons autour d'une étoile qui nous absorbera un jour. Nous sommes la seule espèce consciente qu'elle a une portée temporelle.

La portée temporelle des organismes complexes est souvent plus courte que celle des organismes simples, et l'humanité est confrontée à des défis gigantesques. Nous devons trouver le moyen de nous survivre à nous-mêmes – de nous maintenir dans un monde où nous avons assez de pouvoir pour réchauffer le globe terrestre, mais pas assez pour l'en empêcher. Nous devrons peut-être même survivre à notre propre obsolescence à mesure que la technologie apprendra à faire tout ce que nous faisons déjà, mais en mieux. Cependant nous sommes davantage préparés pour résoudre nos problèmes que nous ne l'étions il y a un siècle ou mille ans. Notre intelligence collective est plus vaste qu'elle ne l'a jamais été, sans parler de nos ressources et du savoir accumulé par nos ancêtres.

Nous sommes aussi d'une persévérance sidérante et stupide. Les premiers humains avaient sans doute mis au point plusieurs stratégies pour la chasse et la pêche, mais la plus courante était la « chasse à l'épuisement ». Le prédateur compte sur sa capacité à traquer sa proie et à l'épuiser par la seule force de sa persévérance. Nous poursuivions notre gibier pendant des heures : chaque fois qu'il nous échappait, nous repartions à sa poursuite, puis il nous échappait et nous repartions à sa poursuite, après quoi il nous échappait à nouveau, jusqu'à ce qu'il soit trop épuisé pour continuer. Voilà comment, durant des dizaines de milliers d'années, nous nous sommes nourris de créatures plus grosses et plus rapides que nous.

Nous. Persévérons. Toujours. Nous nous sommes déployés à travers sept continents, dont un où il fait bien trop froid pour nous. Nous avons traversé les océans jusqu'à des territoires que nous ne pouvions pas voir et dont nous ignorions jusqu'à l'existence. L'un de mes mots préférés est « enragé ». J'aime les quêtes enragées, les efforts enragés, la détermination enragée. Je n'irai pas jusqu'à dire que l'humanité est enragée mais, sans mauvais jeu de mots, je trouve qu'elle a du chien. (Les chiens aussi ont du chien. Du coup, cela revient-il à dire qu'ils ont de l'humain ?)

Toute ma vie ou presque, j'ai considéré que nous vivions le dernier quart-temps de l'histoire humaine, voire même ses tout derniers jours. Mais récemment, je suis parvenu à la conclusion que ce désespoir ne faisait qu'affaiblir nos maigres chances de survie à long terme. Nous devons nous battre comme si l'enjeu de la bataille en valait la peine, et comme si nous méritions que quelqu'un se batte pour nous, car c'est vrai. J'ai donc choisi de croire que nous n'allons pas droit vers l'apocalypse, que la fin des temps n'est pas proche, et que nous trouverons le moyen de survivre aux changements majeurs qui s'annoncent.

« Le changement, a un jour écrit Octavia E. Butler, est l'unique réalité permanente, irrésistible et inévitable de l'univers. » Après tout, qui suis-je pour affirmer que nous ne changerons plus jamais ? Qui suis-je pour affirmer que Butler se trompait en écrivant : « Le destin de la semence de la Terre est de s'enraciner au milieu des étoiles » ? Ces jours-ci, je choisis de croire que notre persévérance et notre capacité d'adaptation nous permettront de continuer à changer avec l'univers pendant très, très longtemps.

Pour l'instant, sur la base des misérables deux cent cinquante millions d'années qui viennent de s'écouler, il paraît difficile d'accorder plus d'une étoile à notre portée temporelle. Mais alors que les paroles de mon frère m'avaient terrifié sur le moment, je me surprends à les répéter de plus en plus, et à croire en elles. Il avait raison. Comme toujours. Notre espèce survivra, et à bien d'autres choses encore.

En gage d'espoir et d'expectative, ma note pour la portée temporelle de l'humanité est donc de 4 étoiles.

LA COMÈTE DE HALLEY

L'un des mystères les plus tenaces à propos de la comète de Halley, c'est que personne ne sait comment écrire son nom, puisqu'elle a été baptisée en hommage à un astronome qui changeait tour à tour la graphie de son patronyme en Hailey, Halley et Hawley. Nous nous plaignons que le langage évolue trop vite à notre époque, avec l'émergence des émojis et la signification fluctuante de mots comme « littéralement », mais nous savons au moins écrire notre propre nom. J'opterai ici pour « comète de Halley », avec mes excuses sincères envers tous les Hawley et les Hailey qui lisent ces lignes.

Halley est la seule comète périodique visible à l'œil nu depuis la Terre. Elle met entre soixante-quatorze et soixante-dix-neuf ans pour achever sa très elliptique orbite autour du soleil, si bien qu'elle revient une fois du vivant de chaque être humain pour illuminer le ciel nocturne durant des semaines. Et même deux fois du vivant d'un humain, à condition de bien calculer son coup. L'auteur américain Mark Twain, par exemple, est né pendant que la comète enflammait le ciel du Missouri. Soixante-quatorze ans plus tard, il écrivit : «Je suis né avec la comète de Halley en 1835. Elle doit revenir l'année prochaine, et je m'attends à disparaître avec elle.» Et c'est ce qu'il a fait : il est mort en 1910, l'année du retour de Halley. Twain avait vraiment un talent sans pareil pour la structure narrative, même s'agissant de son autobiographie.

Soixante-seize ans plus tard, la comète fit son retour à la fin de l'hiver 1986. J'avais alors huit ans. Cette apparition était, selon Wikipedia, «la moins spectaculaire de tous les temps» car la comète n'avait jamais été aussi éloignée de la Terre. Ce détail, ajouté à l'accroissement considérable de la pollution lumineuse, signifie qu'en de nombreux endroits, Halley était invisible à l'œil nu.

Je vivais à Orlando, en Floride, une ville qui projette beaucoup de lumières artificielles la nuit. Mais au cours du week-end où la comète brillait le plus, mon père m'a emmené dans la forêt nationale d'Ocala, où ma famille possédait un petit chalet. Et au terme de ce que je considère encore aujourd'hui comme l'un des plus beaux jours de ma vie, j'ai vu la comète briller dans les jumelles d'ornithologie de mon père.

L'humanité avait sans doute déjà repéré Halley depuis des millénaires. On trouve dans le Talmud une allusion à «une étoile qui apparaît tous les soixante-dix ans et déroute les capitaines de bateaux». Mais à l'époque, les humains avaient tendance à oublier au fil du temps ce qu'ils avaient appris. Quand on y pense, ils n'ont pas beaucoup changé.

Quoi qu'il en soit, Edmond[1] Halley remarqua que la comète qu'il observait dans le ciel en 1682 semblait avoir une orbite comparable à d'autres comètes signalées précédemment en 1607 et 1531. Quatorze ans plus tard, toujours hanté par cette comète, il écrivait à Isaac Newton : «J'ai grande certitude que nous avons vu cette comète par trois fois depuis l'an 1531.» Halley prédit qu'elle reviendrait en 1758, ce qu'elle fit. Depuis, elle porte son nom.

Parce que nous avons tendance à penser que l'histoire s'articule autour des découvertes et des exploits individuels, nous oublions un peu vite que les progrès de la compréhension humaine dépendent de vastes systèmes et des forces historiques à l'œuvre. S'il est vrai, par exemple, que Halley a prédit le retour de la comète, son homologue et contemporain Robert Hooke avait déjà exposé «une idée très nouvelle» selon laquelle certaines comètes revenaient à intervalles réguliers. Et même si l'on exclut la possible allusion du Talmud à l'existence de comètes périodiques, d'autres observateurs du ciel commençaient à développer des théories similaires, à peu près à la même époque. Si l'Europe du XVIIe siècle – et pas seulement grâce à Newton et à Hooke, mais aussi à Boyle, Galilée, Gascoigne et Pascal – a connu tant de découvertes scientifiques et mathématiques majeures, ce n'est pas parce que les gens qui y naissaient à cette époque étaient d'une intelligence exceptionnelle, mais parce que le système analytique de la révolution scientifique était en pleine émergence, parce que des institutions comme la Royal Society permettaient aux membres des élites cultivées d'apprendre plus efficacement les uns des autres, et aussi parce que l'Europe s'était soudain

1. Ou Edmund?

retrouvée prospère comme jamais. Ce n'est pas un hasard si la révolution scientifique anglaise a coïncidé avec la participation accrue de la Grande-Bretagne à la traite transatlantique des esclaves, et à la très lucrative exploitation des colonies et de la main-d'œuvre forcée.

C'est dans ce contexte que nous devons nous souvenir de Halley : pas comme d'un génie qui aurait émergé d'une famille de savonniers pour découvrir une comète, mais comme d'un individu rigoureux et curieux qui n'était, comme nous tous, « qu'une bulle sur la grande vague de l'empire », comme l'a mémorablement écrit le poète Robert Penn Warren.

Cela dit, Halley était un type génial. Voici un exemple de son usage de la pensée latérale, tel que décrit dans l'ouvrage de John et Mary Gribbin intitulé *Out of the Shadow of a Giant* – « Dans l'ombre d'un géant » : lorsqu'on lui demanda de calculer la superficie de chaque comté anglais, Halley « sortit une grande carte d'Angleterre et y découpa le plus grand cercle possible ». Ce cercle équivalait à 11 157,582 kilomètres de diamètre. Il pesa ensuite le cercle et la carte entière, et en conclut que puisque la carte était quatre fois plus lourde que le cercle, l'aire totale de l'Angleterre mesurait quatre fois plus que celle du cercle. Son résultat n'avait qu'un seul pour cent d'écart avec les calculs contemporains.

La curiosité polymathique de Halley rend son C.V. digne d'un roman de Jules Verne. Il a inventé une sorte de cloche de plongée pour aller chercher des trésors sur un navire coulé. Il a développé l'ancêtre de la boussole magnétique et émis de nombreuses hypothèses pertinentes sur le champ magnétique de notre planète. Ses écrits sur le cycle hydrologique de la Terre ont été d'une influence capitale. Il a traduit les observations de l'astronome arabe Al-Battani sur les éclipses datant du Xe siècle, et s'est appuyé sur son travail pour prouver que l'orbite de la Lune était en accélération. Enfin, il a mis au point la première table de mortalité, ouvrant la voie à l'invention de l'assurance-vie.

Halley a aussi financé de ses propres deniers la publication des trois volumes des *Principes mathématiques* de Newton, pour la bonne raison que la Royal Society, la plus grande institution scientifique d'Angleterre, « préférait investir tout son budget éditorial dans un ouvrage consacré à l'histoire des poissons », d'après l'historienne Julie Wakefield. Halley avait tout de suite saisi l'importance des *Principes mathématiques*, qui sont considérés comme l'une des œuvres maîtresses de l'histoire des sciences[1]. « Nous voici désormais réellement admis comme invités à la table des dieux », dira-t-il à propos de l'ouvrage. « L'erreur n'opprime plus de ses ténèbres l'humanité animée par le doute. »

Mais Halley pouvait aussi se tromper, bien sûr. L'erreur n'avait pas fini (et n'a toujours pas fini aujourd'hui) d'opprimer l'humanité animée par le doute. Par exemple, c'est en se fondant sur les calculs incorrects de la densité lunaire effectués par Newton que Halley conclut qu'il existait une seconde planète Terre à l'intérieur de la nôtre, dotée de sa propre atmosphère, et même de ses propres habitants.

---

1. Dans leur ouvrage, Mary et John Gribbin démontrent que si les *Principes mathématiques* de Newton constituent un ouvrage majeur, ils s'inspirent aussi - et même, plagient sans vergogne – des recherches d'autres scientifiques, en particulier celles de Robert Hooke. D'après eux, « la fameuse histoire de la pomme tombée de l'arbre durant l'année de peste en 1665 est un mythe, inventé par Newton pour illustrer sa (fausse) proclamation selon laquelle il aurait eu l'idée de la théorie de la gravitation universelle avant Hooke. » Quelque part, il est rassurant de constater que même Isaac Newton a exagéré la somme de ce qu'il a accompli durant son année de peste.

Quand la comète de Halley a fait son retour en 1986, l'approche de la révolution scientifique concernant la construction du savoir s'était révélée si efficace que même des élèves de CE2 comme moi, à l'époque, étaient au courant des différentes couches sédimentaires de la Terre. Lors de notre fameuse excursion dans la forêt nationale d'Ocala, mon père et moi avions fabriqué un banc en clouant des planches à différents niveaux d'un tronc d'arbre. Ce n'était pas un ouvrage très sophistiqué sur le plan de la menuiserie mais, dans mes souvenirs, en tout cas, nous y avions quasiment passé la journée entière. Puis nous avions allumé un feu, fait cuire quelques hot-dogs, et attendu qu'il fasse nuit – autant que la nuit puisse se faire en plein cœur de la Floride en 1986.

Je ne saurais vous expliquer à quel point ce banc, et aussi le fait que mon père et moi avions construit quelque chose ensemble, comptent à mes yeux. Ce soir-là, nous nous sommes assis l'un à côté de l'autre sur notre banc, lequel était tout juste assez grand pour nous accueillir tous les deux, et nous nous sommes passé les jumelles pour observer la comète de Halley, simple traînée blanche dans le ciel bleu de la nuit.

Mes parents ont revendu le chalet il y a près de vingt ans mais, juste avant, j'étais allé y passer un dernier week-end avec Sarah. Nous n'étions pas ensemble depuis très longtemps. Je l'ai emmenée voir le banc, qui était toujours là. Les gros pieds trapus étaient rongés par les mites, les planches s'étaient déformées, mais il pouvait encore supporter notre poids.

La comète de Halley n'est pas une miniplanète sphérique et monolithique qui vole dans l'espace, comme je me l'imaginais.

En réalité, il s'agit de plusieurs roches coagulées en une masse comparable à la forme d'une cacahuète – une « boule de neige sale », pour reprendre les termes de l'astronome Fred Whipple. Au total, le noyau de la boule de neige sale de Halley mesure 15 kilomètres de long sur 8 kilomètres de large, mais sa queue, constituée de gaz ionisé et de particules de poussière, peut s'étendre jusqu'à 96 millions de kilomètres à travers l'espace. En 837, année où la comète était bien plus proche de la Terre qu'elle ne l'avait jamais été, sa queue s'étirait sur plus de la moitié de notre ciel. En 1910, pendant que Mark Twain rendait son dernier soupir, la Terre est carrément passée à travers la queue de la comète. Les gens s'étaient acheté des masques à gaz et des parapluies spéciaux pour se protéger de ses émanations gazeuses.

Pourtant, Halley ne représente aucune menace pour nous. Elle fait à peu près la même taille que l'objet dont la collision avec la Terre a entraîné l'extinction des dinosaures et de nombreuses autres espèces, mais sa trajectoire ne croise jamais la nôtre. Cela dit, la comète de Halley passera cinq fois plus près de la Terre en 2061 que lors de son dernier passage en 1986. Elle sera plus brillante dans le ciel nocturne que Jupiter, ou n'importe quelle autre étoile. Et j'aurai alors quatre-vingt-trois ans – avec un peu de chance.

Lorsqu'on mesure le temps en Halley, et non en années calendaires classiques, l'histoire n'a plus tout à fait la même allure. En 1986, quand la comète est passée nous rendre visite, mon père avait acheté un PC – le tout premier dans notre quartier. Une Halley plus tôt, la première adaptation cinématographique de *Frankenstein* sortait sur les écrans. La Halley d'avant, Charles Darwin effectuait sa célèbre mission d'exploration à bord du *Beagle*. Celle qui précédait, les États-Unis n'étaient même pas encore un pays. Et une Halley auparavant encore, Louis XIV régnait sur la France.

Bref, pour dire les choses autrement : en 2021, cinq durées de vie humaines nous séparent de la construction du Taj Mahal, et deux durées de vie humaines seulement nous séparent de l'abolition de l'esclavage aux États-Unis. L'histoire, comme la vie, est à la fois incroyablement rapide et d'une lenteur insupportable.

Nous sommes très peu en mesure de prédire l'avenir. Cette incertitude me terrifie, comme elle en a terrifié d'autres avant moi. Pour citer John et Mary Gribbin, « Les comètes étaient l'archétype même du phénomène imprévisible : elles apparaissaient sans crier gare, et suscitèrent au XVIIIe siècle une crainte superstitieuse encore plus forte que les éclipses. »

Du coup nous ne savons pas vraiment ce qui nous attend – ni en tant qu'individus, ni en tant qu'espèce. Peut-être est-ce la raison pour laquelle je trouve si rassurant de savoir quand la comète reviendra nous voir, mais aussi qu'elle reviendra nous voir tout court, que nous soyons encore là ou non pour la voir.

Ma note pour la comète de Halley est de 4,5 étoiles.

NOTRE CAPACITÉ D'ÉMERVEILLEMENT

Vers la fin du roman *Gatsby le Magnifique*, le narrateur est étendu la nuit sur une plage et pense au moment où les premiers marins hollandais ont posé leurs yeux sur ce qui s'appelle aujourd'hui New York. L'auteur, Francis Scott Fitzgerald, écrit ceci : « Durant un bref moment enchanté, l'homme dut retenir son souffle en présence de ce continent, contraint à une contemplation esthétique qu'il ne comprenait ni ne désirait, face pour la dernière fois de l'histoire à quelque chose qui égalait sa capacité d'émerveillement. » Quelle phrase ! Le texte de *Gatsby* connut bien des versions différentes entre le tout premier manuscrit et le livre imprimé : en 1924, l'éditeur avait déjà fait tirer des épreuves du roman, alors intitulé *Trimalchio*, quand Fitzgerald y apporta de nouvelles corrections et opta pour le titre *Gatsby le Magnifique*. Pourtant, au fil des réécritures, des coupes et des modifications, cette phrase n'a jamais changé. (Sauf si on compte la fois, dans l'un de ses brouillons successifs, où Fitzgerald fit une faute au mot « esthétique » – mais qui n'en a jamais fait ?)

Gatsby n'a pas tout de suite rejoint la liste des plus grands romans américains de tous les temps. Les premières critiques furent loin d'être enthousiastes, et l'ouvrage fut longtemps considéré comme inférieur au premier livre de Fitzgerald, *L'Envers du paradis*. Dans le *New York Herald*, Isabel Paterson estima que *Gatsby* était « un livre uniquement pour la saison ». H.L. Mencken le jugea « évidemment anecdotique » pour le *Chicago Tribune*. Le *Dallas Morning*, quant à lui, se montra d'une brutalité toute particulière en affirmant que « l'on referme *Gatsby le Magnifique* avec un sentiment de regret, non pour le destin de ses personnages, mais pour M. Fitzgerald lui-même. Quand *L'Envers du paradis* est paru, M. Fitzgerald a été célébré comme un jeune homme plein de promesse... mais cette promesse, comme tant d'autres, semble ne s'être pas réalisée. » Oups.

Les ventes de *Gatsby* furent modestes – bien moins bonnes que celles de ses romans précédents. En 1936, les royalties annuelles de Fitzgerald s'élevèrent en tout et pour tout à 80 dollars. Cette année-là, il publia *La Fêlure*, un recueil d'essais sur son propre effondrement physique et psychologique. «Je me suis aperçu que pendant deux ans j'avais vécu en puisant dans des ressources que je n'avais pas, et que je m'étais hypothéqué moi-même sur le plan physique et spirituel, jusqu'à la lie. » Fitzgerald mourut quelques années plus tard, à l'âge de quarante-quatre ans. Son œuvre était alors largement tombée dans l'oubli.

En 1942, le U.S. Council on Books in Wartime – le « Comité américain pour les livres en temps de guerre » – commença à envoyer des livres aux troupes américaines mobilisées durant la Seconde Guerre mondiale, et plus de 150 000 exemplaires de *Gatsby le Magnifique* furent expédiés sur le front. Le roman connut alors un succès fulgurant. Les livres étaient à couverture souple, imprimés dans un format conçu exprès pour s'insérer facilement dans la poche des soldats. Ces éditions spéciales pour les forces armées contribuèrent à la popularité de certains ouvrages considérés aujourd'hui comme des classiques de la littérature américaine : *Le Lys de Brooklyn*, de Betty Smith, était l'un des seuls écrits par une femme, la plupart des œuvres inscrites à ce programme étant signées par des auteurs masculins et blancs.

Le U.S. Council on Books in Wartime avait pour devise : « Les livres sont des armes dans la guerre des idées », le genre de slogan fédérateur derrière lequel se rangeaient volontiers les généraux, bien que les romans choisis par le comité (dont *Gatsby*, d'ailleurs) ne surfent pas vraiment sur la fibre patriotique. Le programme fut une immense réussite. Un soldat expliqua au *New York Times* que les livres étaient « aussi appréciés que les photos de pin-up ».

En 1960, *Gatsby* se vendait à 50 000 exemplaires par an ; aujourd'hui, c'est un demi-million d'exemplaires qui sont écoulés chaque année, entre autres raisons parce qu'il est impossible d'être un lycéen américain sans l'étudier en classe. Le roman est court, plutôt accessible et, loin d'être « uniquement pour la saison », il s'est imposé au fil des décennies comme un classique indémodable.

Gatsby est une critique du « rêve américain ». Les seules personnes qui ont de l'argent ou du succès à la fin de l'histoire sont celles qui en avaient déjà au début : presque toutes les autres finissent mortes, ou dans la misère. Le roman propose aussi une critique en règle de la superficialité du capitalisme, qui ne trouve rien de mieux à faire de l'argent qu'il amasse que de vouloir en amasser toujours plus. L'auteur dénonce notamment la désinvolture des nantis, ces gens qui s'achètent des chiots sans s'en occuper ou s'offrent d'immenses bibliothèques dont ils n'ouvrent jamais un livre.

Pourtant, *Gatsby* est souvent perçu comme une *célébration* du luxe scandaleux dans lequel baigne l'élite dorée de l'Anthropocène. Peu de temps après sa parution, Fitzgerald écrivit à un ami : « De toutes les critiques, même les plus enthousiastes, aucune n'a mis le doigt sur le véritable sujet du livre. »

Parfois, je me dis que c'est encore vrai. Pour vous avouer le luxe scandaleux dans lequel il m'est moi-même arrivé de baigner, j'ai un jour séjourné au célèbre Hôtel Plaza à New York et bénéficié d'un « surclassement gracieux » pour dormir dans la suite Gatsby. La déco de cet endroit était un cas d'école en matière de surstimulation visuelle : papier peint argenté, meubles clinquants, faux trophées et ballons de foot américain dédicacés sur le rebord de la cheminée. Cette pièce semblait avoir totalement oublié que dans le roman, le couple formé par Daisy et Tom Buchanan appartenait au camp des personnages odieux.

Au final, dans ce qui constitue sans doute le plus spectaculaire caprice de mon existence, j'ai appelé la réception et demandé à ce qu'on me change de chambre, sous prétexte que le scintillement de l'énorme chandelier en cristal de la suite Gatsby m'empêchait de dormir. Pendant toute la durée de cet échange, j'ai senti le poids du regard de Francis Scott Fitzgerald posé sur moi.

Mais cette confusion tant déplorée par l'auteur est provoquée par le roman lui-même. Certes, il condamne sans équivoque les excès de l'Amérique, mais sa prose vibre d'un rythme enivrant à chaque page. Il suffit de lire l'incipit à voix haute : « Quand j'étais plus jeune et plus vulnérable, mon père m'a donné un conseil que je retourne depuis sans cesse dans ma tête. » On pourrait presque taper du pied pour marquer le tempo. Prenez cette autre phrase : « Non – en fin de compte, Gatsby était un chic type ; c'est ce qui le tourmentait, cette poussière mauvaise soulevée dans le sillage de ses rêves, qui m'ôta pour un temps l'envie de m'intéresser aux chagrins avortés des hommes et à leurs exaltations de courte haleine. »

Quand les mots pétillent comme ça, on a du mal à bouder la fête. Et pour moi, c'est là que réside le vrai génie de *Gatsby*. Le livre vous inspire de la pitié pour les riches gâtés pourris *et* les pauvres hères qui croupissent dans la vallée des cendres – ainsi que tous ceux qui se trouvent entre les deux. Vous savez que ces fêtes sont frivoles, et même nauséabondes, mais vous avez quand même envie d'y être invité. Voilà pourquoi, quand les temps sont durs, *Gatsby* nous fait l'effet d'une condamnation du rêve américain ; et, quand tout va bien, le livre peut au contraire donner l'impression de chanter ses louages. Le journaliste David Denby a écrit du roman de Fitzgerald qu'il était devenu « une sorte de livre saint national récité dans la joie ou la tragédie, selon les circonstances ».

Cela s'applique aussi à cet extrait déjà mentionné, situé dans les toutes dernières pages : « Durant un bref moment enchanté, l'homme dut retenir son souffle en présence de ce continent, contraint à une contemplation esthétique qu'il ne comprenait ni ne désirait, face pour la dernière fois de l'histoire à quelque chose qui égalait sa capacité d'émerveillement. »

Le seul problème, avec cette phrase, c'est qu'elle dit n'importe quoi. Il est faux d'affirmer que « l'homme » a retenu son souffle en présence de ce continent car, si nous imaginons « l'homme » comme représentatif de toute l'humanité, alors « l'homme » connaissait déjà (et il habitait même déjà) cette région du monde depuis des dizaines de milliers d'années. En fait, l'emploi de

« l'homme » dans cette phrase est révélateur de la personne à laquelle pense le narrateur et quel point de vue il adopte pour raconter son histoire.

Le passage sur « la dernière fois de l'histoire » s'est bien sûr révélé tout aussi inexact. Quelques décennies après la parution de *Gatsby*, des êtres humains ont marché sur la Lune. Et peu de temps après cela, nous avons envoyé un télescope dans l'espace pour entrevoir à quoi ressemblait l'univers juste après le big bang.

Le roman sait peut-être tout cela. Après tout, il parle des échos obsessionnels d'un passé qui n'a jamais existé, et de la volonté de projeter nos souvenirs les plus chers dans un état de permanence où le passé n'est ni définitif, ni modifiable. Par conséquent, il sait peut-être que tendre l'oreille aux échos obsessionnels de ces brefs moments enchantés est une entreprise vouée à l'échec. Et l'Hôtel Plaza savait peut-être que sa suite Gatsby était conçue à la gloire (et pour) d'odieux personnages.

Pourtant, je dois avouer que cette analyse permanente de l'ambivalence et de l'ironie me fatigue. Voilà la vérité toute simple, du moins telle qu'elle s'est manifestée à moi : nous ne sommes jamais très loin de nous émerveiller. Je me souviens d'un matin de novembre où je me promenais en forêt avec mon fils de deux ans. Depuis le sommet d'une crête, nous observions la vallée boisée en contrebas, où une brume froide semblait embrasser le sol, et j'essayais de faire apprécier la beauté du paysage à mon turbulent bambin. J'ai fini par le prendre dans mes bras et pointer l'horizon en disant : « Regarde, Henry, regarde, là ! » Il m'a répondu : « Feule ! » Je lui ai demandé : « Quoi ? », et il a répété : « Feule ! », avant de tendre la main pour cueillir une feuille marron sur le petit chêne à côté de nous.

J'ai failli lui expliquer qu'on trouvait des feuilles de chêne marron dans tout l'est des États-Unis au mois de novembre, et que c'était sans doute la chose la moins intéressante dans cette forêt. Mais je l'ai regardé en train d'examiner cette feuille, et je me suis pris au jeu, moi aussi, pour vite m'apercevoir qu'il ne s'agissait pas d'une simple feuille marron. Ses veines dessinaient des lignes arachnéennes rouges, orange et jaunes formant un schéma bien trop complexe pour être analysé par mon cerveau, et plus j'observais cette feuille avec Henry, plus je me sentais contraint par une sorte de contemplation esthétique que je ne désirais ni ne comprenais, face à quelque chose qui égalait ma capacité d'émerveillement.

Fasciné par la perfection de cette feuille, je me suis souvenu que la beauté esthétique dépend autant de la qualité de notre regard que de ce que l'on voit. Du quark à la supernova, les merveilles sont innombrables. C'est notre faculté d'attention qui est en stock limité, notre capacité et notre volonté à fournir le travail nécessaire à l'admiration.

N'empêche, j'ai de la tendresse pour notre capacité d'émerveillement. Je lui mets une note de 3,5 étoiles.

L'ART RUPESTRE DE LASCAUX

Si vous avez un jour eu ou été un enfant, vous devez déjà connaître le principe du pochoir de mains. Les premières œuvres d'art figuratif de mes propres enfants furent réalisées ainsi : entre l'âge de deux et trois ans, ils se sont mis à étaler leur main sur une feuille de papier et, avec l'aide d'un de leurs parents, ont dessiné les contours de leurs cinq doigts. Je me souviens de la tête de mon fils lorsqu'il a ôté sa main et vu avec stupeur la forme de ses doigts reproduite sur le papier, en une trace semi-permanente de lui-même.

Aujourd'hui, je suis bien content que mes enfants n'aient plus trois ans, et pourtant : quand je revois la forme de leurs petites mains sur ces premiers dessins, je me sens envahi par une joie étrange et déchirante. Ces images me rappellent que mes enfants ne sont pas seulement en train de grandir, mais de s'éloigner de moi à toute vitesse pour aller vers leur propre vie. Quand j'applique ce principe à leurs pochoirs de mains, je me rends compte que la relation complexe entre l'art et son public n'est jamais plus biaisée que lorsque nous nous plongeons dans le passé.

En septembre 1940, Marcel Ravidat, un mécanicien de dix-huit ans, se promenait dans la campagne du sud-ouest de la France quand son chien, Robot, disparut dans un trou. (C'est ce que dit la légende, en tout cas[1].) En le voyant revenir, le jeune Marcel songea qu'il avait peut-être découvert le légendaire passage secret censé conduire jusqu'au Manoir de Lascaux.

Quelques jours plus tard, il retourna donc sur les lieux avec une bonne longueur de corde et trois camarades : Georges Agniel, seize ans, Jacques Marsal, quinze ans, et Simon Coencas, treize ans. Georges passait ses vacances d'été dans la région et devait bientôt regagner Paris pour la rentrée scolaire. Jacques, comme Marcel, était un jeune gars du coin. Quant à Simon, issu d'une famille juive, il était venu se réfugier à la campagne avec les siens pour fuir l'occupant nazi.

Ce jour-là, comme le raconta Agniel par la suite, « nous sommes descendus avec notre lampe à huile, et nous avons avancé tout droit. Il n'y avait pas d'obstacles. Nous sommes entrés dans une salle et tout au fond, nous nous sommes retrouvés face à un mur. Nous avons vu qu'il était recouvert de dessins. Tout de suite, nous avons compris que nous étions dans une grotte préhistorique. »

Simon Coencas se souviendra plus tard : « Avec ma petite bande [...], nous espérions trouver un trésor. Nous en avons trouvé un, mais pas celui qu'on croyait. »

Dans la grotte, ils découvrirent plus de 900 peintures d'animaux

1. C'est Ravidat lui-même qui a raconté cette histoire mais, dans sa toute première version, Robot y jouait un rôle beaucoup moins important. Même quand l'histoire n'a que quelques décennies, on a parfois du mal à en extraire la vérité. Rien ne ment autant que la mémoire.

– chevaux, cerfs, bisons, ainsi que certaines espèces aujourd'hui disparues, comme le rhinocéros laineux. Les détails étaient d'une minutie et d'une vivacité stupéfiantes, dans des tons rouges, jaunes et noirs obtenus grâce à de la poudre de minéraux broyés, probablement soufflée à l'aide d'un tube étroit – ou d'un os évidé – sur les parois de la grotte. L'âge de ces œuvres serait par la suite estimé à dix-sept mille ans. L'un des garçons se souvint qu'à la lumière tremblante de leur lampe à huile, les animaux semblaient bouger, et certaines preuves incitent en effet à penser que les techniques employées par les artistes visaient à produire une sorte d'effet d'animation, comme un flip-book, visible à la lueur des torches[1].

Quelques jours après la découverte de la grotte, Simon Coencas et sa famille, craignant la menace grandissante des forces d'occupation allemandes dans la région, déménagèrent encore, cette fois pour s'installer à Paris, où de proches parents avaient promis de les cacher. Mais une relation de travail les trahit, et les parents de Simon furent assassinés par les nazis. Arrêté et emprisonné, le jeune garçon réussit à échapper de justesse aux camps de la mort et survécut jusqu'à la fin de la guerre en se cachant dans un grenier avec ses frères et sœurs. Il ne reverrait ses trois amis de Lascaux que quarante-six ans plus tard.

Quatre garçons avaient donc découvert la grotte, mais seuls deux d'entre eux purent rester sur les lieux : Jacques et Marcel. Ils étaient si bouleversés par ces peintures que, durant tout l'automne et l'hiver, ils campèrent devant l'entrée pour les protéger.

1. Tout cela est expliqué avec moult détails dans le merveilleux documentaire de Werner Herzog, *La Grotte des rêves perdus*, qui m'a fait découvrir l'existence des peintures de Lascaux.

Ils n'acceptèrent d'en partir qu'après l'installation d'une porte renforcée. En 1942, Jacques et Marcel rejoignirent ensemble les rangs de la Résistance. Jacques fut arrêté et envoyé dans un camp de prisonniers, mais tous deux survécurent à la guerre et, de retour chez eux, s'empressèrent d'aller voir la grotte.

Trois ans près la Seconde Guerre mondiale, en 1948, le gouvernement français ouvrit la grotte au public. Marcel et Jacques en devinrent les guides. En découvrant les peintures à l'occasion de sa visite à Lascaux, la même année, Pablo Picasso aurait déclaré : « Nous n'avons rien inventé. »

La grotte n'est pas particulièrement grande – elle ne mesure que 80 mètres de long en tout – mais contient près de 2 000 peintures. Hormis les animaux, des centaines de formes abstraites ornent ses parois, le plus souvent des cercles rouges et noirs.

Que peuvent donc signifier ces symboles ? Nous sommes bien en peine de nous l'expliquer. Lascaux est pleine de mystères : pourquoi, par exemple, n'y voit-on pas de peintures de rennes, alors que nous savons avec certitude qu'ils constituaient la principale source de nourriture des humains du paléolithique qui vivaient dans cette grotte ? Pourquoi le corps humain y est-il si rarement représenté[1] ? Pourquoi certaines parties de la cave sont-elles chargées d'images, parfois même jusqu'au plafond, ce qui dut nécessiter la construction d'échafaudages pour leur

1. Dans son essai intitulé *The Humanoid Stain* – « La Souillure humanoïde » –, Barbara Ehrenreich avance une hypothèse pour expliquer le faible intérêt de l'art rupestre envers le corps humain : nous ne vivions pas encore sur une planète humano-centrée. « La faible présence des silhouettes humaines dans ces peintures tend à suggérer que, du moins du point de vue humain, le drame central du paléolithique se jouait entre les divers représentants de la mégafaune – carnivores et grands herbivores. » En tout cas, il n'existe qu'une seule image évoquant la forme humaine sur les parois de Lascaux : une sorte de bonhomme allumette doté de longues jambes et de ce qui ressemble à une tête d'oiseau.

réalisation, là où d'autres parties n'en contiennent que quelques-unes ? Et ces dessins avaient-ils une valeur spirituelle (*Voici nos animaux sacrés*), ou pratique (*Voici un guide illustré de certains des animaux qui risquent de vous tuer*) ?

On trouve aussi dans les grottes préhistoriques des « pochoirs de mains en négatif », comme les appellent les historiens de l'art. Ces peintures étaient créées en pressant une paume de main, doigts écartés, contre la paroi rocheuse, et en soufflant des pigments colorés tout autour. Des œuvres similaires ont été découvertes dans plusieurs grottes à travers le monde. Nous avons ainsi retrouvé des souvenirs de mains parfois vieilles de quarante mille ans de l'Indonésie aux Amériques, en passant par l'Australie et l'Afrique. Ces pochoirs nous rappellent à quel point l'existence était différente dans ce lointain passé. Les amputations, sans doute liées aux engelures, étaient fréquentes en Europe, si bien qu'on voit souvent des mains dotées de seulement trois ou quatre doigts. La vie était rude, et souvent de courte durée : un quart des femmes mouraient pendant l'accouchement, et près de la moitié des enfants ne dépassaient pas l'âge de cinq ans.

Mais ces pochoirs nous rappellent aussi que ces hommes du temps jadis étaient aussi humains que nous. Leurs mains sont indissociables des nôtres. Et ce n'est pas tout : nous savons qu'ils nous ressemblent par bien d'autres aspects. Ces communautés chassaient et se rassemblaient. La notion d'excédent calorique n'étant pas vraiment de mise à l'époque, tous les individus en bonne santé devaient contribuer d'une manière ou d'une autre à l'apport d'eau ou de nourriture. Pourtant, ils trouvaient encore le temps de faire de l'art, comme si les humains ne pouvaient tout simplement pas s'en passer.

Nous voyons toutes sortes de mains – d'adultes ou d'enfants –

sur les parois des grottes préhistoriques du monde entier, mais presque toutes ont les doigts écartés, comme les contours des mains de mes enfants. Je ne suis pas un adepte de Jung, mais il est fascinant et un peu étrange de voir que tant d'humains du paléolithique, sans le moindre contact entre eux, ont créé le même genre d'œuvres en recourant à des techniques similaires – techniques que nous utilisons aujourd'hui encore pour réaliser des pochoirs de mains.

Après tout, ce que l'art rupestre de Lascaux représente à mes yeux est sans doute différent de ce qu'il signifiait pour ses créateurs. La paléontologue Genevieve von Petzinger a suggéré que les points et les zigouigouis abstraits retrouvés sur les parois des grottes préhistoriques constituaient peut-être une forme de langage primaire ayant un ensemble de significations commun, même sur de longues distances.

Quelle était la motivation derrière les pochoirs de mains? S'intégraient-ils à une tradition spirituelle, ou à des rites de passage? Certains universitaires pensent qu'il s'agissait de rituels liés à la chasse. À moins que la main soit juste un modèle bien commode placé au bout du poignet. Mais pour moi, ces empreintes de mains sur la roche nous disent simplement : «J'étais là.» Et elles nous disent aussi : «Vous n'avez rien inventé.»

La grotte de Lascaux est maintenant fermée aux visiteurs depuis de nombreuses années : trop de gens ont respiré à l'intérieur, entraînant la formation de moisissures et de lichens qui ont abîmé les œuvres d'art. Le simple fait de regarder quelque chose suffit parfois à l'abîmer, j'imagine. Les guides et découvreurs de la grotte, Marcel Ravidat et Jacques Marsal, auront été les premiers à observer l'impact des humains d'aujourd'hui sur l'art humain d'autrefois.

Les retrouvailles avec leurs amis Simon Coencas et Georges Agniel eurent lieu en 1986, après quoi les membres de la « petite bande » se réunirent régulièrement jusqu'à ce qu'ils finissent par s'éteindre, l'un après l'autre. Simon Coencas fut le dernier à mourir, au début de l'année 2020, à l'âge de quatre-vingt-trois ans. Les quatre découvreurs de Lascaux ne sont donc plus de ce monde, et la grotte elle-même est interdite au public, accessible uniquement aux scientifiques qui œuvrent à sa préservation. Mais les touristes peuvent encore visiter des reproductions baptisées Lascaux II, Lascaux III et Lascaux IV, dans lesquelles les peintures ont été minutieusement recréées.

La fabrication de fausses œuvres d'art rupestre pour sauver les vraies peut apparaître comme le comble de l'absurdité anthropocène. Mais j'avoue éprouver un vif soulagement à l'idée que quatre gamins et un chien appelé Robot ont découvert une grotte abritant des peintures rupestres vieilles de dix-sept mille ans, que les deux seuls adolescents restés sur place ont veillé sur elle sans relâche, et que quand les humains sont devenus un danger pour la beauté de la grotte, ils ont accepté de la laisser en paix.

Nous aurions pu recouvrir ces peintures de graffitis, ou continuer à aller les voir jusqu'à ce qu'elles soient entièrement rongées par les moisissures. Mais non. Nous avons décidé de les laisser vivre en les mettant à l'abri du monde.

Les peintures de Lascaux existent. Vous n'avez pas le droit d'aller les voir. Vous pouvez en revanche visiter la réplique que nous avons bâtie pas très loin et contempler les formes de pochoirs reconstituées à l'identique, tout en vous disant intérieurement :

je sais que ce n'est pas la chose elle-même, mais son ombre. La trace d'une main n'est pas une main. C'est un souvenir à jamais inaccessible. Et en cela, pour moi, la grotte ressemble beaucoup au passé qu'elle représente.

Ma note pour l'art rupestre de Lascaux est de 4,5 étoiles.

LES STICKERS ODORANTS À GRATTER

Le domaine olfactif est l'un des derniers territoires encore inconquis par la réalité virtuelle. Récemment, dans un parc à thème, je me suis retrouvé sur des montagnes russes en RV d'un réalisme à couper le souffle. Ce n'était pas seulement que j'avais la sensation de tomber quand je tombais ou la sensation de tourner quand je tournais ; j'ai carrément senti des embruns fouetter mon visage en plein survol de l'océan.

Sauf que ça ne *sentait* pas l'océan. Ça m'évoquait plutôt ce désodorisant d'intérieur appelé « Pluie de Printemps » dont j'aspergeais ma chambre au lycée. Pluie de Printemps ne sentait pas plus la pluie printanière que ça ne sentait l'océan sur ces montagnes russes, mais ce parfum évoquait tout de même l'humidité, ce qui explique sans doute ce recyclage océanique. Cela dit, aucun individu ayant déjà respiré à plein nez le fracas iodé d'une déferlante ne peut décemment confondre cette expérience avec la fragrance synthétique diffusée dans un manège en RV, et les émanations de Pluie de Printemps ont brutalement cassé mon trip pour me ramener à la réalité. Tout à coup, je n'étais plus du tout en train de survoler un océan déchaîné, mais enfermé dans une salle sombre au milieu de parfaits inconnus.

L'odorat tire en partie sa force de son lien direct à la mémoire. Helen Keller a comparé l'odeur à « un puissant sorcier capable de nous transporter à plus de 1 000 kilomètres et de nous faire remonter toutes les années que nous avons déjà vécues ». Les senteurs artificielles de Pluie de Printemps me ramènent dans un dortoir d'Alabama en 1993. Le parfum d'une vraie pluie printanière, elle, me rappelle les orages diluviens de mon enfance dans le centre de la Floride.

C'est la spécificité radicale de l'odeur qui explique en partie sa connexion à la mémoire ; cela explique aussi pourquoi elle est si difficile à imiter, même lorsqu'elle est artificielle. Le parfum *N° 5* de Chanel, par exemple, n'est pas protégé par un brevet, et cela est inutile car personne ne serait capable de le recréer. Mais je crois qu'il se passe autre chose avec les odeurs qui tentent d'imiter la nature, dans le sens où rien dans le monde réel ne sent tout à fait comme l'idée qu'on s'en fait. On s'imagine qu'une pluie printanière, par exemple, devrait sentir à la fois l'humidité et la fraîcheur, comme son parfum synthétique. Alors qu'en réalité, elle dégage une odeur terreuse et acide.

Les humains, eux, ont l'odeur des bactéries qui les colonisent – détail que nous faisons tous les efforts au monde pour masquer, non seulement en recourant à l'usage du savon et du parfum, mais aussi dans notre représentation collective de ce qu'est l'odeur humaine. Si on demandait à une intelligence artificielle de lire tous les romans jamais écrits et d'en déduire à quoi ressemble l'odeur humaine, elle se tromperait probablement sur toute la ligne. Dans nos histoires, les gens fleurent bon la vanille, la lavande et le bois de santal. L'IA en conclurait que nous sentons l'herbe coupée, ou la fleur d'oranger, et non la matière organique en lente décomposition que nous sommes en réalité.

L'herbe coupée et la fleur d'oranger comptaient justement parmi les parfums des stickers odorants à gratter de mon enfance. Ces trucs se vendaient comme des petits pains dans les années 1980, et j'en faisais la collection dans un grand album rose. Les stickers me fascinaient : quand on les grattait, ou qu'on les frottait, une odeur s'en dégageait, sans qu'on puisse se l'expliquer. Comme la plupart des parfums artificiels, ceux de ces stickers étaient plutôt de mauvaises imitations des vrais, d'où le fait qu'ils montraient l'image de ce qu'ils étaient censés sentir : les stickers senteur pizza étaient généralement des parts de pizza, etc. Mais ils dégageaient vraiment des odeurs – et parfois, elles étaient même très envahissantes.

Les parfums des stickers odorants à gratter sont soit d'une artificialité outrancière (la barbe à papa, par exemple), soit carrément chimiques. Une odeur d'œufs pourris a été ajoutée au gaz naturel, qui est inodore, afin que les humains puissent détecter sa présence en cas de fuite. En 1987, la société Baltimore Gas and Electric a envoyé à ses clients des cartes odorantes à gratter tellement réalistes que plusieurs centaines de personnes ont appelé les pompiers pour signaler des fuites de gaz. Les cartes ont vite été retirées du marché.

Quand j'avais dix ou onze ans, tout le monde avait laissé tomber les collections d'autocollants ou de vignettes – tout le monde, sauf moi. Même au collège, j'ai continué à les collectionner en cachette, surtout les stickers odorants à gratter, parce qu'ils me ramenaient dans un monde et une époque qui me rassuraient. Quand j'étais en sixième, j'avais un cours qui se déroulait tous les jours dans une sorte de bungalow. À cause d'une erreur de planning, le prof chargé de ce cours devait traverser tout le collège pour rejoindre sa classe, ce qui signifiait que pendant cinq bonnes minutes, les élèves étaient entièrement livrés à eux-mêmes. Souvent, un petit groupe en profitait pour me jeter à terre, me soulever chacun par un bras ou une jambe, et tirer de toutes leurs forces. Ils appelaient ça « l'abominable homme des neiges ». Parfois, on me renversait une poubelle sur la tête pendant que j'étais assis à ma place. En plus de la douleur physique, je me sentais misérable et impuissant. Mais je ne faisais rien non plus pour me défendre car, la plupart du temps, c'était ma seule interaction sociale de la journée. Même avec des détritus humides sur la tête, je m'efforçais d'en rire, comme si cela m'amusait aussi.

À son retour du travail, ma mère me demandait comment s'était passée ma journée. Quand je lui avouais la vérité, elle me prenait dans ses bras et me consolait en disant que ce n'était qu'une parenthèse de mon existence, que les choses allaient forcément s'arranger. Mais la plupart du temps, je lui mentais en affirmant que tout s'était bien passé. Je ne voulais pas lui transmettre ma souffrance. Ces jours-là, j'allais dans ma chambre, je ressortais mon album rose de mon étagère et je grattais mes stickers, paupières closes, en inspirant très fort.

J'avais tous les meilleurs stickers : Garfield en train de manger du chocolat, la tondeuse à gazon qui sentait l'herbe coupée, le taco qui sentait les tacos. Mais j'avais une passion particulière pour les fruits – l'écœurant et surnaturel effluve sucré des framboises, des fraises et des bananes. Oui, qu'est-ce que j'aimais l'odeur des bananes à gratter. Rien à voir avec l'odeur d'une vraie banane, évidemment. Ça ressemblait plutôt à l'idéal platonicien d'une odeur de banane. Si la vraie banane était une note jouée chez soi au piano, la banane des stickers à gratter était la même note jouée sur un orgue d'église.

Mais bref. Le plus fou dans cette histoire, ce n'est pas que j'ai continué à collectionner les stickers odorants jusqu'à l'adolescence. Le détail le plus fou, c'est que je possède encore cet album. Et quand je gratte les stickers, ils sentent toujours aussi fort.

Les stickers odorants à gratter existent grâce à un procédé appelé micro-encapsulation, qui fut inventé à l'origine dans les années 1960 avec l'avènement du papier autocopiant. Quand vous remplissez un formulaire sur du papier blanc et que votre écriture s'imprime sur les feuillets roses et jaunes en dessous, vous utilisez sans le savoir la micro-encapsulation. Le papier est enduit d'une couche de produits chimiques conservés dans de minuscules capsules. Dans le cas du papier autocopiant, la simple pression d'un stylo fait éclater ces capsules et libère l'encre contenue à l'intérieur. Dans le cas des stickers odorants, l'action du grattage ouvre des microcapsules renfermant des huiles parfumées.

De nos jours, cette technologie sert à toutes sortes de choses (comme les médicaments à libération prolongée, par exemple) et elle a largement prouvé son utilité, notamment du fait que les microcapsules peuvent durer longtemps selon le type de revêtement dont elles sont enduites.

Combien de temps ? Pour ma part, je peux témoigner que les stickers odorants à gratter ont une durée de vie de trente-six ans minimum, car je viens de gratter un sticker senteur poubelle datant de mes sept ans et, croyez-moi, il pue toujours autant. Pas comme une poubelle, pas tout à fait, mais comme quelque chose qui sent mauvais.

La longévité des microcapsules nous laisse entrevoir une hypothèse fascinante : qu'une odeur puisse disparaître de la surface de la Terre alors que sa version micro-encapsulée existe toujours. La dernière fois que quelqu'un sentira l'odeur d'une banane, ce sera peut-être grâce à un sticker odorant à gratter (ou à sa version futuriste).

Ce qui me pousse à m'interroger sur toutes les odeurs que j'ai déjà ratées. Lorsqu'on étudie le passé, on a tendance à se focaliser sur les mauvaises odeurs, qui étaient manifestement nombreuses. Les écrivains des temps anciens font souvent preuve d'une sensibilité exacerbée aux effluves nauséabonds ; le poète romain Martial compare ainsi l'odeur d'une personne à « un poulet pourrissant dans un œuf avorté » et à « un bouc venant juste de s'accoupler ».

Mais il devait aussi y avoir des senteurs merveilleuses dont la plupart ont disparu de nos jours. Du moins, disparu pour le moment. Car il n'est pas impossible qu'elles nous reviennent un jour sous forme de sticker à gratter : en 2019, des chercheurs de Harvard ont utilisé les échantillons d'ADN d'un certain type d'hibiscus des montagnes poussant jadis à Hawaï pour reconstituer le parfum de sa fleur. Hélas, nul n'a pu juger de la qualité du résultat, puisque le référent d'origine n'existe plus.

En réalité, je devise sur les différences entre senteurs naturelles et parfums artificiels alors qu'à ce stade de notre histoire, de nombreuses odeurs dites « naturelles » ont déjà été façonnées par la main de l'homme – y compris celle de la banane. Aux États-Unis, en tout cas, on ne trouve qu'une seule variété bananière, la Cavendish, sur la plupart des étals. Elle n'existait pas il y a deux siècles et ne fait l'objet d'une distribution massive que depuis les années 1950.

Si je me souviens de l'odeur acide de la pluie, c'est parce que les averses de mon enfance étaient plus acides que celles d'aujourd'hui. Les humains relâchaient davantage de dioxyde de soufre dans les années 1980, et cela avait une incidence sur le pH de la pluie. Dans la région du monde où je vis, les pluies sont toujours plus acides qu'elles le seraient sans les émissions humaines, donc je ne suis même pas sûr de savoir comment sent la pluie « naturelle ».

Au final, le vrai défi des fabricants de stickers odorants à gratter n'est pas d'imiter le monde réel, qui n'existe pas vraiment comme une entité séparée de l'humanité. Leur vrai défi est d'imaginer quelle association d'odeurs évoquera aux humains le parfum de la banane, de l'océan ou de l'herbe fraîchement tondue. Non pas que nous ne trouvions jamais le moyen de synthétiser efficacement les odeurs – après tout, nous avons déjà synthétisé tant d'autres choses. Mais nous avons encore un long chemin à parcourir. Quand je rouvre les pages de mon vieil album pour gratter mes stickers écornés et jaunis par le temps, ce n'est pas l'odeur du chocolat ou de la pizza que je respire, mais celle de mon enfance.

Ma note pour les stickers odorants à gratter est de 3,5 étoiles.

LE DIET DR PEPPER

L'histoire du Dr Pepper commence en 1885 à Waco, au Texas. Un certain Charles Alderton, pharmacien de son état, combina vingt-trois parfums de sirops pour créer un nouveau type de boisson gazeuse. Fait étonnant, il revendit la recette au bout de quelques années pour se consacrer à sa vraie passion, la chimie pharmaceutique. Il travailla pour le laboratoire Eli Lilly avant de retourner dans sa ville natale où il monta sa propre compagnie pharmaceutique, la Waco Drug Company[1].

L'invention d'Alderton serait sans doute restée un phénomène purement texan avant de disparaître, comme tant d'autres sodas en vogue à l'époque (l'*opera bouquet*, le *swizzle fizz*, l'*almond sponge*), s'il n'y avait pas eu la détermination d'un certain Woodrow Wilson Clements, « Foots » de son petit nom – qu'il s'était lui-même choisi à cause de la forme atypique de ses orteils.

1. Oui, le Dr Pepper est une drogue, bien sûr. La caféine et le sucre sont deux composés chimiques essentiels de l'Anthropocène. Le Pepsi, le Coca-Cola, la bière au gingembre et la plupart des autres sodas parfumés ont été inventés soit par des chimistes, soit par des pharmaciens ; au XXe siècle, il n'y avait pas de frontière nette entre cocktails médicinaux et récréatifs.

Cadet de huit enfants, Foots grandit dans une toute petite ville de l'Alabama appelée Windham Springs. Il décrocha ensuite une bourse sportive pour intégrer l'université d'Alabama, où il joua dans la même équipe de football américain que Bear Bryant[1].

En 1935, durant sa dernière année de fac, Foots commença à travailler comme vendeur de Dr Pepper. Lorsqu'il prit sa retraite, cinquante et un ans plus tard, il était PDG d'une société de boissons gazeuses valant plus de 400 millions de dollars. En 2020, la Keurig Dr Pepper (société qui possède entre autres 7Up, RC Cola et quatre marques de bière au gingembre) est évaluée à plus de 40 milliards de dollars. Presque tous ses produits sont à base d'eau sucrée et/ou caféinée.

Foots Clements a réussi parce qu'il a compris exactement ce qui faisait l'intérêt du Dr Pepper : «J'ai toujours dit qu'il était impossible de décrire à quelqu'un le goût du Dr Pepper, parce qu'il est unique. Ce n'est ni de la pomme, ni de l'orange, ni de la fraise, ni de la bière au gingembre, ni même un cola.» Après tout, le Coca est un dérivé de noix de kola et de vanille, deux parfums présents dans la nature. Le Sprite a un petit arôme de citron vert. Les sodas violets ont évidemment un goût de raisin. Mais le Dr Pepper, lui, n'a aucun équivalent naturel.

Les tribunaux administratifs compétents se sont d'ailleurs saisis de la question en rangeant le Dr Pepper et ses imitateurs dans la catégorie des «sodas poivrés», alors qu'ils ne contiennent pas de poivre et que le mot «Pepper» n'a aucun rapport avec l'épice : il s'agit soit du nom d'une personne, soit d'un jeu de mots sur le «*pep*» – en français, le peps – que la boisson est

1. Bear Bryant deviendra un entraîneur de football américain légendaire dans la région – tellement légendaire que, durant mes années de lycée à Birmingham, Alabama, dans les années 1990, j'ai connu trois garçons prénommés Bryant et un autre prénommé Bear.

censée vous apporter[1]. C'est le seul type de soda dont le nom ne soit pas une allusion au goût, et c'est justement la raison pour laquelle le Dr Pepper marque selon moi un tournant dans l'histoire humaine. C'était une boisson artificielle dont le goût ne ressemblait à *rien*. Ça n'avait pas un goût d'orange amélioré ou un goût de citron sucré. Dans une interview, Charles Alderton avait expliqué vouloir créer un soda dont le goût lui rappellerait l'odeur de la fontaine à soda de Waco, avec toutes ses saveurs artificielles qui embaumaient l'air. De par sa conception même, le Dr Pepper est tout sauf naturel. C'est la pure création d'un chimiste.

La première version sans calories du Dr Pepper apparut sur le marché en 1962. Baptisé « Dietetic Dr Pepper », cette première tentative fut un échec mais la seconde, en 1991, remporta un vif succès, avec un nom allégé – « Diet Dr Pepper » – et un tout nouvel édulcorant artificiel, l'aspartame. Ce lancement fut aussi accompagné par un nouveau slogan accrocheur, « Diet Dr Pepper : encore plus le goût du Dr Pepper ». Et c'est vrai. Le Coca et le Coca Light n'ont presque rien en commun. Si le Coca était un aigle royal, le Coca Light serait un oiseau-mouche en comparaison. Mais le Dr Pepper et sa version light ont le même goût, détail qui me semble intéressant à noter puisque, comme le faisait remarquer Foots Clements en personne, leur goût ne ressemble à rien.

1. Notez qu'il n'y a plus de point après le « Dr » de « Dr Pepper ». La société l'a abandonné dans les années 1950, parce que la typographie très ronde du logo de l'époque donnait aux gens l'impression de lire « Dri Pepper » – prononcé « Dry Pepper », soit « Poivre sec », un peu le pire nom de soda qu'on puisse imaginer.

Évidemment, beaucoup de gens sont écœurés par l'artificialité du Dr Pepper. Certains de ses détracteurs vous diront qu'il y a trop de produits chimiques dedans. Bien sûr, il y a aussi des composants chimiques dans le vin, le café ou l'air. Mais le reproche de fond adressé à la boisson est tout à fait pertinent : le Diet Dr Pepper est *intrinsèquement* artificiel. Et c'est justement pour ça que je l'aime. Le Diet Dr Pepper me permet de savourer un goût relativement inoffensif et inventé rien que pour moi. Quand j'en bois, je repense aux gamins réunis autour de la fontaine à soda de Waco, au Texas, et dont la plupart n'avaient jamais connu le plaisir de boire une boisson glacée. Pour eux, ces premiers Dr Pepper devaient constituer le summum du délice.

Chaque fois que je rebois du Diet Dr Pepper, le choc est le même. Regardez ce que les humains peuvent faire ! Ils sont capables de fabriquer des boissons glacées, sucrées et sans calories, qui ont le goût de tout et de rien à la fois ! Je n'irai pas jusqu'à prétendre que le Dr Pepper est une boisson saine mais, consommée avec modération, ce n'est sans doute pas non plus une boisson nocive. L'excès de Diet Dr Pepper peut être mauvais pour les dents et entraîner certains risques sur le plan de la santé. Mais pour reprendre les termes du Dr Aaron Carroll dans son livre *The Bad Food Bible* – « La Bible de la malbouffe » –, « Il existe un risque potentiel – et sans doute bien réel – à la consommation de sucres ajoutés. Il n'en existe sans doute aucun pour les édulcorants artificiels. »

Le Diet Dr Pepper ne présente donc aucun risque majeur pour ma santé. Pourtant, j'ai l'impression de commettre un péché chaque fois que j'en bois. Rien d'aussi sucré ne peut être 100 % vertueux. Mais c'est un vice franchement bénin et, allez savoir pourquoi, j'ai toujours considéré que j'avais *besoin* d'en avoir un. J'ignore s'il s'agit d'un sentiment universel, mais une portion infime et vibrante de mon subconscient me pousse à l'autodestruction, même juste un peu.

Adolescent, puis jeune adulte, j'étais un fumeur compulsif, jusqu'à trente ou quarante cigarettes par jour. Le plaisir de fumer n'était pas associé à l'aiguillon de la nicotine ; c'était plutôt le frisson de s'adonner à une envie physique insatiable et mauvaise pour la santé, ce qui eut pour effet d'accroître mes autres envies physiques insatiables, ce qui eut à son tour pour effet d'accroître mon plaisir à m'y adonner. Cela fait plus de quinze ans que je n'ai pas touché une cigarette, mais je ne crois pas avoir pour autant échappé à ce cycle. Un désir ardent logé dans mon subconscient continue d'exiger un sacrifice, et je lui fais donc l'offrande d'un ersatz de vice en buvant du Diet Dr Pepper – le soda qui, plus que tout autre, a le goût précis de l'Anthropocène.

Après des décennies de slogans divers et variés où le Dr Pepper a été vendu comme « le goût du soleil liquide », la « saveur Pepper de ton cœur » ou encore « la boisson pétillante la plus originale de tous les temps », celui d'aujourd'hui semble aller droit au but : « Celui qui vous fait envie. »

Ma note pour le Diet Dr Pepper est de 4 étoiles.

LES VÉLOCIRAPTORS

Avant 1990 et la parution de *Jurassic Park*, le best-seller de Michael Crichton, les vélociraptors n'avaient pas vraiment de notoriété parmi les dinosaures. Le roman, dont l'intrigue se déroule dans un parc à thème avec des dinosaures recréés à partir d'échantillons d'ADN clonés, est vite devenu un succès planétaire. Trois ans plus tard, l'adaptation cinématographique de Steven Spielberg donnait vie aux créatures du livre de façon plus vraie que nature grâce à des images de synthèse comme on n'en avait encore jamais vu au cinéma. Même des décennies plus tard, les dinosaures de *Jurassic Park* paraissent encore d'un réalisme stupéfiant, y compris les vélociraptors, représentés comme des bêtes couvertes d'écailles, mesurant près de 2 mètres de haut et originaires du Montana actuel. Ils ne sont pas seulement méchants, mais d'une intelligence terrifiante. Dans *Jurassic Park III*, un personnage affirme que les vélociraptors sont « plus intelligents que les dauphins, et plus intelligents que les primates ». On les voit notamment réussir à ouvrir une porte – à vrai dire, c'est même la première fois que j'ai entendu mon frère lâcher un juron. Au moment où le vélociraptor tourne la poignée de la porte, j'ai distinctement entendu Hank, alors âgé de dix ans, marmonner : « Han, *merde.* »

Les vélociraptors de Crichton sont tout à fait le genre d'animaux effrayants et intimidants susceptibles d'inspirer, disons, le nom d'une équipe sportive professionnelle. D'ailleurs, quand la National Basketball Association s'est élargie au Canada en 1995, Toronto a choisi de baptiser son équipe les Raptors. Aujourd'hui, le vélociraptor compte parmi les dinosaures les plus connus, avec le *T.Rex* et le stégosaure, bien que les créatures ayant vécu à la fin du crétacé quelque soixante-dix millions d'années auparavant n'aient pas grand-chose à voir avec les vélociraptors de notre imagination contemporaine.

Pour commencer, les vélociraptors ne vivaient pas dans ce que nous appelons aujourd'hui le Montana : ils vivaient en réalité dans les actuelles Mongolie et Chine, d'où leur nom savant, *Velociraptor mongoliensis*. Ils étaient plutôt intelligents pour des dinosaures, mais pas plus que les dauphins ou les primates ; à vrai dire, ils devaient plutôt se rapprocher des poulets ou des opossums. Et ils ne mesuraient pas 2 mètres de haut : ils avaient la taille des dindes que nous connaissons aujourd'hui, mais avec une longue queue pouvant mesurer plus d'un mètre. Enfin, sachant que leur poids est estimé à une cinquantaine de kilos maximum, on les imagine mal en train de massacrer un humain. À vrai dire, c'étaient sans doute des charognards qui se nourrissaient de carcasses d'animaux déjà morts.

En outre, les vélociraptors n'étaient pas couverts d'écailles mais de plumes. Nous le savons parce que des chercheurs ont retrouvé des points de fixation correspondant à des plumes sur le cubitus d'un vélociraptor en 2007. Mais à l'époque de Crichton, la plupart des paléontologues estimaient déjà que les vélociraptors et d'autres membres de la famille des droméosauridés avaient des plumes. Si les vélociraptors n'ont sans doute jamais pu voler, leurs ancêtres en étaient capables. Mark Norell, un paléontologue de l'American Museum of Natural History, résume les choses ainsi : « Plus nous en apprenons sur ces animaux, plus nous découvrons qu'il n'existe grosso modo aucune différence entre nos oiseaux et leurs ancêtres dinosaures les plus proches, comme les vélociraptors. Ils avaient un bréchet, des os creux, ils couvaient leurs œufs dans des nids et étaient couverts de plumes. Si des animaux comme les vélociraptors étaient encore vivants de nos jours, ils nous feraient l'effet d'oiseaux très étranges, sans plus. » En effet, comme me l'a récemment fait remarquer un guide du Houston Museum of Natural Science, les images d'oiseaux sans plumes ressemblent de façon confondante à des dinosaures.

Les vélociraptors devaient sans doute chasser de temps en temps. Un célèbre fossile découvert en Mongolie en 1971 montrait l'un d'eux figé pour l'éternité dans une funeste étreinte avec un dinosaure de la taille d'un cochon appelé protocératops. Le vélociraptor semble avoir planté l'une de ses griffes en forme de faucille dans le cou de son adversaire, lequel était en train de lui mordre le bras, lorsqu'ils se sont retrouvés tous les deux ensevelis sous le sable, peut-être à cause de l'effondrement d'une dune. Mais nous ne connaissons pas la fréquence de ces chasses, ni si elles étaient fructueuses ou si elles s'opéraient en meute.

Crichton s'est inspiré d'un autre dinosaure, le déinonychus, pour imaginer ses vélociraptors. Le déinonychus vivait dans la région du Montana actuel et faisait grosso modo la même taille que les vélociraptors de *Jurassic Park*. Crichton a choisi le nom « vélociraptor » parce qu'il le trouvait « plus impressionnant ».

Ceci explique aussi sans doute pourquoi le parc à thème s'appelle Jurassic Park alors que la plupart des dinosaures ne vivaient même pas au jurassique, qui s'est achevé il y a cent quarante-cinq millions d'années, mais à l'ère du crétacé, qui s'est achevée voici soixante-six millions d'années avec l'extinction des trois quarts de la faune et de la flore terrestres, dont toutes les grandes espèces de ce que nous considérons comme des dinosaures.

Par conséquent, notre vision des vélociraptors en dit davantage sur nous qu'elle n'en dit sur eux. Même les choses que nous savons, ou croyons savoir, sur les dinosaures sont influencées en permanence par des suppositions et des hypothèses, dont certaines se révèlent incorrectes *in fine*. Dans la Chine ancienne, on prenait les fossiles de dinosaures pour des squelettes de dragons. En 1676, le premier os de dinosaure examiné par des scientifiques européens (un morceau de fémur de mégalosaure) fut considéré comme appartenant aux espèces de géants décrits dans la Bible[1].

Le mégalosaure a été décrit pour la première fois dans un journal scientifique en 1824, à peu près à l'époque où la paléontologue Mary Ann Mantell découvrait les premiers fossiles d'iguanodon. Le *Tyrannosaure rex* n'a été nommé qu'en 1905. Le premier vélociraptor a lui été découvert en 1924.

Les scientifiques débattent depuis plus d'un siècle afin de savoir si le brontosaure à long cou du jurassique a vraiment existé, ou s'il s'agit juste d'un apatosaure mal identifié. Le brontosaure était réel à la fin du XIXe siècle, avant de devenir une fiction durant la majeure partie du XXe et de redevenir réel au cours des dernières années. L'histoire est jeune. La préhistoire

1. Cet os fut incidemment baptisé *Scrotum humanum*, ce qui constitue une remarquable description de sa forme approximative.

l'est encore plus. Et la paléontologie est la plus jeune d'entre toutes.

Mais le plus curieux à propos des vélociraptors, c'est que j'ai beau savoir qu'ils n'étaient que des charognards à plumes à peine plus gros qu'un cygne, je ne peux pas m'empêcher de voir les créatures de *Jurassic Park* quand je les imagine. La connaissance des faits ne m'aide pas à visualiser la vérité. Pour moi, cela résume bien la beauté et la terreur des images de synthèse : si elles ont l'air vraies, mon cerveau n'est pas assez sophistiqué pour comprendre qu'elles ne le sont pas. Nous savons depuis longtemps qu'il faut se méfier des images – Kafka a écrit que « rien n'est plus trompeur qu'une photographie » –, et pourtant, je ne peux pas m'empêcher de les croire.

Comme le vélociraptor, je possède un gros cerveau pour mon âge géologique, mais peut-être pas assez gros pour survivre au monde dans lequel je me trouve. Mes yeux croient toujours ce qu'ils voient, alors que les informations visuelles ont depuis longtemps prouvé qu'elles n'étaient pas fiables. Pourtant, j'ai une tendresse particulière envers les raptors – à la fois ceux que j'ai vus alors qu'ils n'ont jamais existé, et ceux qui ont existé mais que je n'ai jamais vus.

Ma note pour les vélociraptors est de 3 étoiles.

L'OIE BERNACHE DU CANADA

La bernache du Canada est une sorte d'oie aux plumes marron et au cou noir, dont le cacardement – son cri distinctif – est devenu omniprésent dans les zones suburbaines d'Amérique du Nord, d'Europe et de Nouvelle-Zélande. Avec son chant qui évoque le doux bruit d'un ballon qui se dégonfle et son penchant pour attaquer les humains, ce n'est pas un animal facile à aimer. Mais au fond, c'est aussi vrai de la plupart d'entre nous[1].

Aujourd'hui, le monde compte entre 4 et 6 millions de bernaches du Canada, bien que cette estimation me paraisse largement sous-évaluée, depuis Indianapolis où j'écris ces lignes et où il semble y en avoir 4 à 6 millions rien que dans mon jardin. Néanmoins, leur population mondiale ne cesse de croître alors qu'il s'agissait jadis d'un animal très rare. De fait, la sous-espèce que vous avez le plus de chance d'apercevoir dans les parcs et les étangs, la

1. Vous vous demandez peut-être, comme moi, si les ornithologues américains qui ont découvert cette oie lui ont assigné le mot « Canada » pour la même raison que la syphilis a été baptisée « la maladie française » par les Italiens, « la maladie allemande » par les Polonais et « la maladie polonaise » par les Russes. La réponse est non. L'oie bernache du Canada a juste été observée pour la toute première fois au Canada.

bernache résidente (aussi appelée « oie géante du Canada »), était même considérée comme éteinte au début du XXe siècle en raison de la chasse non réglementée dont elle faisait l'objet.

Les bernaches du Canada étaient particulièrement prisées comme « appâts vivants ». Les chasseurs les capturaient, les rendaient incapables de voler et les plaçaient dans des champs ou des étangs. Le cri de ces oies captives attirait leurs congénères sauvages, sur lesquelles les hommes pouvaient alors tirer. Les chasseurs étaient souvent gagas de leurs appâts vivants. L'un d'eux, un certain Philip Habermann, écrivit : « Observer et écouter les appâts à l'œuvre procurait un plaisir semblable à celui de la chasse avec un bon limier », ce qui nous rappelle que les humains ont toujours tracé une frontière étrange entre leurs proies et leurs animaux de compagnie.

Mais en 1935, les appâts vivants furent interdits, et les populations d'oies commencèrent à se développer – d'abord très lentement, puis à un rythme spectaculaire.

À la mi-janvier 1962, Harold C. Hanson faisait partie d'un groupe d'ornithologues s'étant donné pour mission de baguer, peser et mesurer certaines oies de l'État du Minnesota. « En ce jour mémorable, raconterait-il par la suite, la température était proche de zéro et il soufflait un vent fort, mais cela ne faisait que pimenter notre entreprise. » Les oies qu'ils pesèrent étaient si énormes qu'ils crurent que leurs balances étaient déréglées. En fait, pas du tout : il s'avérait simplement que la sous-espèce des bernaches dites « géantes » avait survécu. Aujourd'hui, elles sont plus de 100 000 dans le Minnesota. Les populations allochtones ont explosé de l'Australie à la Scandinavie. En Grande-Bretagne, le nombre de bernaches du Canada a été multiplié par 20 au cours des soixante dernières années.

Ce succès est dû en partie aux lois qui les protègent, mais aussi au fait que, depuis de nombreuses décennies, l'action des humains a rendu énormément de territoires favorables à leur présence. Les parcs paysagers des banlieues résidentielles, les berges aménagées et les terrains de golf avec plans d'eau offrent des conditions de vie idéales aux oies. Les bernaches du Canada raffolent particulièrement des graines de *Poa pratensis*, la plante herbacée la plus cultivée aux États-Unis. Également appelée pâturin des prés, elle est plantée massivement dans nos parcs et nos jardins ; mais, comme elle est somme toute d'une utilité limitée aux humains[1], les oies doivent s'imaginer que nous la faisons pousser rien que pour elles. Comme l'a fait observer un ornithologue : « Les oisons et les adultes affichent une préférence marquée pour *Poa pratensis* dès trente-six heures environ après éclosion. »

Les bernaches du Canada apprécient également la campagne à proximité des rivières et des lacs, mais l'actuel ratio bernache des villes / bernache des champs aux États-Unis est très proche du ratio humain. Près de 80 % des humains états-uniens vivent dans ou près d'une zone urbaine. Pour les bernaches du Canada, ce nombre s'élève à 75 %.

À vrai dire, plus on les observe, et plus on trouve des similitudes entre elles et nous. Notre population a elle aussi explosé au cours des dernières décennies : il n'y avait que 2 milliards d'individus sur Terre en 1935, année où les appâts vivants furent interdits aux États-Unis. En 2021, nous sommes plus de 7 milliards d'individus. Comme les humains, les bernaches du Canada ont tendance à se mettre en couple pour la vie, même

1. Voir p. 206.

si cela ne fait pas toujours leur bonheur. Comme nous, le succès de leur espèce a eu un impact sur leur habitat : une seule d'entre elles peut produire jusqu'à cinquante kilos d'excréments par an, ce qui a entraîné des teneurs en *E. coli* trop élevées dans les lacs ou les étangs où elles se rassemblent. Et comme nous, elles ont peu de prédateurs naturels. Lorsqu'elles connaissent une mort violente, c'est presque toujours de la main de l'homme. Nous aussi.

Mais bien que les bernaches du Canada soient parfaitement adaptées à la vie sur une planète dominée par les humains, elles semblent n'éprouver que mépris à notre égard. Elles cacardent, se pavanent et nous mordent pour nous faire fuir, alors même qu'elles profitent de nos lacs artificiels et de nos pelouses parfaitement entretenues. Résultat, nombre d'entre nous en sont venus à les considérer comme des animaux nuisibles. J'avoue que j'en fais partie.

Pourtant, leur présence me donne aussi le sentiment qu'il existe encore une part de vraie nature dans ma petite vie banlieusarde édulcorée, si peu variée sur le plan biologique. Même si elles sont devenues banales dans notre paysage, leur vol en V parfait dans le ciel a toujours quelque chose d'impressionnant. Pour reprendre les termes d'un passionné, la bernache du Canada « excite notre imagination et fait battre notre cœur plus vite ». Plus que les pigeons, les souris ou les rats, elles m'apparaissent encore comme des animaux sauvages.

Notre relation doit s'apparenter à une sorte d'union symbiotique dans laquelle aucune des deux parties n'apprécie l'autre – ce qui me rappelle d'ailleurs une anecdote : pendant ma dernière année de fac, peu de temps avant la remise des diplômes, j'étais en route pour aller faire des courses avec ma copine de l'époque dans sa vieille berline bleue quand elle m'a demandé quelle était ma plus grande peur dans la vie.

« L'abandon », lui ai-je répondu. Je craignais que notre relation ne survive pas à la fin de nos études, et j'avais besoin qu'elle me rassure, qu'elle me dise que je n'avais aucune raison de m'inquiéter de me retrouver seul, parce qu'elle serait toujours là pour moi, etc. Mais elle n'était pas du genre à faire de fausses promesses, et la plupart des promesses contenant le mot « toujours » sont impossibles à tenir. Tout a une fin – ou du moins, tout ce que les humains ont pu observer jusqu'à ce jour.

Bref, elle a accueilli ma réponse d'un simple hochement de tête et j'ai rompu le silence gêné qui s'était installé en lui demandant quelle était sa plus grande peur à elle.

Elle m'a répondu : « Les oies. »

Et qui lui jetterait la pierre ? En 2009, c'est une troupe de bernaches du Canada qui a heurté les réacteurs du vol US Airways 1549, obligeant son pilote, le capitaine Sully Sullenberger, à pratiquer un amerrissage d'urgence sur le fleuve Hudson. En 2014, c'est aussi l'attaque d'une d'entre elles qui a envoyé un cycliste canadien à l'hôpital.

Il existe des remèdes au sentiment d'abandon. Vous pouvez affermir votre propre indépendance, par exemple, ou vous construire un réseau d'amis fiables et sincères afin de ne pas dépendre affectivement d'une seule personne. Mais en tant qu'individu, vous ne pouvez pas grand-chose contre la bernache du Canada.

À mes yeux, c'est là l'une des plus grandes bizarreries de l'Anthropocène. Pour le meilleur ou pour le pire, nous nous sommes approprié la terre. C'est nous qui la cultivons, la façonnons, et aussi qui la protégeons. Notre statut dominant sur la planète est tel que nous avons grosso modo le pouvoir de vie et de mort sur les espèces qui nous entourent : nous influençons leur croissance (comme la bernache du Canada) ou leur déclin (comme le bécasseau spatule, son cousin limicole). Pourtant, à titre personnel, je ne ressens pas ce pouvoir. Je n'ai aucune influence sur la vie ou la mort d'une espèce. Je n'en ai même pas assez sur mes propres enfants pour qu'ils avalent leur petit déjeuner.

Le train-train quotidien de la vie humaine est synonyme de pelouse à tondre, d'allers-retours aux entraînements de foot, de crédit immobilier à rembourser. Et je fais donc comme les autres semblent avoir toujours fait avant moi, en suivant le modèle qui semble le bon, voire le seul modèle à suivre. Je tonds mon gazon de *Pao pratensis* comme si les pelouses étaient des éléments naturels, alors que nous n'avons inventé le concept de la pelouse de banlieue américaine qu'il y a cent soixante ans de cela. J'accompagne mes enfants en voiture à leurs entraînements de foot alors que c'était impossible il y a cent soixante ans – parce que les voitures n'existaient pas, et le foot non plus. Et je rembourse mon crédit tous les mois alors que le concept même d'emprunt immobilier tel que nous l'entendons aujourd'hui était fort peu répandu avant les années 1930. Beaucoup de choses qui m'apparaissent comme inévitablement et intrinsèquement humaines sont en fait très, très récentes – y compris l'omniprésence des bernaches du Canada. Je ne sais donc pas trop quoi penser de ces volatiles, à la fois en tant qu'espèce et en tant que symbole. D'une certaine manière, elles sont devenues ma plus grande peur.

Elle n'y est pour rien, bien sûr, mais il en va ainsi : ma note pour la bernache du Canada ne saurait excéder 2 étoiles.

LES OURS EN PELUCHE

Le mot anglais pour « ours », *bear*, nous vient du vieil allemand *bero*, qui signifie « individu marron » ou « chose marron ». Dans certaines langues scandinaves, le mot désignant l'ours est une déformation de l'expression « mangeurs de miel ». De nombreux linguistes pensent que ces termes sont des substituts, créés pour éviter d'écrire ou de prononcer le vrai mot « ours », considéré comme tabou. À l'instar des jeunes sorciers de *Harry Potter* à qui on apprend à ne jamais dire « Voldemort », les habitants du nord de l'Europe préféraient ne pas prononcer le mot désignant l'ours dans leur langue, sans doute par crainte de voir l'animal surgir devant eux. En tout cas, ce tabou est encore si marqué de nos jours qu'il ne nous reste que le mot de remplacement pour désigner l'ours : sans le savoir, nous l'appelons encore « Tu-Sais-Quoi ».

Pourtant, nous avons longtemps représenté une plus grande menace pour eux qu'ils n'en représentaient pour nous. Durant des siècles, les Européens les ont torturés pour se distraire lors de combats d'ours. Ces derniers étaient attachés à un poteau et attaqués par des chiens jusqu'à ce qu'ils soient blessés ou tués, ou forcés de combattre un taureau à mort dans une arène. Les têtes couronnées d'Angleterre raffolaient de ce type de spectacle : Henry VIII avait même fait construire une arène spéciale au palais de Whitehall.

On trouve même des allusions aux combats d'ours dans les pièces de Shakespeare, quand Macbeth se lamente que ses ennemis l'ont « lié à un poteau : je ne peux pas fuir mais, comme l'ours, je dois lutter contre la meute ». Ce passage est d'autant plus intéressant qu'à l'époque de Shakespeare, les ours avaient disparu de Grande-Bretagne depuis un bon millier d'années, sans doute en raison de leur surchasse par les humains. Le fait de lutter « comme l'ours » contre la meute n'était donc pas une allusion au comportement de l'animal dans son milieu naturel, mais uniquement à la violence qu'il endurait lors de spectacles mis en scène par et pour les humains.

Beaucoup de gens étaient prêts à admettre que les combats d'ours étaient « un passe-temps vulgaire et dégradant », pour reprendre les termes du diariste John Evelyn, mais la cruauté envers les animaux était rarement un argument contre. « Les puritains détestaient les combats d'ours, non parce qu'ils faisaient souffrir l'animal, mais parce qu'ils donnaient du plaisir aux spectateurs », écrivit Thomas Babington Macaulay.

On aurait donc tort d'affirmer que notre domination des ours est un phénomène récent. N'empêche, ça fait bizarre de voir nos enfants câliner des versions en peluche d'un animal dont nous avions jadis peur de prononcer le nom.

Voici l'histoire de l'ours en peluche telle qu'on la raconte généralement : au mois de novembre 1902, le président américain Teddy Roosevelt était parti chasser l'ours dans le Mississippi, activité tout à fait « rooseveltienne ». Les chiens de la meute suivirent un ours pendant des heures jusqu'à ce que Roosevelt jette l'éponge et regagne le camp de base à l'heure du déjeuner.

Son rabatteur du jour, un certain Holt Collier, continua à traquer l'animal avec les chiens pendant que le président finissait son repas. Né esclave au Mississippi, Collier était devenu l'un de meilleurs cavaliers du monde après l'abolition de l'esclavage en 1863. (Il tua également plus de 3 000 ours de son vivant.) La meute finit par encercler l'ours, et Collier sonna le clairon pour alerter le président. Mais le temps que ce dernier arrive, le rabatteur avait dû frapper l'animal avec la crosse de son fusil car il s'en était pris à l'un de ses chiens.

Roosevelt trouva l'ours à moitié inconscient, attaché à un arbre. Il refusa de l'abattre au prétexte que cela serait contraire à l'éthique de la chasse. Ce geste de compassion présidentiel fit rapidement le tour du pays, surtout après la parution d'une caricature de Clifford Berryman dans le *Washington Post*. Le dessin montrait un joli petit ourson fixant le président de ses grands yeux innocents et désespérés.

En voyant ce dessin, Morris et Rose Michtom, un couple d'immigrés russes vivant à Brooklyn, eurent l'idée de créer un ourson en peluche qu'ils baptisèrent « Teddy's Bear » – « L'ours de Teddy ». Ils le placèrent dans la vitrine de leur boutique de confiseries, où il fit un tabac. Au même moment, par le plus grands des hasards, un fabricant de jouets allemand commercialisait lui aussi un modèle d'ours en peluche. L'entreprise Steiff était dirigée depuis plus de vingt ans par sa fondatrice, Margarete

Steiff, et c'est son neveu Richard qui dessina l'ours en peluche vendu par la marque. En 1907, ils en vendaient près de 1 million par an. La même année, à Brooklyn, grâce aux ventes colossales d'exemplaires de Teddy's Bear, les Michtom fondèrent leur propre entreprise, Ideal Toy, qui lancerait certains des jeux les plus populaires du XXe siècle, comme Attrap'Souris ou le Rubik's Cube.

L'ours en peluche classique, tel que nous le connaissons aujourd'hui, ressemble à peu de chose près à ses ancêtres de 1902 : il a un pelage marron, des yeux noirs, une tête ronde et une jolie petite truffe. Quand j'étais gamin, un ours parlant baptisé Teddy Ruxpin était très à la mode, mais j'aimais surtout les ours en peluche pour leur silence. Ils n'attendaient rien de moi, ne me jugeaient pas lorsque je faisais un caprice. L'un de mes souvenirs d'enfance les plus marquants est l'anniversaire de mes dix ans. Je m'étais réfugié dans ma chambre après une fête exténuante et j'avais serré un ours en peluche contre moi, pour m'apercevoir que ça ne me faisait plus d'effet et que le réconfort que m'avait toujours apporté cette créature douce et silencieuse avait cessé d'opérer. Je me rappelle avoir pensé que je ne serais plus jamais un enfant, plus vraiment, et avoir ressenti pour la toute première fois de ma vie la nostalgie d'un temps révolu et inaccessible. Sarah Dessen a écrit un jour que « notre vraie maison n'est pas un lieu, mais un moment ». Ma vraie maison, c'est un ours en peluche, mais pas n'importe lequel : un certain ours en peluche à un moment précis.

Les ours de notre imagination sont de plus en plus adorables et gentils depuis l'apparition du *teddy bear*. Winnie l'Ourson est né en 1926, l'Ours Paddington en 1985. Avec les Bisounours, qui ont débarqué en 1981, on atteignait le stade ultime des mignons petits copains ursidés. Des personnages baptisés Grosjojo et Groschéri étaient les héros de livres illustrés dégoulinants de mièvrerie et intitulés *Prendre soin des autres, c'est ce qui compte le plus* ou encore *Tes plus beaux vœux peuvent se réaliser.*

Dans le reste du monde, ceux d'entre nous qui vivent en milieu urbain ont commencé à voir les ours comme Roosevelt, pensait-on, les avait vus : comme des créatures à plaindre et à protéger. Quand j'oublie d'éteindre la lumière en quittant une pièce, ma fille proteste : « Et les ours polaires, papa ? », parce qu'on lui a appris que la diminution de nos dépenses d'énergie pouvait contribuer à la réduction de notre empreinte carbone, et donc à la préservation de l'habitat des ours polaires. Elle n'a pas peur d'eux ; elle a peur de leur extinction. Eux qui nous terrifiaient tant autrefois, et que nous avons si longtemps terrorisés, sont aujourd'hui considérés souvent comme des créatures faibles et vulnérables. À l'instar de beaucoup d'animaux terrestres, le redoutable ours est devenu dépendant de nous. Sa survie est subordonnée à notre sagesse et à notre compassion – tout comme cet ours du Mississippi avait besoin de la bonté d'âme de Roosevelt.

Dans ce sens, l'ours en peluche nous rappelle à quel point l'humanité est puissante de nos jours. Nous avons du mal à réaliser l'ampleur de la domination que notre espèce exerce sur le monde, mais je la visualise parfois en termes de masse : le poids total de tous les humains qui vivent actuellement sur notre planète est d'environ 385 millions de tonnes. C'est ce qu'on appelle la biomasse de notre espèce. La biomasse du bétail (moutons, poules, vaches, etc.) est d'environ 800 millions de tonnes. Et la biomasse combinée de tous les autres mammifères et de tous les oiseaux qui peuplent la Terre fait moins de 100 millions de tonnes. Ensemble, les baleines, les tigres, les singes, les cerfs, les ours et, oui, même les bernaches du Canada, pèsent moins du tiers de notre poids à nous[1].

Pour de nombreuses espèces de grands animaux au XXIe siècle, le facteur déterminant de survie est l'utilité de leur existence pour les humains. Néanmoins, si vous n'êtes d'aucune utilité aux gens, vous pouvez encore vous rattraper en étant mignon. Il vous faudra pour cela un visage expressif, idéalement avec de grands yeux. Vos bébés devront nous attendrir et nous faire penser aux nôtres. Quelque chose en vous devra nous faire culpabiliser à l'idée de vous éliminer de la surface terrestre.

La mignonnerie à elle seule peut-elle sauver une espèce animale ? J'en doute. Ce qu'on ne dit jamais ou presque, à propos de l'histoire de Roosevelt et de l'ours, c'est que juste après avoir très sportivement refusé de tuer l'animal, le président ordonna à l'un de ses rabatteurs de lui trancher la gorge, afin de mettre un terme à ses souffrances. Aucun ours n'eut la vie sauve ce jour-là. Et aujourd'hui, il en reste moins d'une cinquantaine dans l'État du Mississippi. Pendant ce temps, partout dans le monde, les ventes de *teddy bears* ne se sont jamais aussi bien portées.

Ma note pour les ours en peluche est de 2,5 étoiles.

1. Les bactéries nous battent tous à plate couture, cela dit. D'après de récentes estimations, la biomasse des bactéries est d'environ 35 % supérieure à la biomasse combinée de tous les animaux.

LE HALL OF PRESIDENTS

J'ai grandi à Orlando, en Floride, à environ 25 kilomètres du parc d'attractions le plus visité du monde : le Magic Kingdom de Disney World. Quand j'étais gamin, Orlando était une ville si touristique que chaque fois que vous preniez l'avion à l'aéroport, un message disait : « Nous espérons que vous avez apprécié votre visite », ce à quoi mes parents répondaient en soupirant : « Mais on habite ici. »

Je me suis rendu pour la première fois au Magic Kingdom en 1981. J'avais alors quatre ans, le parc seulement dix. J'ai adoré. Je me souviens que j'ai rencontré Dingo et que je me suis autorisé à croire qu'il s'agissait vraiment de lui. Je me souviens que j'ai eu peur sur le manège de Blanche-Neige, que je me sentais comme un grand parce que j'avais le droit de faire le Train de la mine, et aussi que j'étais si épuisé à la fin de la journée que je me suis endormi la joue pressée contre la vitre de notre Volkswagen Rabbit.

Puis j'ai grandi. À l'adolescence, je me définissais par opposition à tout ce que je détestais, et la liste était longue. Je détestais les bouquins pour enfants, la musique de Mariah Carey, l'architecture des banlieues résidentielles et les centres commerciaux. Mais surtout, je détestais Disney World. Mes copains et moi avions un mot précis pour définir l'artificialité et le formatage de la musique pop, des parcs d'attractions et des comédies enjouées : on disait que c'était « en plastique ». La série télé *La Fête à la maison* était en plastique. Le dernier album de The Cure était un peu en plastique. Et Disney World ? Disney World était carrément en plastique.

Cette période de ma vie a coïncidé avec un coup de chance malheureux. Ma mère a reçu une sorte de prime pour services rendus à la communauté, avec quatre pass annuels pour Disney World. J'avais quatorze ans. Cet été-là, ma famille m'a traîné chez Disney. Encore. Et encore. Et encore.

Je sais, je ne ferai pleurer personne en me plaignant d'être allé gratos des dizaines de fois à Disney World pendant tout un été. Mais pour moi, du haut de mes quatorze ans, c'était un enfer. D'abord, il fait toujours très chaud à Disney World et, en 1992, j'avais juré allégeance à mon trench-coat, ce qui n'est pas des plus commodes sous la chaleur estivale moite et étouffante du centre de la Floride. Mon trench-coat était une protection contre le monde, non contre la météo ; à cet égard, il remplissait parfaitement sa mission. Je transpirais en permanence, et je devais offrir un drôle de spectacle aux autres visiteurs du parc – un adolescent maigre comme un clou, affublé d'un manteau vert kaki qui lui arrivait aux genoux et le visage dégoulinant de sueur.

C'était bien sûr mon intention que tous ces gens flippent en me voyant, parce que je les trouvais flippants moi aussi. Je trouvais écœurant qu'on accepte de donner de l'argent à une société mercantile pour s'échapper de son misérable quotidien, qui était misérable en partie parce que les grands patrons de notre monde mercantile contrôlent tous les moyens de production.

Quoi qu'il en soit, j'ai enduré de nombreuses et interminables journées de vacances au Magic Kingdom. Le plus souvent, je restais assis sur un banc près de l'entrée, à griffonner des histoires sur mon bloc-notes, jusqu'à ce que la chaleur devienne insupportable et que j'aille me réfugier dans le Hall of Presidents, qui était l'une des attractions les moins fréquentées et les mieux climatisées du parc. Pendant le reste de la journée, j'y retournais plusieurs fois, sans cesser de noircir les feuilles jaunes de mon bloc-notes. J'ai commencé l'écriture de ma première vraie nouvelle complète dans un fauteuil du Hall of Presidents. Ça parlait d'un anthropologue fou qui kidnappe une famille de chasseurs-cueilleurs et les emmène à Disney World[1].

Le Hall of Presidents a ouvert avec le parc en 1971 et reste depuis l'une de ses attractions emblématiques. Dans un édifice inspiré de l'Independence Hall à Philadelphie, l'endroit où fut débattu le texte de la Constitution américaine, les visiteurs découvrent d'abord une salle d'attente ornée des bustes de plusieurs présidents, et parmi eux celui de Walt Disney, présenté comme « un authentique Américain ».

Puisqu'il n'y a presque jamais d'attente dans le Hall of Presidents, vous accédez presque aussitôt à la salle de spectacle, où on vous explique que cette attraction est dédiée à la mémoire de Walt Disney. Cette précision m'a toujours semblé un peu

1. J'ai perdu le texte de cette nouvelle peu de temps après l'avoir achevée. Dans mon souvenir, elle était très prometteuse. Pendant des années, j'ai cru qu'il me suffirait de remettre la main dessus pour m'apercevoir que mon prochain livre était déjà à moitié écrit, que je n'aurais qu'à corser un peu l'intrigue et développer certains de mes personnages. Jusqu'au jour où, il y a quelques années, mon père en a retrouvé une copie et me l'a envoyée : évidemment, c'était d'une nullité atroce et il n'y avait rien à en tirer.

excessive, d'abord parce que le buste sculpté du fondateur de la Disney Company trône dans la salle d'attente, mais aussi et surtout parce que le parc entier porte déjà son nom. Une fois que Disney a fini de remercier Disney, on vous projette un film de présentation sur l'histoire des États-Unis, après quoi l'écran s'abaisse pour révéler les vraies stars du spectacle : des audio-animatronics grandeur nature de chacun des présidents américains. Ils sont à la fois d'un réalisme effrayant et horriblement robotiques dans leurs mouvements – on nage en plein dans la « vallée de l'étrange[1] ». Comme l'a fait remarquer ma fille, alors âgée de quatre ans, lors de sa première visite dans le Hall of Presidents : « C'est PAS des êtres humains. »

Seuls deux ou trois présidents s'expriment pendant le spectacle. L'audio-animatronic d'Abraham Lincoln se lève pour réciter le discours de Gettysburg et, depuis le début des années 1990, l'actuel occupant de la Maison-Blanche prend lui aussi la parole à la fin du show, avec un enregistrement de sa vraie voix. Lors de notre visite en 2018, un audio-animatronic de Donald Trump prononçait quelques phrases, dont celle-ci : « Avant tout, être américain, c'est être optimiste », ce qui constitue sans doute une vision un peu simpliste du processus de citoyenneté dans les États-nation.

Le Hall of Presidents ne passe pas sous silence les nombreuses horreurs de l'histoire américaine, mais c'est aussi une célébration farouchement patriotique des États-Unis et de ses présidents. D'ailleurs, l'une des dernières phrases du spectacle est : « Notre présidence n'est plus une simple idée. C'est une idée portée par une noble histoire. » Et je suis d'accord avec cette affirmation. Mais d'autres types d'histoires l'accompagnent – une histoire

1. Le terme « vallée de l'étrange » est un concept théorisé par un roboticien japonais en 1970, selon lequel plus un objet (robot androïde ou autre) imite l'apparence humaine, plus il nous paraît monstrueux.

honteuse, une histoire d'oppression, une histoire violente, pour n'en citer que quelques-unes. Pour moi, l'un des défis de notre époque est de déterminer comment ces histoires peuvent cohabiter sans se nier les unes les autres. Mais le Hall of Presidents ne leur demande pas de cohabiter. Il redessine plutôt une vision triomphale de l'histoire américaine : « *Certes, nous avons fait quelques erreurs, mais nous les avons rectifiées grâce à notre optimisme sans faille, et regardez comme tout va bien aujourd'hui !* »

Deux des plus grandes institutions de l'Anthropocène sont l'État-nation et la société à responsabilité limitée, qui sont des concepts à la fois réels et puissants – et, jusqu'à un certain point, une pure fabrication. Les États-Unis, par exemple, n'ont pas la réalité tangible d'un fleuve, et il en va de même avec la Walt Disney Company. Ce sont avant tout des idées dans lesquelles nous croyons. Oui, les États-Unis sont fondés sur des lois, des traités, une Constitution, etc., mais rien de tout ça n'a jamais empêché un pays d'éclater, voire de disparaître. Depuis l'architecture néoclassique qui s'efforce de lui donner un semblant de permanence[1] jusqu'aux visages qui ornent sa monnaie, l'Amérique doit constamment convaincre ses citoyens qu'elle est réelle, bonne et digne d'allégeance.

Ce qui n'est pas très différent de ce que fait la Walt Disney Company, en vénérant le nom de son fondateur et en ressassant sa longue histoire. Une nation et une entreprise ne peuvent exister que si un minimum de gens croient en elles. Dans ce sens, elles sont vraiment des sortes de royaumes magiques.

1. « Nous ne sommes pas une nation âgée d'à peine 2 siècles ; nous sommes une extension de la République grecque, et par conséquent nous avons 4000 ans ! »

Adolescent, je m'imaginais à quoi ressemblerait la vie si nous cessions tous d'adhérer à ces concepts. Que se passerait-il si nous renoncions au principe de la Constitution américaine comme document fondateur de notre nation, ou à l'idée d'État-nation tout court ? Le fait de vouloir imaginer de meilleurs États-nation (et des sociétés privées mieux réglementées) plutôt que de tourner le dos à ces idées est sans doute, de ma part, un symptôme classique de crise de la quarantaine. Mais nous ne pouvons pas nous atteler à la difficile tâche de façonner un monde meilleur sans nous interroger sérieusement sur ce que les gouvernements et les entreprises veulent nous faire croire, et pourquoi.

D'ici là, le Hall of Presidents m'aura toujours un peu l'air en plastique. Ma note est de 2 étoiles.

LA CLIMATISATION

Depuis une centaine d'années, les températures grimpent pour les humains, et pas seulement à cause du réchauffement climatique mais aussi des endroits où nous décidons de vivre. Aux États-Unis, par exemple, les trois États ayant connu le plus fort accroissement démographique au siècle dernier – le Nevada, la Floride et l'Arizona – sont aussi parmi les plus chauds. Cette tendance s'illustre parfaitement avec l'exemple de Phoenix, dans l'Arizona, la cinquième plus grande ville des États-Unis, qui abritait 5 544 âmes en 1900. Pour 2021, la population de Phoenix a été estimée à 1,7 million d'habitants. La température maximale moyenne au mois d'août est de 39 °C, ce qui ne les empêche pas d'avoir une équipe professionnelle de hockey sur glace, les Arizona Coyotes. Jusqu'en 1996, les Coyotes s'appelaient les Jets et étaient basés à Winnipeg, Manitoba, où la météo est bien plus fraîche, mais la NHL – la fédération nationale de hockey – a suivi l'argent et les gens en direction de l'équateur.

L'une des raisons à ce basculement majeur de la géographie humaine est le miracle de la climatisation, qui nous permet de contrôler la température de nos intérieurs. La clim a transformé en profondeur la vie humaine dans les pays riches – du plus insignifiant détail, comme la réduction du pourcentage de temps où les fenêtres restent ouvertes, à des progrès majeurs, comme la disponibilité des médicaments. L'insuline, la nitroglycérine, de nombreux antibiotiques et autres types de traitements sont sensibles à la chaleur, si bien qu'ils peuvent voir leur efficacité diminuer s'ils ne sont pas entreposés à « température ambiante », c'est-à-dire entre 20 et 25 °C, ce qu'aucune habitation dans la ville de Phoenix n'aurait pu espérer atteindre en plein été sans l'avènement de l'air climatisé. La conservation des médicaments est l'un des plus gros problèmes auxquels sont confrontés les systèmes de santé des pays pauvres, où de nombreux centres de soins n'ont même pas d'électricité.

Même l'expérience de lecture que vous vivez en ce moment est subordonnée à l'air climatisé : ce livre a été imprimé dans un site à température régulée[1]. À vrai dire, la clim a même été inventée pour un lieu qui ressemble beaucoup à l'imprimerie où ce livre a été fabriqué. En 1902, un jeune ingénieur du nom de Willis Carrier reçut pour mission de résoudre un problème dans une imprimerie de Buffalo, dans l'État de New York : les pages des magazines se gondolaient en raison de l'humidité estivale. Carrier inventa un procédé qui fonctionnait à l'inverse du chauffage électrique en faisant passer de l'air à travers des bobines froides au lieu de bobines chaudes. Ce système permit de réduire l'humidité et, en prime, de faire baisser la température

1. Cela reste vrai que vous le lisiez en format e-book ou que vous l'écoutiez en livre audio, car l'e-book est probablement stocké dans le cloud, ou du moins l'a été à un moment donné ; or le cloud, loin de ressembler à un nuage, est un vaste entrepôt de serveurs reliés qui jamais ne surchauffent ou ne rouillent, pour la bonne raison qu'ils sont maintenus dans un environnement sec et frais grâce à la climatisation.

intérieure. L'ingénieur poursuivit ses recherches dans ce qu'il appelait le « traitement de l'air », et la Carrier Corporation, dont il fut le cofondateur, demeure à ce jour l'un des plus importants fabricants de climatiseurs du monde.

La chaleur est depuis longtemps un problème pour les humains. Dans l'Égypte ancienne, on rafraîchissait les maisons en accrochant des roseaux aux fenêtres pour faire ruisseler de l'eau dessus. À cette époque, comme aujourd'hui, la régulation des températures intérieures n'était pas qu'une question de confort, car la chaleur peut être mortelle. Dans son essai au titre accrocheur de *An Account of the Extraordinary Heat of the Weather in July 1757, and the Effects of It* – « Compte rendu de l'extraordinaire vague de chaleur de juillet 1757, et des effets de celle-ci » –, le médecin anglais John Huxham notait que la chaleur entraînait « des maux de tête soudains et violents, des vertiges, des suées abondantes, un état de grande faiblesse et d'abattement de l'esprit ». Il ajoutait que l'urine des victimes de fortes chaleurs était « très colorée et en petite quantité ».

Dans de nombreux pays aujourd'hui, y compris aux États-Unis, les vagues de chaleur font plus de victimes que la foudre, les tornades, les ouragans, les inondations et les tremblements de terre combinés. En Europe, en 2003, une canicule sans précédent concentrée sur la France a causé la mort de plus de 70 000 personnes. De l'Australie à l'Argentine en passant par le Canada et l'Algérie, l'histoire a été jalonnée de hausses de température fatales. Mais l'une des plus grandes bizarreries de l'Anthropocène est que désormais, dans les pays riches, la chaleur pose davantage de problèmes sanitaires dans les zones à climat tempéré que dans les zones à climat plus chaud. Ces vingt dernières années, les résidents du centre de la France, où le temps est plutôt frais et où la clim individuelle n'existe pour ainsi dire pas, ont connu une plus grande mortalité liée à la chaleur que les habitants de l'étouffante agglomération de Phoenix, où plus de 90 % des foyers sont équipés d'un système d'air conditionné.

La clim a un autre effet inattendu : le fait de rafraîchir l'intérieur réchauffe l'extérieur. Une grande partie de l'énergie qui alimente nos systèmes d'air conditionné provient des carburants fossiles, dont l'usage est néfaste pour la planète et entraînera, au fil du temps, une dépendance croissante à ces mêmes systèmes. D'après l'Agence internationale de l'énergie, la climatisation et les ventilateurs électriques représentent à eux seuls 10 % de la consommation électrique mondiale, et l'usage de la climatisation va sans doute plus que tripler au cours des trente prochaines années. Comme la plupart des innovations énergivores, la clim bénéficie surtout aux communautés les plus riches, tandis que les conséquences du réchauffement climatique affectent en premier lieu les habitants des zones pauvres.

Le changement climatique est sans doute le plus gros défi commun auquel sont confrontés les humains du XXIe siècle, et je crains que les générations futures nous jugent sévèrement pour notre inaction. On leur enseignera dans leurs cours d'histoire – et à raison – qu'en tant qu'espèce, nous savions déjà depuis les années 1970 que les émissions de carbone affectaient le climat de notre planète. Et on leur racontera – toujours à raison – les efforts entrepris durant les années 1980 et 1990 pour limiter ces émissions de carbone, efforts qui se soldèrent par un échec pour des raisons complexes et multiformes que les profs d'histoire de demain trouveront certainement le moyen de réduire à un récit linéaire. Et je pressens que nos choix paraîtront impardonnables, voire inexplicables, aux gens qui liront ces livres d'histoire. « Il est fâcheux », a écrit Charles Dudley Warner voici plus d'un siècle, « que chaque génération ne comprenne pas sa propre ignorance. C'est ce qui nous autorise à traiter nos ancêtres de barbares[1]. »

Alors que nous commençons juste à ressentir les effets du changement climatique, nous avons du mal à articuler une réponse humaine mondiale à ce problème mondial causé par les humains. Cela s'explique en partie par la désinformation du public, et par une certaine méfiance générale envers les experts. C'est aussi lié au fait que le changement climatique est perçu comme un problème important, mais pas urgent. Les incendies qui se multiplient doivent être éteints aujourd'hui. Il nous est bien plus difficile de procéder aux changements profonds qui permettraient, au fil des générations, de réduire le risque de ces incendies.

Je crois surtout que nous avons du mal à affronter le problème pour la simple raison que les plus privilégiés d'entre nous, ceux qui consomment le plus d'énergie, peuvent séparer leur existence du climat. Et je m'inclus totalement dans le lot. Je suis isolé du climat grâce à ma maison et à son système de climatisation. Je mange des fraises au mois de janvier. Quand il pleut, je m'abrite à l'intérieur. Quand il fait sombre, j'allume la lumière. C'est facile pour moi de me représenter le climat comme un phénomène extérieur, alors que je suis surtout un phénomène d'intérieur.

1. Warner est célèbre pour une autre de ses citations. Il fut la première personne connue pour avoir proposé une version de la célèbre blague : « Tout le monde se plaint de la météo, mais personne ne fait jamais rien pour que ça change. » Sauf nous : il va de soi que nous ne restons pas les bras ballants, bien sûr.

Mais c'est une erreur. Je suis entièrement et éminemment dépendant de ce que je m'imagine du monde extérieur. Je lui suis subordonné. Nous autres humains n'avons aucun moyen de nous dérober aux obligations et aux limites de la nature. Nous *sommes* la nature. Et ainsi, comme l'histoire, le climat est à la fois quelque chose que nous subissons et que nous créons.

Ici, à Indianapolis, les températures hautes ne dépassent 30 °C que treize jours par an en moyenne. Pourtant, la plupart de nos foyers et de nos immeubles de bureaux sont climatisés. Cela s'explique en partie du fait que l'architecture a connu des changements majeurs au cours des cinquante dernières années, surtout s'agissant des édifices commerciaux, afin de s'adapter au développement de l'air conditionné. Mais si la clim s'installe partout, c'est aussi parce qu'elle est devenue une norme exigée par de plus en plus de gens. Si je suis dehors, et que j'ai la possibilité d'ôter ou d'ajouter une épaisseur au besoin, je me sens parfaitement à l'aise entre 15 et 30 °C. Mais à l'intérieur, ma zone de confort se réduit considérablement, à deux ou trois degrés près. Je déteste transpirer à l'intérieur, comme du temps où je vivais à Chicago dans un appart non climatisé. Je trouve tout aussi désagréable d'avoir la chair de poule dans des endroits réfrigérés. À l'instar d'un tableau de maître ou d'une orchidée fragile, je ne survis que dans des conditions très spécifiques.

Or je ne suis pas le seul. Une étude de la prestigieuse Cornell University publiée en 2004 a démontré que la température des bureaux avait un impact sur la productivité des salariés. Quand celle-ci passait de 20 à 25 °C, la vitesse de saisie augmentait de

150 % et le taux d'erreur chutait de 44 %. Ce n'est pas rien : pour l'auteur de l'étude, cela semblait indiquer que « l'augmentation des températures jusqu'à une zone thermale plus confortable permettait à l'employeur d'économiser environ 2 dollars par employé et par heure ». Pourquoi, dans ce cas, tant de lieux de travail sont-ils d'une température glaciale l'été, alors que cela est plus coûteux et contreproductif? Peut-être parce que la définition de la « température ambiante » a été établie en analysant les préférences d'employés masculins quadragénaires vêtus de costumes et pesant 70 kilos. Les études sur le sujet ont systématiquement montré que les femmes préfèrent des températures intérieures plus douces.

Mais quand ce biais sexiste est pointé du doigt par certaines personnes – et surtout quand ces personnes sont des femmes –, on a tendance à ricaner en les traitant d'hypersensibles. Quand la journaliste Taylor Lorenz a tweeté que les systèmes de climatisation des bureaux étaient sexistes, un internaute a répondu sur son blog : « Penser que la température d'un immeuble est sexiste, c'est absurde. » Mais non. Ce qui est absurde, c'est de réduire la productivité dans un bureau en gaspillant des carburants fossiles pour y refroidir excessivement la température afin que des messieurs affublés de vestes d'agrément s'y sentent plus à l'aise.

Je dois m'habituer à avoir un peu plus chaud. C'est le seul avenir qui nous attend. Quand j'étais gamin, en Floride, je trouvais naturel de prendre un sweat pour aller m'asseoir dans une salle de cinéma. La climatisation, comme tant de choses à l'Anthropocène, était une sorte de bruit de fond qui accompagnait ma vie sans que je m'en rende compte. Mais à l'heure où j'écris ces lignes, au tout début de l'année 2021, l'idée d'aller m'asseoir dans une salle de cinéma paraît totalement surréaliste. Ce qui est « naturel » pour les êtres humains ne cesse de changer.

Du fond du cœur, je remercie l'air conditionné d'exister. Il améliore considérablement notre quotidien. Mais nous devons absolument élargir notre définition de ce qu'est le contrôle du climat, et vite.

Ma note pour la climatisation est de 3 étoiles.

LE STAPHYLOCOQUE DORÉ

Il y a des années de ça, j'ai développé une infection des tissus de l'orbite gauche liée à la bactérie *Staphylococcus aureus*. Ma vision s'est voilée, ma paupière a enflé, et je me suis retrouvé à l'hôpital pendant une semaine.

Si j'avais eu la même infection à n'importe quel autre moment de l'histoire avant 1940, j'y aurais sans doute laissé non seulement mon œil, mais aussi la vie. En même temps, je n'aurais pas vécu assez longtemps pour avoir une cellulite orbitaire puisque je serais mort d'une infection au staphylocoque contractée durant mon enfance.

Pendant mon hospitalisation, les médecins experts en maladies infectieuses ont su trouver les mots pour me remonter le moral. L'un d'eux m'a déclaré : « Vous êtes colonisé par un staphylocoque à l'agressivité fascinante. » Seuls 20 % des humains sont colonisés par le staphylocoque doré – sans que l'on comprenne bien pourquoi – et j'en fais visiblement partie. Ceux d'entre nous qui sont porteurs de la bactérie ont plus de risques de développer des infections. Après s'être extasié devant ma riche collection personnelle de staphylocoques, le médecin m'a expliqué que je n'en croirais pas mes yeux si je regardais le contenu de mes boîtes de Pétri, avant de qualifier mon existence jusqu'à ce jour de miracle de la médecine moderne.

C'est sans doute le cas. Pour les gens comme moi, colonisés par des bactéries à l'agressivité fascinante, il est impossible de rêver avec nostalgie aux époques bénies du passé, pour la bonne raison qu'à toutes ces époques bénies, je serais mort. En 1941, le Boston City Hospital affichait un taux de mortalité de 82 % pour les infections staphylococciques.

Je me souviens, enfant, d'avoir entendu des expressions comme «sélection naturelle» ou «survie du plus fort» et m'être senti terrifié, parce que je savais pertinemment que je ne passerais pas le tri. Je n'avais pas encore compris que quand l'humanité protège les plus fragiles d'entre nous, et s'efforce d'assurer leur survie, c'est le projet humain dans son ensemble qui en sort renforcé.

Parce que les staphylocoques infectent souvent les plaies ouvertes, ils sont particulièrement mortels en période de conflits. Au début de la Première Guerre mondiale, le poète anglais Rupert Brooke a écrit : «Si je meurs, dites-vous seulement de moi ceci : / Qu'il existe un coin dans un champ étranger / Qui sera à jamais l'Angleterre.» En effet, Brooke mourut durant la guerre, à l'hiver 1915 – non dans le coin d'un champ étranger, mais sur un navire-hôpital, où il succomba à une infection staphylococcique.

Des milliers de médecins soignaient les malades et les blessés de guerre. Parmi eux se trouvait un chirurgien écossais de soixante-dix ans, Alexander Ogston, qui, des décennies plus tôt, avait découvert et nommé *Staphylococcus*.

Ogston était un grand fan de Joseph Lister, dont les observations sur les infections post-chirurgicales avaient ouvert la voie à l'usage du phénol et autres techniques de stérilisation. Ces méthodes permirent d'augmenter considérablement le taux de survie lors d'interventions chirurgicales. En 1883, Ogston écrivit à Lister : « Vous avez fait évoluer la chirurgie [...] d'une loterie hasardeuse en une science sûre, saine et solide », ce qui était à peine exagéré. Avant les antiseptiques, poursuivait Ogston, « nous guettions en tremblant, après chaque opération, l'épreuve tant redoutée du troisième jour et du choc septique ». L'une de ses proches collègues, une infirmière qui travaillait à ses côtés à l'Aberdeen Royal Infirmary, refusa d'être opérée pour une hernie, préférant la mort, « car elle n'avait jamais vu un patient se remettre d'une opération ».

Après avoir rendu visite à Lister et observé de ses yeux la guérison d'opérations complexes du genou sans la moindre infection, Ogston regagna l'hôpital d'Aberdeen et arracha le panneau placé à l'entrée de la salle d'opération sur lequel on pouvait lire : « Prépare-toi à rencontrer le Seigneur. » La chirurgie ne serait plus jamais un recours désespéré de dernière minute.

Ogston était tellement obsédé par le spray au phénol de Lister que ses étudiants écrivirent un poème à ce sujet, avec l'une des strophes que voici :

Le spray, le spray, le spray antiseptique,
A. O. en projetait le matin, la nuit et le jour
Sur chaque égratignure

Où d'autres auraient collé
Un patch de plâtre collant
Il mettait du spray

Sa première épouse, Mary Jane, était morte des suites d'un accouchement à l'âge de vingt-cinq ans, quelques années seulement avant ce progrès de la médecine. Aucun compte rendu médical ne détaille la cause du décès, mais la plupart des décès maternels à l'époque étaient provoqués par des infections post-partum souvent dues à un staphylocoque doré. Et Ogston avait vu des centaines de patients mourir d'infections post-chirurgicales.

Dans ces conditions, pas étonnant qu'il ait été obsédé par les protocoles antiseptiques. Il voulait non seulement trouver le moyen d'empêcher ces infections, mais aussi comprendre ce qui les provoquait. À la fin des années 1870, chirurgiens et chercheurs firent de nombreuses découvertes sur les bactéries et leur rôle dans les infections, mais le staphylocoque fut identifié le jour où Ogston incisa une plaie gorgée de pus et infectée sur une jambe appartenant à un certain James Davidson.

Sous l'œil du microscope, l'abcès du patient était grouillant de vie. Ogston écrivit : « On imagine mon ravissement quand me furent révélés les magnifiques touffes, enchevêtrements et chaînes d'organismes de forme ronde en grand nombre. »

Ogston nomma ces touffes et ces chaînes *Staphylococcus,* du mot grec désignant les grappes de raisin. Et c'est vrai que les staphylocoques font souvent penser à des grappes de raisin, avec leurs petites sphères replètes agglutinées les unes contre les autres. Mais Ogston ne pouvait pas se contenter de voir la bactérie. « À l'évidence, écrivit-il, la première démarche à entreprendre était de s'assurer que les organismes découverts dans le pus de

M. Davidson n'étaient pas là par hasard.» Il installa donc un laboratoire dans le cabanon derrière sa maison et commença à cultiver des colonies de staphylocoques dans un milieu d'œuf de poule. Il injecta ensuite ces bactéries à des cobayes et des souris, qui tombèrent gravement malades. Ogston nota également que le staphylocoque semblait «inoffensif en surface» alors qu'il était «d'une virulence délétère en injection». J'en ai moi-même fait l'expérience – le fait d'avoir l'épiderme colonisé par des staphylocoques dorés ne me faisait ni chaud ni froid, mais je les ai trouvés moi aussi d'une virulence bien délétère quand ils ont commencé à se multiplier dans ma cavité oculaire.

Pour info, sachez que James Davidson vécut de longues décennies après son infection staphylococcique, grâce à un débridement minutieux et au spray, au spray, au spray antiseptique du bon Dr Ogston. Mais le staphylocoque doré continua à provoquer de redoutables infections jusqu'à ce qu'un autre scientifique écossais, Alexander Fleming, découvre la pénicilline par accident. Un beau lundi matin de 1928, Fleming s'aperçut que l'une de ses cultures de staphylocoques dorés avait été contaminée par un champignon, *Penicillium notatum*, qui semblait avoir détruit toutes les bactéries. «Tiens, c'est amusant», lâcha-t-il tout haut.

Fleming utilisa son «jus de moisissures» pour traiter les maux d'une petite poignée de patients, dont la sinusite chronique de son assistante, mais la production massive du produit antibiotique sécrété par *Penicillium* fut une autre paire de manches.

Il fallut attendre les années 1930 pour qu'un groupe de chercheurs d'Oxford commence à tester leurs souches de pénicilline, d'abord sur des souris puis, en 1941, sur un sujet humain, un policier nommé Albert Alexander. Blessé par un shrapnel durant un bombardement allemand, l'homme était en train de mourir d'infections diverses, à la fois staphylococciques et streptococciques. La pénicilline améliora considérablement son état, mais les chercheurs n'en avaient pas en assez grande quantité pour lui sauver la vie. Les infections revinrent à la charge : Alexander mourut au mois d'avril 1941 et Sheila, sa fille de sept ans, se retrouva à l'orphelinat.

Les scientifiques recherchèrent des souches plus productives de la moisissure. La bactériologiste Mary Hunt finit par en trouver une sur un melon chez un primeur de Peoria, dans l'Illinois. Cette souche devint encore plus productive après avoir été exposée aux rayons X et aux ultraviolets. Grosso modo, toute la pénicilline du monde provient des moisissures d'un melon de l'Illinois[1].

Alors même que les réserves de pénicilline augmentaient – de 21 milliards d'unités en 1943 à 6,8 billions en 1945 –, il devenait évident que les bactéries tuées par la toxine développaient une forme de résistance à son action, notamment le staphylocoque doré. Un article publié en 1946 dans le *Saturday Evening Post* s'inquiétait du fait que l'usage de l'antibiotique « accélère accidentellement les subtiles forces de l'évolution qui contribuent à la survie des microbes les plus forts ». Et c'est ce qui se produisit. En 1950, 40 % des échantillons de staphylocoques dorés dans les hôpitaux résistaient à la pénicilline ; en 1960, ces chiffres étaient de 80 %. Aujourd'hui, seuls 2 % environ des infections liées au staphylocoque doré réagissent à la pénicilline.

Tout cela s'est déroulé très, très vite. Soixante-quatre années se sont écoulées entre la découverte de *Staphylococcus* par

1. Et ce n'est même pas le truc le plus fou à propos de cette histoire. Le truc le plus fou, c'est qu'après avoir gratté les moisissures qui produiraient le stock mondial de pénicilline, les scientifiques ont MANGÉ LE MELON.

Alexander Ogston et la production massive de pénicilline, et soixante-quatre autres années se sont écoulées entre la production massive de pénicilline et ma mauvaise expérience de 2007 avec la cellulite orbitaire. Au final, mon infection n'a réagi ni à la pénicilline ni à deux traitements antibiotiques successifs, mais la quatrième tentative a fini par marcher. La résistance aux antibiotiques n'est pas un problème de l'avenir : cette année, aux États-Unis, 50 000 personnes mourront d'infections au staphylocoque doré.

La pénicilline est encore toute jeune. La fille de ce fameux agent de police qui se retrouva à l'orphelinat est encore vivante à l'heure où j'écris ces lignes : Sheila Alexander a épousé un soldat américain et s'est installée en Californie. Elle est peintre. L'un de ses récents tableaux montre une rangée de maisons dans un village anglais. Du lierre recouvre un muret en pierre.

Pour moi, l'un des mystères de la vie est de comprendre *pourquoi* la vie veut exister. Elle relève davantage d'un travail biochimique que d'un simple équilibre chimique ; n'empêche, le staphylocoque a désespérément besoin de ce travail. Comme moi, à bien y réfléchir. *Staphylococcus* ne veut de mal à personne. Il ne sait même pas que nous existons. Il a juste envie d'exister, comme j'ai envie d'aller de l'avant, tout comme ce lierre a envie d'envahir ce mur. Jusqu'à quel point ? Autant qu'il en aura la possibilité.

Ce n'est pas sa faute s'il a envie d'exister. Mais ma note pour le staphylocoque doré est seulement de 1 étoile.

INTERNET

Quand Internet est arrivé dans nos foyers au début des années 1990, pour moi, c'était juste un truc contenu dans un boîtier. Il fallait être un peu calé en technologie pour installer ce boîtier, et quand mon père a réussi à tout faire marcher, Internet est devenu une série de lettres vertes sur un écran noir. Je revois encore mon père nous montrant, à mon frère et à moi, tout ce qu'Internet pouvait faire. « Regardez, on peut savoir quel temps il fait à Pékin en ce moment même ! » Il tapait ensuite une ligne de code, et l'écran affichait la température dans la capitale chinoise. « Ou bien on peut même télécharger le texte intégral de l'*Apologie de Socrate*. Gratuitement ! Et le lire ici, à la maison[1] ! »

Mon père devait avoir le sentiment de vivre un miracle. Personnellement, j'étais loin de partager son enthousiasme. D'abord, on ne pouvait pas recevoir de coups de fil pendant qu'il était

1. L'un des étranges solipsismes de la vie américaine, surtout vers la fin du XXe siècle, était qu'on ne parlait jamais aux infos du temps qu'il faisait hors des États-Unis, à moins d'une catastrophe naturelle en cours quelque part dans le monde. J'ajoute que je trouve encore assez cool qu'on puisse télécharger gratuitement l'*Apologie de Socrate* sur Internet.

connecté puisque Internet passait par notre ligne téléphonique. Vous allez me dire que je ne devais pas recevoir des tonnes d'appels du haut de mes quatorze ans, mais quand même. Surtout, j'avais l'impression qu'Internet servait principalement de tribune pour parler d'Internet : mon père lisait (et nous décrivait) d'interminables manuels d'utilisateur et de forums de discussions sur le fonctionnement d'Internet, sur toutes les possibilités futures d'Internet, et patati et patata.

Un jour, il m'a montré que, sur Internet, on pouvait parler à de vraies gens du monde entier. « Tu pourrais réviser ton français en discutant sur un forum français », m'a-t-il expliqué, avant de me montrer comment procéder. J'ai donc envoyé un message à deux ou trois personnes : « *Comment ça va*[1] *?* » Elles m'ont répondu en temps réel, et en français, ce qui était bien fâcheux car je n'y comprenais rien. Je me suis demandé s'il existait une version de ce type de forums en anglais, et il s'est trouvé que oui. Il y en avait même un qui semblait fait rien que pour moi : le CompuServe Teen Forum.

Sur le CompuServe Teen Forum, j'étais un parfait inconnu. Les gens ne savaient pas que j'étais un ado malheureux et affreusement gauche dont la voix se brisait souvent sous l'effet de la nervosité. Les gens ne savaient pas que je traversais une puberté tardive. Ils n'entendaient pas les insultes que je recevais au collège.

Paradoxalement, comme les gens ne me connaissaient pas, j'avais l'impression qu'ils me comprenaient mieux que dans la vraie vie. Je me souviens d'un soir, lors d'un échange sur une messagerie instantanée, où j'ai évoqué le « sentiment du soir »

1. *En français dans le texte.*

avec Marie, une de mes amies CompuServe. Le « sentiment du soir » était le terme que j'avais inventé pour désigner la vague qui me submergeait souvent les soirs de semaine au moment d'aller me coucher. Mon ventre se nouait et je sentais l'angoisse se répandre en moi depuis mon nombril. Je n'en avais jamais parlé à qui que ce soit, et j'écrivais ces mots le cœur battant. Marie m'a répondu qu'elle connaissait bien le sentiment du soir, elle aussi, et qu'elle trouvait parfois du réconfort en écoutant son radio-réveil tout bas. J'ai essayé, et ça m'a aidé.

Mais la plupart du temps, mon groupe d'amis et moi n'étions pas là pour nous confier nos petits secrets personnels. On postait des blagues incompréhensibles pour le reste du monde, et on apprenait / construisait / empruntait / créait tous ensemble. À l'été 1993, le CompuServe Teen Forum hébergeait un vaste univers de mythologies et de références, qu'il s'agisse de blagues sur la série *Barney & Friends* ou d'acronymes et d'abréviations sans fin. Internet n'était toujours qu'une série de lettres vertes sur un écran noir, et on ne pouvait alors pas utiliser d'images, mais on en créait grâce aux caractères d'imprimerie. Le principe de l'art ASCII, comme on l'appelle, existe depuis des décennies, mais *nous* n'avions pas autant d'ancienneté, si bien que nous avions l'impression de tout inventer en créant des images parfois très simples – comme :) – ou ridiculement élaborées (et souvent obscènes). Je ne crois pas me souvenir que nous avions un mot pour décrire ce que nous faisions, mais aujourd'hui, on appellerait ça des mèmes.

Cet été-là, enfin libéré du collège, j'ai pu me consacrer à plein temps au Teen Forum. J'ai même eu un truc qui s'appelait une adresse mail – une série de chiffres générés automatiquement @compuserve.com. À l'époque, Internet était facturé à l'heure, ce qui a fini par devenir un vrai problème étant donné que je passais mes journées dessus. Cette fois, c'étaient mes parents qui se plaignaient que j'encombrais la ligne téléphonique. Ils étaient ravis que je me fasse des amis, que je passe autant de temps à écrire et à lire, mais ils ne pouvaient pas se permettre de payer 100 dollars de facture Internet par mois. Heureusement, j'ai été sauvé en me faisant « engager » comme modérateur pour le Teen Forum. En guise de rémunération, j'avais droit à un accès Internet gratuit et illimité – or j'étais sans limites. CompuServe nous a même offert l'installation d'une seconde ligne téléphonique pour me permettre de rester connecté en permanence. Si un seul événement dans ma vie s'est produit dehors, cet été-là, je ne m'en souviens pas.

Je crains d'avoir un peu romancé les choses. L'Internet du début des années 1990 connaissait déjà la plupart des problèmes du réseau que nous connaissons aujourd'hui. Si, dans mon souvenir, le Teen Forum était correctement modéré, le racisme et la misogynie qui polluent aujourd'hui les sections commentaires étaient déjà bien présents il y a trente ans. Et comme aujourd'hui, on pouvait très vite s'enfoncer dans les tunnels des fils d'information ultrapersonnalisés jusqu'à ce que les théories complotistes finissent par vous sembler plus vraies que les pseudo-faits[1].

1. J'en ai fait l'expérience, pour de vrai. Au début des années 1990, je suis devenu obsédé par un truc appelé l'« Hypothèse du temps fantôme », qui soutient que les trois cents ans entre le VIIe et le Xe siècle n'ont jamais existé et sont l'invention de l'Église catholique. J'ai plongé là-dedans à cause d'un de ces mèmes dont on se demande si c'est du premier ou du trente-sixième degré. La théorie, très répandue à l'époque, affirmait que je vivais non pas en 1993, mais en 1698, et que plusieurs siècles avaient été escamotés pour permettre à l'Église de… quoi déjà, conserver son pouvoir, ou quelque chose dans ce goût-là ? Les détails m'échappent un peu, aujourd'hui, mais c'est fou tout ce qu'on en vient à croire quand on sombre dans les méandres de la Toile.

De cet été-là, j'ai gardé des souvenirs merveilleux, et aussi d'autres plus traumatisants. Il y a quelques années, j'ai croisé un ancien copain de classe qui a évoqué le lycée en ces termes : « Ça m'a sauvé la vie. Mais ça m'a aussi fait d'autres trucs. » Eh bien, pareil pour Internet.

Aujourd'hui, après avoir été biberonné au Net pendant trente ans, je commence à ressentir davantage ses effets négatifs. J'ignore si c'est lié à mon âge, ou au fait qu'Internet n'est plus branché au mur mais se promène partout avec moi, mais je repense souvent à un poème de Wordsworth qui commence par ces mots : « Le monde est trop avec nous. »

Comment analyser le fait que je ne puisse plus imaginer ma vie ou mon travail sans Internet ? Que ma façon de penser et ma façon d'être ont été profondément marquées par la logique automatique ? Comment analyser le fait que, ayant fait partie d'Internet pendant si longtemps, Internet fasse désormais partie de moi ?

Mon ami Stan Muller dit que lorsqu'on vit au cœur de l'histoire, on n'a pas assez de recul pour l'interpréter. Je vis au cœur d'Internet. Et je n'ai aucun recul.

Ma note pour Internet est de 3 étoiles.

LE DÉCATHLON ACADÉMIQUE

À partir du CM2, j'ai suivi ma scolarité dans une pension en Alabama où mon meilleur ami, Todd, était aussi mon voisin de chambrée. Il disait souvent que tard le soir, pendant qu'il essayait de trouver le sommeil dans notre dortoir non climatisé, je passais en mode roman de flux de conscience. Je lui racontais tout : la moindre de mes interactions avec mon crush de cours d'anglais – avec citations choisies extraites de nos petits messages –, les diverses raisons pour lesquelles il m'était impossible de rendre mon devoir d'histoire, la douleur bizarre qui me tenaillait toujours l'extérieur du genou gauche, ma trouille en allant fumer une clope derrière le gymnase parce que je m'étais fait surprendre au même endroit la semaine d'avant, et ainsi de suite, *ad libitum*, jusqu'à ce qu'il me dise : «Sérieux, Green, tu sais que je t'aime, mais là, j'ai besoin de dormir.» On n'avait pas peur de se dire «je t'aime», lui et moi.

J'ai une anecdote que j'adore à propos de Todd : à l'époque, il n'y avait qu'une session par mois en Alabama pour passer l'examen du SAT[1]. Todd et moi avions trouvé le moyen de rater la

1. *Test standardisé et national utilisé pour l'admission à l'université.*

seule session proche de chez nous avant la date limite d'envoi de nos dossiers d'inscription en fac, si bien que nous avons dû nous rendre dans l'État voisin, en Géorgie, pour passer le test. Après un long trajet en voiture et une nuit dans un motel pourri, on s'est présentés au centre d'examen, où j'ai eu beaucoup de mal à garder les yeux en face des trous pendant quatre heures. À la fin, quand j'ai retrouvé Todd à la sortie, il m'a aussitôt demandé : « Ça veut dire quoi, *ostentatoire* ? » Je lui ai répondu que ça voulait dire *frimeur*, ou *voyant*. Il a eu un léger hochement de tête, puis il a dit : « Cool. Alors j'ai tout bon. »

Et c'était vrai. Il a fait un sans-faute à l'examen.

C'est Todd qui m'a suggéré de rejoindre l'équipe du Décathlon académique alors que je n'avais rien du candidat idéal sur le papier. Je n'avais jamais été très brillant en classe, et je tirais même une certaine fierté du fait de ne « pas exploiter mon potentiel » – en partie parce que j'étais terrifié à l'idée de dévoiler que je n'avais pas tant de potentiel que ça. Mais Todd, lui, a vu une opportunité derrière mes notes médiocres.

Le Décathlon académique, ou AcaDec pour les intimes, est composé de dix disciplines. En 1994, il y avait sept épreuves « objectives » avec questionnaires à choix multiples : économie, beaux-arts, langues et littérature, maths, sciences, sciences sociales, et un « superquiz » consacré aux « Documents de la Liberté ». Il y avait aussi trois épreuves subjectives notées par un jury : une dissertation, un oral individuel et une épreuve d'éloquence.

Chaque équipe AcaDec représente son lycée et est composée de neuf membres: trois élèves de niveau A (avec une moyenne au-dessus de 3,75 points sur 4), trois élèves de niveau B (avec une moyenne supérieure à 3 points), et trois élèves de niveau C (avec une moyenne inférieure à 2,99 points). Pour tous mes lecteurs qui n'habitent pas aux États-Unis, cela signifie que chaque équipe comportait trois élèves brillants, trois élèves moyens et... trois cancres. Il se trouve que j'appartenais justement à cette dernière catégorie. Todd était convaincu qu'avec son coaching patient et mes piètres résultats, il pourrait faire de moi une superstar du Décathlon académique.

Et c'est comme ça qu'en première, on a commencé à réviser ensemble. On a lu un manuel d'économie entier et chaque fois que je tombais sur un passage trop obscur, Todd le reformulait de manière à me le rendre intelligible. Quand on en est arrivés au chapitre sur l'utilité marginale, par exemple, il m'a tout traduit avec des cannettes de Zima.

Il me disait par exemple : « Regarde, quand tu bois une cannette de Zima, tu te sens bien. Quand tu en bois deux, tu te sens bien aussi, mais le bénéfice ajouté est plus faible qu'entre zéro et une cannette. L'utilité additionnelle de chaque cannette de Zima diminue de plus en plus, jusqu'à ce que la courbe s'inverse autour de cinq cannettes environ et que tu te mettes à gerber partout. C'est ça, l'utilité marginale[1]. »

Nous avons donc étudié l'économie, mais aussi l'histoire de l'art, la chimie, les maths, et bien d'autres matières. En me préparant au Décathlon académique, je suis devenu incollable aussi

1. Le Zima était une boisson alcoolisée qui était une sorte de précurseur *cheap* aux marques d'eaux gazeuses alcoolisées du XXIe. C'était atroce. J'adorais ça. Le plus dingue, c'est que j'ai entendu quelqu'un expliquer l'utilité marginale quasiment de la même façon, bien des années plus tard, sur le podcast *Planet Money* de la chaîne de radio NPR. Ce podcast et Todd avaient-ils les mêmes sources ? Ou est-ce ma mémoire qui me joue des tours ? Aucune idée. Tout ce que je sais, c'est que ma courbe d'utilité marginale s'inverse toujours au bout de quelques verres, comme c'était déjà le cas au lycée.

bien sur la civilisation de la vallée de l'Indus que sur la mitose. Et grâce à Todd, je suis devenu un décathlonien académique plus qu'honorable.

Je ne dis pas ça pour me vanter, mais au Décathlon académique de l'État d'Alabama en 1994, j'ai été le Lionel Messi des cancres. J'ai remporté sept médailles - dont quatre en or – sur dix épreuves. J'ai gagné une médaille de bronze en *maths* alors qu'en cours j'avais obtenu un D dans cette matière la même année. À l'évidence, aucun de ces résultats ne m'aurait propulsé dans le top 10 parmi les élèves de niveau A ou B, mais je n'étais pas en compétition contre eux. Pour la première fois de ma carrière scolaire, j'avais le sentiment de ne pas être stupide.

J'ai gagné des médailles d'or dans des matières où j'étais pourtant convaincu d'être nul (comme la littérature et l'histoire) et même à l'épreuve d'éloquence, ce qui m'a particulièrement surpris, étant donné que j'avais toujours été un très mauvais orateur. Je détestais ma voix, la manière dont elle trahissait mes angoisses omnidirectionnelles, et j'avais toujours été minable aux tournois de joutes verbales. Pourtant, grâce à l'AcaDec, j'avais trouvé un terrain où m'épanouir. Notre lycée a remporté la compétition de l'État d'Alabama, ce qui voulait dire que nous étions qualifiés pour le trophée national, organisé la même année dans la grande salle d'un hôtel de Newark, New Jersey.

Au fil des mois, mes notes ont commencé à s'améliorer grâce à mon regain de confiance en moi ainsi qu'aux méthodes d'apprentissage que m'avait enseignées Todd. Je me suis brièvement retrouvé en grand danger de perdre mon statut d'élève de niveau C, celui pour lequel je m'étais tant battu, avant de m'apercevoir que je pouvais me planter lamentablement en physique pour conserver une moyenne en dessous de 3.

Au mois d'avril, je me suis envolé pour Newark avec mes huit coéquipiers et notre coach. Nous sommes devenus amis avec d'autres nerds en provenance des quatre coins du pays, dont une élève de niveau C originaire du Midwest dont le prénom était, je crois, Caroline. Elle possédait une fausse carte d'identité très réaliste et avait réussi à nous faire passer clandestinement un pack de douze cannettes de Zima.

Todd faisait partie des meilleurs élèves de niveau A sur le plan national, et notre petite équipe d'Alabama a fini la compétition à la sixième place. J'ai même gagné deux ou trois médailles. Dont l'une au concours d'éloquence. Le thème de mon discours était « les fleuves et les rivières ». Je ne m'en souviens plus très bien, mais je crois que j'ai parlé des méandres – les courbes serpentines d'un cours d'eau. J'ai toujours aimé les fleuves. J'ai passé plusieurs semaines un été, avec mon père, au bord du fleuve Noatak dans le nord de l'Alaska, et une autre fois à faire du canoë sur la French Broad River dans le Tennessee.

J'avais volé l'idée de mon discours à Todd. Nous étions assis au bord d'une rivière, un après-midi de septembre, dans l'air pesant et infesté de moustiques, lorsqu'il m'avait confié que ce qu'il aimait, dans les cours d'eau, c'est qu'ils ne s'arrêtaient jamais. Ils serpentent d'un côté, puis de l'autre, mais ils avancent toujours.

Nous sommes en avril 2020. Beaucoup d'eau a coulé sous les ponts depuis la grande salle de l'hôtel à Newark. Toute la matinée, j'ai essayé d'aider mes enfants avec leur apprentissage en ligne, mais je crains de ne pas leur faciliter la tâche à cause de mon impatience et de mon exaspération. Je suis stressé par mon travail, alors que mon travail n'a strictement aucune importance. À midi, le ministère de la Santé de l'Indiana réactualise son tableau de bord sur l'évolution du Covid-19 et les chiffres ne sont pas encourageants. Pendant que les enfants sont à table, je lis les dernières infos sur mon téléphone. Sarah me rejoint au rez-de-chaussée et m'entraîne à l'écart dans le salon pour me parler d'un de nos amis qui a été hospitalisé. Bonne nouvelle : son état s'est amélioré. Pourtant, je ne ressens aucune joie. Seulement de l'effroi. Sarah doit s'en rendre compte, car elle me dit : « Pourquoi tu n'irais pas faire un tour au bord de la rivière ? »

Ces temps-ci, je ne me sens normal que quand je suis dehors. J'écris ces mots depuis la rive ouest de la White River, chez moi, à Indianapolis. J'ai apporté une chaise de camping. Je me suis installé au sommet d'un tertre herbeux, et la batterie de mon ordinateur est chargée à bloc. Devant moi, la rivière est une cacophonie boueuse et débordante. Toutes les deux minutes à peu près, un arbre déraciné dérive sous mes yeux, emporté par le courant. Par été sec, je peux traverser à cet endroit de la rivière sans mouiller mon bermuda. Aujourd'hui, je contemple un torrent profond de 5 mètres.

Depuis des jours, mon cerveau refuse de me laisser aller au bout de la moindre pensée en me bombardant constamment d'angoisses. Même le flot de mes angoisses est interrompu – par de nouvelles sources d'angoisse, ou par certaines facettes de mes vieilles angoisses que je n'avais pas bien pris le temps d'explorer. Mes pensées sont un fleuve boueux, tumultueux et incessant, qui déborde sans arrêt de son lit. J'aimerais ne pas avoir peur tout le temps – peur du virus, mais pire encore : la terreur du temps qui passe, et moi avec.

J'ai apporté un livre de Terry Tempest Williams, mais mon angoisse suffocante m'empêche de lire plus de quelques minutes. En parcourant les pages, je tombe sur un passage que j'ai souligné des années auparavant : « Quand l'un de nous dit : *Regardez, il n'y a rien là-bas*, ce qu'il dit en réalité, c'est : *Je ne vois rien.* »

D'ici, la White River part se jeter dans la Wabash, puis dans le fleuve Ohio, qui se jettera à son tour dans l'immense Mississippi avant de rejoindre le golfe du Mexique. Même après cela, il poursuivra sa course : il gèlera, il fondra, s'évaporera, pleuvra, s'écoulera, ne sera ni créé ni détruit. En l'observant, je me revois assis au bord de l'eau avec Todd, dont l'amour m'a porté durant tant d'années et, d'une certaine manière, continue à me porter encore aujourd'hui.

Je me demande si vous avez des gens comme ça dans votre vie, des gens dont l'amour vous aide à aller de l'avant même s'ils ont été séparés de vous par le temps, la géographie et toutes ces choses qui nous éloignent. Todd et moi nous sommes chacun laissé emporter par le courant, au fil des décennies – il est aujourd'hui médecin –, mais nos vies ont été marquées par tous ces moments partagés en amont. Comme l'a écrit Maya Jasanoff : « La rivière est le fil narratif de la nature. Elle vous emmène d'ici à là-bas. » Ou en tout cas, de là-bas à ici.

Dehors, le monde continue. La rivière, même si elle déborde, poursuit ses méandres. Je ne cesse de lever les yeux vers elle depuis mon écran d'ordinateur. Sans raison particulière, un vieux souvenir remonte à la surface : à la fin du Décathlon académique à Newark, nous nous sommes retrouvés avec nos cannettes de Zima sur le toit de l'hôtel – Todd, moi et quelques-uns de nos coéquipiers. Il faisait nuit, New York brillait d'un halo de lumière rose au loin. Nous étions la sixième meilleure équipe d'AcaDec de tout le pays, nous tirions la quantité parfaite d'utilité marginale de nos cannettes de Zima, et nous nous aimions tous énormément. Les rivières suivent leur cours, comme nous suivons le nôtre, et il m'est impossible de retourner sur le toit de cet hôtel. Mais ce souvenir continue à me porter.

Ma note pour le Décathlon académique est de 4,5 étoiles.

LES COUCHERS DE SOLEIL

Que faire de la beauté galvaudée d'un coucher de soleil de carte postale ? La teinter de menace, comme l'a si brillamment fait Roberto Bolaño en écrivant : « Le ciel, au coucher du soleil, ressemblait à une fleur carnivore » ? Embrasser son sentimentalisme intrinsèque, comme le fait Kerouac dans *Sur la route* lorsqu'il écrit : « Bientôt ce fut le crépuscule, un crépuscule couleur raisin, un crépuscule pourpre par-dessus les mandariniers et les longs champs de melons [...], les champs couleur de l'amour et des romans à énigme espagnols » ? À moins de nous tourner vers le mysticisme, comme l'a fait Anna Akhmatova en écrivant, face à un beau coucher de soleil :

J'ignore si le jour
s'achève, ou bien le monde, ou si
le secret des secrets est à nouveau en moi.

Un bon coucher de soleil me laisse toujours sans voix et rend mes pensées aussi vaporeuses et moelleuses que la lumière elle-même. Mais j'avoue qu'en regardant le soleil disparaître derrière un horizon lointain, avec ses reflets jaunes, orange et roses qui éclaboussent le ciel, il m'arrive souvent de penser : « On dirait du Photoshop. » Quand je vois le monde naturel dans ce qu'il a de plus spectaculaire, mon sentiment, la plupart du temps, est que tout est faux.

Je me souviens qu'à la fin du XVIIIe et au début du XIXe, les touristes se promenaient avec des miroirs assombris et légèrement convexes appelés miroirs noirs, ou miroirs de Claude. Si vous tourniez le dos à un paysage magnifique pour observer son reflet dans le miroir noir, il était censé être plus « pittoresque ». Nommé d'après Claude Lorrain, le peintre paysagiste français du XVIIe siècle, l'objet servait non seulement à encadrer la vue mais aussi à simplifier sa palette chromatique, pour le faire ressembler en tout point à une peinture. Thomas Gray a écrit que seul le miroir noir lui permettait de « voir le soleil couchant dans toute sa splendeur ».

Le problème, avec le soleil, c'est qu'on ne peut bien sûr pas le regarder en face – pas quand on est dehors, et pas non plus quand on essaie de décrire sa beauté. Dans *Pèlerinage à Tinker Creek,* Annie Dillard écrit : « Nous n'avons en réalité que cette lumière, source unique de tout, et devons pourtant nous en détourner par décret universel. Nul ici sur cette planète ne semble conscient de cet étrange et puissant tabou, qui veut que nous marchions en détournant prudemment notre visage de tel ou tel côté, de peur que nos yeux soient foudroyés pour toujours. »

Par bien des aspects, le soleil est donc une sorte de dieu.

Comme l'a écrit T.S. Eliot, la lumière est le rappel visible de la Lumière invisible. À l'instar d'un dieu, le soleil a un pouvoir redoutable et merveilleux. Et à l'instar d'un dieu, il est difficile, voire dangereux, de le regarder en face. Dans le Livre de l'Exode, Dieu dit à Moïse : « Tu ne peux voir mon visage, car l'homme ne peut me voir et vivre. » Pas étonnant que depuis des siècles, les écrivains chrétiens anglo-saxons usent et abusent du jeu de mots consistant à appeler Jésus « le Fils et le Soleil » – « *Son and Sun* ». L'Évangile de Jean le cite tant de fois comme « la Lumière » qu'on est en droit de s'agacer. Et on trouve des dieux du soleil dans toutes les religions polythéistes, du dieu Râ en Égypte au grec Hélios en passant par le Nanahuatzin des Aztèques, qui se sacrifia en sautant dans les flammes pour incarner le soleil étincelant. Tout cela est logique, d'une certaine manière. Je n'ai pas seulement besoin de la lumière de cette étoile pour survivre : à bien des égards, je suis un produit de la lumière, ce qui résume assez bien ma définition personnelle de Dieu.

Les gens me demandent sans arrêt si je crois en Dieu. Je leur réponds que je suis épiscopalien, ou que je vais à l'église, mais ce n'est pas ce qui les intéresse. Ce qu'ils veulent savoir, c'est si je crois en Dieu, et je suis incapable de leur répondre, parce que je ne sais quoi faire du *en* de cette question. Est-ce que je crois *en* Dieu ? Je crois autour de Dieu. Je ne peux pas croire *en* quelque chose dont je fais partie – l'ombre et la lumière du soleil, l'oxygène et le dioxyde de carbone, les systèmes solaires et les galaxies.

Mais nous glissons déjà sur la pente sentimentale. J'ai métaphorisé le soleil. D'abord, il était photoshoppé. Maintenant, il est divin. Et aucune de ces façons d'appréhender le coucher de soleil ne suffit.

E. E. Cummings a écrit un poème sur le crépuscule :

qui es-tu, petit je

(âgé de cinq ou six ans)
regardant par une haute

fenêtre;l'or du

crépuscule de novembre

(et pensant:si le jour
doit devenir la nuit

c'est une belle chose)

C'est un poème très réussi, mais qui fonctionne uniquement parce que Cummings ancre ses observations dans l'enfance, lorsqu'on est encore trop innocent pour savoir qu'il n'y a pas plus mièvre que d'écrire sur les couchers de soleil. Pourtant, c'est beau, un coucher de soleil. C'est même d'une beauté universelle. Nos lointains ancêtres ne mangeaient pas et ne voyageaient pas comme nous. Leur rapport à des concepts aussi fondamentaux que le temps était différent du nôtre. Ils le mesuraient non pas en heures ou en secondes, mais plutôt en fonction des cycles solaires : le moment était-il proche du crépuscule, ou de l'aube, ou du solstice d'hiver? Pourtant, tout individu ayant déjà vécu plus de quelques années sur cette planète a assisté au moins une fois dans sa vie à un magnifique coucher de soleil et pris le temps d'accompagner les dernières lueurs du jour, submergé par tant de beauté et un sentiment de gratitude.

Mais alors, comment célébrer un coucher de soleil sans tomber dans la mièvrerie ? En le décrivant de façon factuelle, peut-être. Voilà ce qui se passe : avant qu'un rayon de soleil atteigne vos yeux, il a de multiples échanges avec les molécules responsables de ce qu'on appelle la diffusion de la lumière. Différentes longueurs d'ondes sont envoyées dans différentes directions selon qu'elles interagissent, mettons, avec de l'oxygène ou du nitrogène dans l'atmosphère. Mais au crépuscule, la lumière se déplace plus longtemps avant de parvenir jusqu'à nous, si bien que le bleu et le violet se dispersent, abandonnant le ciel aux riches tons rouges, roses et orangés. Pour reprendre les termes de l'artiste Tacita Dean : « La couleur est la fiction de la lumière. »

Il me semble utile de savoir comment opère un coucher de soleil. Je n'adhère pas à la vision romantique voulant que la compréhension scientifique dépouille l'univers de sa beauté, mais je peine encore à trouver un langage susceptible d'exprimer la beauté à couper le souffle d'un soleil couchant – lequel est moins à « couper » le souffle, d'ailleurs, qu'à « l'ouvrir ». Tout ce que je peux dire, c'est que parfois, quand le monde est entre chien et loup, je reste figé par sa splendeur et me sens d'une absurde petitesse. On pourrait croire que c'est triste, mais pas du tout. Je ressens surtout une profonde reconnaissance. Toni Morrison a écrit : « À un moment donné dans la vie, la beauté du monde se suffit à elle-même. Vous n'avez plus besoin de photo, de peinture, ni même de vous en souvenir. Elle se suffit. » Que dire, alors, de la beauté galvaudée des couchers de soleil ? Peut-être, tout simplement, qu'ils se suffisent à eux-mêmes.

Mon chien, Willy, est mort il y a quelques années, mais j'adorais le regarder jouer sur notre pelouse à la tombée du jour. Quand il était chiot, il avait toujours un quart d'heure de folie en début de soirée. Il courait en cercles joyeux autour de nous, glapissait et faisait des bonds sans raison particulière, jusqu'à ce que la fatigue ait raison de lui et qu'il accoure vers moi pour se coucher. Il faisait alors quelque chose d'extraordinaire : il se roulait sur le dos et me présentait son ventre. J'étais émerveillé par le courage que cela lui demandait, la vulnérabilité totale dans laquelle il se mettait face à nous. Il nous offrait une partie de son corps qui n'était pas protégé par la cage thoracique, certain que nous n'allions ni le mordre ni le frapper. Ce n'est pas évident d'accorder une telle confiance au monde, de lui exposer son ventre. Il y a quelque chose tout au fond de moi, une fragilité intense, qui est terrifiée à l'idée de s'abandonner au monde.

J'ai peur du simple fait d'écrire ces mots, car je crains qu'en avouant cette fragilité, je désigne aussi l'endroit où frapper. Je sais que si on me frappe à l'endroit où je suis vulnérable, je ne m'en remettrai jamais.

J'ai parfois le sentiment qu'aimer la beauté qui nous entoure est un manque de respect envers les nombreuses horreurs qui nous entourent également. Mais la plupart du temps, je crois seulement que j'ai peur que le monde me dévore si je lui expose mon ventre. Voilà pourquoi je revêts l'armure du cynisme et me cache derrière les hautes murailles de l'ironie, n'observant la beauté que de dos, dans le reflet du miroir noir.

Mais je tiens à être sincère, même si c'est gênant. Le photographe Alec Soth a déclaré : « Pour moi, la chose la plus belle est la vulnérabilité. » J'irais même plus loin, en affirmant qu'on ne peut voir la beauté qui se suffit à elle-même à moins de s'y être d'abord rendu vulnérable.

Je m'efforce donc de me tourner vers cette lumière, le ventre à nu, et de me dire à moi-même : ça ne ressemble pas à une photo. Ni à un dieu. C'est un coucher de soleil, c'est magnifique, et tout ton truc consistant à ne jamais accorder cinq étoiles à quoi que ce soit sous prétexte que la perfection n'existe pas, c'est de la connerie, tu m'entends ? Il y a tant de choses parfaites. À commencer par celle-ci. Ma note pour les couchers de soleil est de 5 étoiles.

LA PERFORMANCE DE JERZY DUDEK LE 25 MAI 2005

J'aimerais vous raconter une histoire où il est question de joie et de stupidité. Une histoire qui parle de sport, et à laquelle je pense depuis un moment car je vous écris ces lignes en direct du mois de mai 2020, à une époque où le sport – pour la toute première fois de ma vie – s'est arrêté net.

Et ça me manque. Je sais que le sport n'est pas un élément primordial à l'échelle de l'univers, mais j'aime avoir le luxe de m'intéresser à des trucs futiles. On prête au défunt pape Jean-Paul II (et à tort, sans doute) la déclaration suivante : « De toutes les choses sans importance, le football est la plus importante. » Et ces jours-ci, je me languis de choses sans importance. Voici donc une histoire de football qui se déroule dans le sud de la Pologne, à moins de 100 kilomètres de l'endroit où Jean-Paul II est né.

Nous sommes en 1984. Jerzy Dudek, fils de mineur gringalet âgé de dix ans, habite la petite ville minière de Szczygłowice.

Une visite spéciale est organisée afin que les épouses descendent visiter la mine où travaillent leurs maris. Jerzy et son grand frère, Dariusz, attendent dehors avec leur père, tandis que Renata Dudek s'enfonce dans les galeries situées plusieurs centaines de mètres sous terre. À son retour, elle embrasse son mari, en larmes. Jerzy racontera plus tard : «Elle nous a appelés et nous a dit : “Jerzy, Dariusz, promettez-moi que vous n'irez jamais travailler là-bas”».

Les deux frères ont éclaté de rire. «Nous, on se disait : *D'accord, mais qu'est-ce qu'on est censés faire d'autre ?*»

À l'époque, le pape Jean-Paul II, l'idole du jeune Jerzy, vivait au Vatican, à 3 kilomètres du Stadio Olimpico de Rome où se déroulait la finale de la Ligue des Champions, la compétition qui voit s'affronter les meilleurs clubs de foot européens. Cette année-là, les deux finalistes étaient l'AS Rome, qui jouait donc à domicile, contre mes chouchous du Liverpool Football Club[1].

Le goal de Liverpool, Bruce Grobbelaar, était un pur excentrique, même pour un gardien de but. Il s'échauffait en marchant sur les mains et en se suspendant au poteau horizontal de sa cage. Il descendait souvent une bonne douzaine de bières dans le bus de l'équipe quand Liverpool avait perdu.

Mais Grobbelaar est surtout resté célèbre pour cette finale de la Ligue des Champions en 1984. Le match s'est terminé par une séance de tirs au but durant laquelle, pour dieu sait quelle raison, Grobbelaar a fait semblant de vaciller sur ses jambes pendant qu'un joueur de l'AS Rome s'apprêtait à tirer. Déstabilisé

1. Je connais Daniel Alarcón, romancier, fondateur du podcast Radio Ambulante et fan d'Arsenal, depuis le lycée. Un jour, à l'occasion d'une interview, on lui a demandé si je me considérais plutôt comme un youtuber ou un écrivain. À mon grand bonheur, Daniel a répondu : «John se considère avant toutes choses comme un fan de Liverpool.»

par les pitreries du gardien, le joueur romain a envoyé le ballon voler au-dessus des filets, et Liverpool a remporté sa quatrième coupe européenne.

Pendant ce temps, dans le sud de la Pologne, le jeune Jerzy Dudek se passionne pour le foot, bien que les ballons en cuir soient un luxe rare dans son quartier pauvre, où les gamins jouent le plus souvent avec des balles en caoutchouc, voire de vieilles balles de tennis. Il se retrouve gardien de but en raison de sa grande taille, mais ne fait pas vraiment d'étincelles au début. Son premier entraîneur lui reproche même de « plonger comme un sac à patates ».

À dix-sept ans, Dudek commence son apprentissage pour devenir mineur et descend travailler deux jours par semaine pour compléter sa formation. Le travail lui plaît. Il aime la camaraderie qui règne dans les galeries souterraines, le sentiment de solidarité. La société minière a une équipe de foot et Jerzy commence à jouer avec eux. Comme il n'a pas les moyens de s'acheter des gants de gardien, il porte les gants professionnels de travail de son père sur lesquels il dessine le logo Adidas pour se sentir comme un vrai goal. Il fait beaucoup de progrès et ne plonge désormais plus comme un sac à patates. À dix-neuf ans, il gagne déjà une centaine de dollars par mois en jouant dans une équipe semi-pro – tout en travaillant à la mine. Mais deux ans plus tard, force est de reconnaître qu'il stagne. Plus tard, il expliquera avoir eu l'impression de fondre « dans la grisaille ».

Le Liverpool Football Club fondait dans la grisaille, lui aussi. Au début des années 1990, le club avait atteint un niveau si bas qu'il n'arrivait même plus à se qualifier pour participer à la Ligue des Champions – sans même parler de la gagner.

En 1996, alors âgé de vingt-deux ans, Jerzy Dudek attire l'attention d'une équipe polonaise de première division qui le signe pour un salaire mensuel de 400 dollars. À partir de là, l'ascension du jeune homme est stupéfiante : en à peine six mois, il est transféré dans une équipe néerlandaise, Feyenoord, où il gagne enfin sa vie comme gardien de but. Quelques années plus tard, il décroche un contrat de plusieurs millions de livres Sterling avec Liverpool.

Mais son moral est au plus bas. De cette période, il écrira par la suite : « Mes premiers jours à Liverpool furent les pires de ma vie. Je me sentais très seul. Je vivais dans un nouvel endroit, avec une nouvelle langue dont je ne parlais pas un mot. » Toutes ces citations sont extraites de l'autobiographie de Dudek, intitulée *A Big Pole in Our Goal* – « Un grand Polonais dans notre cage ». C'est la chanson que lui avaient dédiée les supporters de Liverpool, sur l'air de « He's Got the Whole World in His Hands » : *We've got a big Pole in our goal.*

Avant d'en arriver au 25 mai 2005, j'aimerais ajouter encore une chose. Les gardiens de foot professionnels passent *énormément* de temps à s'entraîner pour arrêter les tirs au but. Jerzy Dudek avait affronté des milliers de pénaltys, et il les appréhendait tous de la même manière : il se tenait parfaitement immobile au milieu de sa cage jusqu'au dernier moment avant que le tireur adverse tape dans le ballon, et il plongeait d'un côté ou de l'autre. Toujours. Sans exception.

La saison 2004-2005 vit Liverpool flotter sur un petit nuage durant toute la Ligue des Champions. Au mois d'avril, le club se préparait à affronter le célèbre club de la Juventus de Turin en quart de final quand on annonça la mort du pape Jean-Paul II. Dudek assista au match depuis le banc des remplaçants : il était bouleversé par la mort de l'idole de son enfance et avait avoué en larmes au médecin de l'équipe qu'il se sentait incapable de jouer. Liverpool gagna quand même ce soir-là et se qualifia pour la finale face à un autre club italien, le Milan AC.

La rencontre avait lieu à Istanbul, et elle commença très mal pour Dudek et le Liverpool Football Club. Au bout de cinquante et une secondes de jeu, Milan ouvrit le score. Puis enchaîna deux autres buts avant la fin de la première mi-temps. La femme de Dudek, Mirella, restée en Pologne pour préparer la première communion de leur fils, se souvient qu'un « silence de mort » était tombé sur Szczygłowice.

Pendant la mi-temps, dans les vestiaires de Liverpool, « tout le monde était en miettes », écrivit Dudek. « Mes rêves étaient anéantis », racontera pour sa part le défenseur Jamie Carragher. Les joueurs entendaient leurs 40 000 supporters chanter « You'll Never Walk Alone » dans les gradins au-dessus d'eux, mais ils savaient, pour reprendre les mots de Carragher, que c'était « plus par sympathie que par conviction ».

Le reste, je le connais par cœur, tant j'ai vu et revu ce match : neuf minutes après le début de la seconde mi-temps, le capitaine de Liverpool, Steven Gerrard, marque de la tête dans un mouvement digne d'un danseur de ballet. Les Anglais mettent un autre but deux minutes plus tard, puis à nouveau quatre minutes plus tard. Maintenant, les deux équipes sont à 3 partout. Le match joue les prolongations pendant trente minutes. Les Milanais mettent leurs adversaires sous pression. Il ne fait aucun doute que ce sont eux les meilleurs. Les joueurs de Liverpool, épuisés, espèrent juste survivre jusqu'à la séance de tirs au but.

Soudain, à une minute et demie de la fin du temps additionnel, Jerzy Dudek sauve deux tirs cadrés, frappés juste en face de lui, à une seconde d'écart l'un de l'autre. Son geste est si incroyable qu'aujourd'hui encore, quinze ans plus tard, quand je revois cette séquence, je me dis que le joueur du Milan AC est obligé de marquer. Mais Jerzy Dudek arrête le tir à chaque fois, et on annonce la séquence de tirs au but.

Bref : vous êtes Jerzy Dudek. Vous vous entraînez à arrêter des tirs au but depuis votre enfance et vous avez peaufiné votre propre technique. Vous êtes resté sans dormir dans votre lit à imaginer cet instant. Finale de la Ligue des Champions, séance de tirs au but, vous dans les cages, aussi immobile qu'une statue, jusqu'au moment où l'adversaire shoote dans le ballon.

Mais juste avant le premier tir, Jamie Carragher vous saute dessus et vous hurle dans l'oreille. « Carra a déboulé vers moi comme un fou, se souvient Dudek. Il m'a attrapé et il s'est mis à brailler : "Jerzy, Jerzy, souviens-toi, Bruce Grobbelaar !" »

« Fais-leur le coup des jambes molles ! » lui disait Carragher. « Déplace-toi dans la cage ! Comme en 1984 ! » Mais c'était il y a vingt et un ans, avec d'autres joueurs, un autre entraîneur, et une équipe différente en face. Quel rapport avec ce qui se passait ici et maintenant ?

Il y a des moments, dans la vie, où on fait les choses comme on s'est toujours préparé à les faire. Et puis, à d'autres moments, on écoute Jamie Carragher. C'est comme ça qu'à l'instant crucial de sa carrière Jerzy Dudek a décidé d'essayer un truc nouveau.

Sa prestation ne ressemblait pas tout à fait à celle de Grobbelaar, mais il s'est mis à danser sur la ligne de goal en se tortillant sur ses jambes. « Je ne reconnaissais plus mon mari », déclara plus tard Mirella Dudek. «Je n'en croyais pas mes yeux… il dansait comme un fou dans sa cage.»

Liverpool ne rata qu'un seul tir au but sur cinq. Pour Milan, confronté au numéro dansant de Dudek, ce fut une autre histoire. Le premier joueur visa complètement à côté des cages, après quoi Dudek arrêta deux tirs sur les quatre suivants, et Liverpool entra dans l'histoire avec ce qui est encore appelé aujourd'hui le «Miracle d'Istanbul».

Allez dire au petit Jerzy Dudek, l'année de ses dix ans, qu'il arrêterait un jour deux tirs au but lors d'une finale de coupe d'Europe en faisant un choix improbable à la dernière minute. Allez dire au jeune Jerzy Dudek, vingt et un ans, salarié d'un petit club pour 1 800 dollars par an, qu'il est à une décennie de brandir la coupe de la Ligue des Champions.

On ne sait pas de quoi est fait notre avenir – de quelles horreurs, bien sûr, mais de quelles merveilles aussi, ces moments de joie baignés de lumière qui attendent chacun d'entre nous. Ces temps-ci, je me compare souvent à Jerzy Dudek retournant sur la pelouse à la seconde mi-temps avec un score de 0-3, à peu près aussi désespéré que je me sens impuissant. Mais de toutes les choses sans importance, le foot est la plus importante, parce que la vision de Jerzy Dudek filant comme une flèche après le dernier tir au but pour être porté en triomphe par ses coéquipiers me rappelle que moi aussi, un jour – et un jour proche, qui sait –, je retrouverai les bras de ceux que j'aime. Nous sommes au mois de mai 2020, quinze ans après le numéro de danse de Dudek, et nous finirons par sortir de ce tunnel pour retrouver nos jours de joie baignés de lumière.

Ma note pour la performance de Jerzy Dudek le 25 mai 2005 est de 5 étoiles.

« LES PINGOUINS DE MADAGASCAR »

À moins d'avoir eu beaucoup de chance dans la vie, vous connaissez sans doute quelqu'un qui aime avoir des opinions provocatrices. Je veux parler de ces gens qui vous disent, par exemple : « Tu sais, Ringo était le meilleur membre des Beatles. »

Vous prenez une longue inspiration. Vous êtes peut-être à table, quelque part, en train de déjeuner avec cette personne, parce que le déjeuner est une expérience à durée limitée et que vous ne supportez cet individu qu'à doses homéopathiques. Vous prenez une bouchée de votre plat. Puis vous soupirez à nouveau avant de répondre : « Ah oui ? Et pourquoi Ringo était-il le meilleur membre des Beatles[1] ? »

Ça tombe bien, la personne-à-opinion-provocatrice est ravie

1. Au cas où Ringo Starr, ou l'un de ses fans, lirait ces lignes : je pense que Ringo était un super membre des Beatles. Un excellent membre des Beatles. Je ne pense pas qu'il était forcément le *meilleur*, voilà tout.

que vous lui posiez la question! «Ringo était le meilleur membre des Beatles parce que... » Vous cessez alors de l'écouter, ce qui est le seul moyen de survivre à ce déjeuner. Quand votre interlocuteur en a terminé, vous lui rétorquez : «Certes, mais Ringo a aussi écrit "Octopus's Garden".» La personne-à-opinion-provocatrice se lance alors dans une nouvelle conférence de quatorze minutes commençant par ces mots : «En fait, "Octopus's Garden" est une œuvre de génie parce que... »

Les personnes-à-opinion-provocatrice ne constituent pas la majorité, dieu merci. Mais je crois que chacun d'entre nous entretient une opinion provocatrice en secret. Et voici la mienne : la séquence d'ouverture du film *Les Pingouins de Madagascar* en 2014 est l'une des meilleures scènes de l'histoire du cinéma.

Les Pingouins de Madagascar est un film d'animation pour enfants sur l'Anthropocène : une méchante pieuvre nommée Dave a inventé un rayon spécial pour enlaidir les animaux mignons, afin que les humains cessent de favoriser la protection des créatures adorables (comme les pingouins) au détriment des moins adorables (comme Dave).

Le film débute comme un faux documentaire sur la nature. «L'Antarctique : terre désolée et inhospitalière», nous annonce Werner Herzog, le célèbre réalisateur et documentariste, du ton grave qui le caractérise. Mais, même ici, précise-t-il, «il y a de la vie. Et pas n'importe laquelle. Des PINGOUINS. Qui se dandinent dans la joie et la bonne humeur, trop doux et trognons!»

Une longue file de pingouins avance machinalement derrière un meneur invisible. Tandis que Herzog les traite de «frétillants petits clowns des neiges», nous remontons la file jusqu'aux trois jeunes pingouins qui seront les personnages principaux du film. L'un demande tout haut :

– Il y en a qui savent au moins *où* on va ?

– Qu'est-ce que ça peut faire ? lui rétorque un adulte.

– Moi, je ne me pose pas de question, renchérit un autre.

Peu après, les trois jeunes pingouins sont renversés par un œuf qui dévale la pente du glacier. Ils décident de le suivre et le voient tomber par-dessus la falaise pour atterrir sur un vieux bateau échoué en contrebas. Plantés au bord du précipice, nos trois héros voient qu'un léopard des mers s'apprête à avaler l'œuf. Ils doivent prendre une décision : tout risquer pour sauver cet œuf, ou le regarder se faire croquer ?

Au même moment, la caméra effectue un zoom arrière et nous découvrons l'équipe de tournage réunie autour des pingouins. « Si petits et sans défense, reprend Herzog, les bébés pingouins sont pétrifiés de terreur. Ils savent que s'ils tombent de cette falaise, c'est la mort qui les attend. » S'ensuit un court silence. Après quoi Herzog lance à son perchiste : « Vas-y, Jean-Claude, aide-les un peu. »

À l'aide de sa perche, l'homme pousse les pingouins dans le dos et les précipite dans l'abîme. Comme il s'agit d'un film pour enfants, nos trois héros survivent à cette chute, bien évidemment, et connaissent tout un tas de grandes aventures. Mais chaque fois que je revois *Les Pingouins de Madagascar*, je me dis que les pingouins ne nous voient pas, la plupart du temps, alors que nous sommes leur plus grande menace – et aussi leur plus grand espoir. À cet égard, nous incarnons une sorte de dieu. Et pas le plus magnanime qui soit.

Je pense aussi souvent au lemming, un rongeur de 10 centimètres de long aux yeux alertes et au poil brun foncé. Il existe plusieurs espèces de lemmings, et on les retrouve dans les régions les plus froides d'Amérique du Nord et d'Eurasie. La plupart d'entre eux aiment vivre à proximité de l'eau et sont de très bons nageurs.

Les lemmings ont un cycle démographique particulièrement extrême : tous les trois ou quatre ans, leur population explose en raison de conditions de reproduction favorables. Au XVIIe siècle, certains naturalistes ont émis l'hypothèse que les lemmings étaient le produit d'une génération spontanée et qu'ils tombaient du ciel par millions, comme des gouttes de pluie. Si cette croyance a disparu avec le temps, une autre a perduré : nous avons longtemps cru que, poussés par l'instinct et/ou la volonté de suivre leurs congénères sans réfléchir, les lemmings se servaient du suicide de masse comme un moyen de contrôler leur surpopulation.

Ce mythe s'est révélé d'une longévité à toute épreuve, alors que les biologistes savent depuis très longtemps qu'il n'en est rien. En réalité, les lemmings se dispersent quand les populations deviennent trop denses et partent en quête de nouveaux habitats. Parfois, ils arrivent devant un lac ou une rivière qu'ils tentent de traverser. Parfois, ils se noient. Parfois, ils meurent d'autres causes. En tout cela, ils ne sont pas très différents des autres rongeurs.

Mais aujourd'hui encore, aux États-Unis, on dit des gens qui ont tendance à suivre le troupeau sans poser de questions que ce sont des « lemmings ». Si nous avons une telle vision des lemmings, c'est en très grande partie à cause d'un film documentaire Disney sorti en 1958 et intitulé *Le Désert de l'Arctique*. On y suit la migration d'un groupe de lemmings après une saison d'explosion démographique. Ils parviennent au bord d'une falaise océanique, que le narrateur qualifie de « dernier précipice ».

À l'image, les lemmings se jettent dans le vide, tels de parfaits abrutis, « en un vaste élan vers l'abîme », nous explique-t-il. Ceux qui survivent à la chute nagent vers le large jusqu'à la noyade fatale, « rendez-vous final avec leur destin, et avec la mort ».

Mais rien de tout cela n'est une description réaliste du comportement naturel des lemmings. Pour commencer, les sous-espèces de lemmings montrées dans le film ne migrent pas. En outre, cette séquence n'a même pas été filmée dans la nature sauvage ; les lemmings ont été transportés en avion à travers le Canada depuis la baie d'Hudson jusqu'à Calgary, où ont été tournées la plupart de ces images. Enfin, les lemmings ne se sont pas jetés « en un vaste élan vers l'abîme ». C'est l'équipe technique qui les a lâchés dans le précipice depuis un camion pour filmer leur chute, puis leur noyade. Vas-y, Jean-Claude, aide-les un peu.

Aujourd'hui, *Le Désert de l'Arctique* n'est pas considéré comme un documentaire sur les lemmings, mais plutôt un documentaire sur nous et ce que nous sommes prêts à faire pour nous raccrocher à un mensonge. Mon père est documentariste (c'est lui qui m'a raconté cette anecdote à propos du *Désert de l'Arctique*), et c'est sans doute l'une des raisons pour lesquelles j'adore la scène d'ouverture des *Pingouins de Madagascar*.

Mais je l'aime aussi parce qu'elle met le doigt avec ironie et tendresse sur un détail qui me perturbe beaucoup à propos de moi-même. Comme le pingouin adulte qui reste dans la file en affirmant qu'il ne se pose pas de questions, je m'efforce le plus souvent de respecter les règles. Je me contente de suivre le mouvement, même à l'approche d'un précipice. Nous nous imaginons certains animaux comme dépourvus de conscience, obéissant aveuglément au meneur sans savoir où ils vont, mais nous oublions parfois que nous sommes nous-mêmes des animaux.

Je suis quelqu'un de réfléchi – je dirais même que je réfléchis trop, tout le temps, jusqu'à l'épuisement. Mais il m'arrive aussi d'agir sans réfléchir, selon des paramètres préétablis qui m'échappent et que je ne cherche pas à remettre en question. Jusqu'à un certain point qu'il m'est pénible d'admettre, j'incarne ce que nous reprochons depuis si longtemps aux lemmings. Des forces au-delà de ma compréhension m'ont mené vers un précipice, et je crains d'être bientôt poussé d'un coup dans le dos. Le mythe du lemming ne perdure pas par ce qu'il en dit sur les lemmings. Il perdure parce qu'il en dit long sur nous-mêmes.

Les Pingouins de Madagascar est un film drôle et débile. Mais comment nous confronter autrement aux absurdités de l'Anthropocène ? Je maintiens mon opinion provocatrice. Ma note pour la scène d'ouverture des *Pingouins de Madagascar* est de 4,5 étoiles.

LES SUPÉRETTES PIGGLY WIGGLY

En 1920, d'après les archives du recensement, mon arrière-grand-père Roy tenait une épicerie dans une petite bourgade de l'ouest du Tennessee. Comme tous les commerces de ce type du début du XXe siècle, son magasin n'était pas en libre-service : vous entriez avec votre liste de commissions, et quelqu'un – mon arrière-grand-père, peut-être – se chargeait de rassembler tout ce dont vous aviez besoin. Il pesait le beurre, les tomates, la farine de blé ou de maïs, et empaquetait le tout. L'épicerie de mon arrière-grand-père autorisait sans doute les clients à payer à crédit, une pratique courante à l'époque. Les gens réglaient généralement leur ardoise au bout d'un moment.

Ce travail était censé aider mon arrière-grand-père à sortir de la pauvreté, mais les choses ne se déroulèrent pas vraiment ainsi. Son commerce finit par fermer, entre autres raisons à cause de la révolution de l'épicerie en libre-service lancée par Clarence Saunders et qui bouleversa la manière dont les Américains faisaient leurs courses, préparaient leurs repas, se nourrissaient et vivaient au quotidien. Saunders était un autodidacte, né dans une famille de fermiers pauvres. Il trouva sa voie dans le petit commerce à Memphis, Tennessee, à environ 150 kilomètres au sud-ouest de l'épicerie de mon arrière-grand-père. Saunders avait trente-cinq ans lorsqu'il développa le concept de magasin en libre-service dépourvu de comptoir, celui-ci étant remplacé par un labyrinthe d'allées que les clients arpenteraient à leur guise pour choisir eux-mêmes leurs denrées et les déposer dans leurs paniers.

Saunders pratiquait des tarifs plus compétitifs pour la bonne raison qu'il employait moins de personnel et ne faisait pas crédit à ses clients. En outre, les prix étaient clairs et transparents : pour la première fois, ils étaient affichés sur chaque article, si bien que les clients n'avaient plus à craindre d'être arnaqués par des vendeurs malhonnêtes. Saunders appela son magasin Piggly Wiggly.

Pourquoi ? Nul ne le sait. Saunders expliqua un jour que ce nom lui avait été soufflé « par le chaos, et en contact direct avec l'âme de l'individu », ce qui vous donne une idée du genre de bonhomme que c'était. Mais le plus souvent, quand on lui demandait pourquoi il avait appelé son magasin Piggly Wiggly, il répondait : « Pour qu'on me pose la question. »

La première épicerie Piggly Wiggly ouvrit ses portes à Memphis en 1916. Le succès fut tel qu'un deuxième magasin fut inauguré au bout de trois semaines. Deux mois plus tard, un troisième les rejoignit. Saunders insista pour le baptiser « Piggly Wiggly III », afin de conférer à ses magasins « la dignité royale qui leur est due ». Il ajouta rapidement un slogan à ses devantures : « Piggly Wiggly : Partout dans le monde ». À l'époque, pourtant,

Piggly Wiggly n'était même pas encore partout dans Memphis, mais la prophétie de Saunders se réalisa. Au bout d'un an, on comptait déjà trois cent cinquante-trois épiceries Piggly Wiggly à travers les États-Unis. Aujourd'hui, son concept de supérette en libre-service a gagné le monde entier.

Dans les différentes réclames qu'il faisait paraître dans les journaux, Saunders vantait les mérites de ses magasins en termes messianiques : « Un jour, Memphis sera fier de Piggly Wiggly. » « Et tous les hommes diront que Piggly Wiggly doit croître et se répandre sur Terre avec davantage de choses saines à manger. » Ou encore : « Le pouls vigoureux du jour palpitant crée du nouveau avec de l'ancien, et du nouveau là où il n'y avait rien. » En gros, Saunders parlait de Piggly Wiggly comme les cadres de la Silicon Valley parlent aujourd'hui de leurs start-up : nous ne sommes pas seulement là pour faire de l'argent. Nous pourvoyons le monde.

Piggly Wiggly et les supérettes qui s'inspirèrent de ce modèle entraînèrent une diminution générale des prix, ce qui signifie que les clients avaient davantage à manger pour leur argent. Ils changèrent aussi leur mode de consommation : soucieux de réduire les coûts et de limiter le gaspillage, Piggly Wiggly proposait moins de produits frais que les épiceries traditionnelles. Les aliments transformés et préemballés devinrent plus populaires et moins coûteux, ce qui eut des conséquences directes sur le régime nutritionnel des Américains. La notoriété des marques devint également un facteur très important, car celles-ci devaient séduire directement le consommateur ; résultat, la publicité pour les produits alimentaires s'imposa à la radio et dans les journaux. Des marques typiquement américaines comme les soupes Campbell ou les biscuits Oreo virent leur popularité exploser ; en 1920,

Campbell était la première marque de soupe du pays, et Oreo la première marque de biscuits. C'est encore le cas pour l'une et l'autre aujourd'hui.

Les épiceries en libre-service virent aussi l'avènement d'autres marques d'aliments transformés. Wonder Bread. MoonPies. Hostess CupCakes. Les légumes surgelés Birds Eye. Les céréales Wheaties. Les tartelettes Reese's Peanut Butter Cups. La moutarde French's. Les barres glacées Klondike. Le fromage Velveeta. Toutes ces marques, et bien d'autres encore, sont apparues aux États-Unis dans la décennie qui a suivi l'ouverture du premier magasin Piggly Wiggly. Clarence Saunders comprenait mieux que personne à son époque les nouvelles connexions entre les médias de masse et la notoriété des marques. Au début des années 1920, Piggly Wiggly était le plus gros annonceur de la presse américaine.

La politique des prix bas et la réduction du personnel au strict minimum eurent pour effet de priver nombre d'employés d'épiceries traditionnelles de leur travail, et mon arrière-grand-père en faisait partie. Notre hantise de voir l'automatisation et l'efficacité augmentée mettre les humains au chômage ne date pas d'hier. Dans une publicité pour la presse papier, Saunders imaginait une femme déchirée entre sa fidélité à son sympathique épicier de toujours et les très bas prix de chez Piggly Wiggly. La morale de l'histoire en appelait à une tradition encore plus ancienne et viscérale. Après mûre réflexion, la femme concluait : «J'avais autrefois une aïeule hollandaise qui était très économe. L'esprit de cette vénérable grand-maman s'est alors insinué en moi, et m'a soufflé : "Les affaires sont les affaires, la charité et l'aumône attendront."» Notre brave ménagère venait de voir la lumière et se convertissait à Piggly Wiggly.

En 1922, il y avait plus de 1 millier d'épiceries Piggly Wiggly à travers les États-Unis, et la société était même cotée à la Bourse de New York. Saunders était en train de se faire construire un manoir de 12000 mètres carrés dans sa ville de Memphis et avait doté l'université locale, aujourd'hui connue sous le nom de Rhodes College. Mais cet âge d'or fut de courte durée. Après la faillite de quelques magasins dans le nord-est du pays, les investisseurs commencèrent à vendre leurs actions à découvert, en faisant le pari que leur prix allait chuter. La réaction de Saunders fut de tenter de racheter toutes les actions Piggly Wiggly disponibles en empruntant de l'argent, mais sa manœuvre échoua de manière spectaculaire. Il perdit le contrôle de Piggly Wiggly et fit faillite.

Sa haine contre Wall Street annonçait la toute-puissance des titans du capitalisme contemporains, de même que sa foi absolue dans la publicité de masse et l'hyper-efficacité constituaient un présage du modèle qui nous attendait. Saunders était une brute épaisse, à en croire de nombreux témoignages – cruel, d'une grande violence verbale et intimement convaincu de son propre génie. Après avoir perdu le contrôle de sa société, il écrivit : « Ils m'ont tout pris, tout ce que j'ai construit, les meilleurs magasins de leur genre dans le monde, mais ils n'ont pas eu l'homme qui a engendré l'idée. S'ils ont eu le corps de Piggly Wiggly, ils n'ont pas eu son âme. » Saunders s'empressa de développer un nouveau concept d'épiceries. Celles-ci auraient des allées et des gondoles en libre-service, mais aussi un stand de boucherie et de boulangerie. Grosso modo, il inventa le modèle de supermarché qui s'imposerait jusqu'à nous, au XXIe siècle.

En moins d'un an, il était retombé sur ses pattes et prêt à ouvrir ses magasins, mais les nouveaux propriétaires de Piggly

Wiggly le traînèrent en justice, arguant que l'usage du nom Clarence Saunders associé à une chaîne de commerces alimentaires était une violation de la marque déposée Piggly Wiggly. En guise de pied de nez, Saunders baptisa sa nouvelle chaîne de magasins « Clarence Saunders : Sole Owner of My Name[1] » , peut-être la seule idée de nom encore pire que Piggly Wiggly. Malgré ce détail, le nouveau concept fit un tabac et Saunders toucha le jackpot pour la seconde fois à mesure que ses nouvelles supérettes se répandaient dans tout le sud du pays.

Il investit dans une équipe de football américain professionnelle à Memphis, qu'il rebaptisa (tenez-vous bien) « Clarence Saunders Sole Owner of My Name Tigers » – « Clarence Saunders : seul dépositaire de mon nom Tigres ». Ils affrontèrent les Green Bay Packers et les Chicago Bears devant d'immenses foules à Memphis, et furent même invités à rejoindre la NFL – la ligue nationale de foot américain. Mais Saunders déclina la proposition. Il n'avait pas envie de partager les bénéfices, ni d'envoyer ses joueurs en déplacement. Il promit de faire construire un stade pour les Tigers capable d'accueillir plus de 30 000 spectateurs. « Ce stade, écrivit-il, sera orné d'os et de têtes de mort pour chacun des ennemis que j'ai occis. »

Mais en l'espace de quelques années, les magasins Sole Owner firent faillite à cause de la Grande Dépression. L'équipe de football se retrouva sur la touche, et Saunders fut à nouveau ruiné. Pendant ce temps-là, le corps sans âme de Piggly Wiggly, lui, se débrouillait très bien sans son fondateur : au plus fort de son succès, en 1932, la chaîne de supermarchés possédait 25 000 franchises à travers le pays. En 2021, elle en possédait encore plus de

1. *« Clarence Saunders : seul dépositaire de mon nom ».*

500, essentiellement réparties dans le Sud, bien qu'elle subisse de plein fouet, comme toutes les épiceries, la concurrence des poids lourds Walmart et Dollar General, capables de pratiquer des prix encore plus bas en proposant notamment des produits encore moins frais et en employant encore moins de personnel que Piggly Wiggly.

De nos jours, les publicités pour Piggly Wiggly jouent sur la tradition et le savoir-faire humain. Un spot télévisé diffusé dans le nord de l'Alabama à partir de 1999 s'accompagnait du slogan suivant : « Chez Piggly Wiggly, il n'y a que des amis qui servent leurs amis », un message à la gloire des relations d'humain à humain que Saunders ridiculisait pourtant dans sa réclame avec la vieille grand-maman néerlandaise. Le pouls vigoureux du jour palpitant crée bien du neuf avec de l'ancien – et parfois, il fait aussi du vieux à partir du neuf.

Aujourd'hui, le prix de la nourriture aux États-Unis n'a jamais été aussi bas comparé au salaire moyen, mais notre alimentation est souvent médiocre. L'Américain moyen ingère trop de sucre et de sodium, en grande partie à cause des aliments transformés et préemballés. Plus de 60 % des calories consommées par les Américains proviennent d'aliments « très transformés », comme les biscuits Oreo et les barres Milky Way, qui fleurirent dans les tout premiers magasins Piggly Wiggly. Clarence Saunders n'en est nullement responsable, bien sûr. Comme nous tous, il était attiré par des forces supérieures à n'importe quel individu. Il avait juste compris et anticipé les désirs profonds de l'Amérique – et il nous les avait vendus.

Après sa seconde faillite, Saunders passa des décennies à tenter de lancer un énième concept de petits commerces. Le Keedoozle était un magasin entièrement automatisé ressemblant à un mur de distributeurs automatiques et permettant de faire ses courses sans la moindre interaction humaine. Mais le mécanisme s'enrayait souvent, les clients trouvaient le processus lent et laborieux, si bien que le Keedoozle ne fut jamais rentable. Le concept de caisse automatique tel que Saunders l'entrevoyait déjà ne deviendrait une réalité que des décennies plus tard.

À mesure qu'il vieillissait, il devint de plus en plus atrabilaire et imprévisible. Il commença à souffrir de troubles mentaux débilitants et fut placé dans un centre pour personnes dépressives.

Le manoir Saunders, construit grâce à sa première fortune, est devenu le Pink Palace Museum, le musée de sciences et d'histoire de Memphis. La propriété qu'il fit bâtir avec sa seconde fortune devint le Licherman Nature Center. En 1936, le journaliste Ernie Pyle déclara : « Si Saunders vit assez longtemps, Memphis deviendra la plus belle ville du monde grâce aux édifices qu'il a bâtis et perdus. »

Mais Saunders ne connut pas de troisième acte. Il mourut au Wallace Sanitarium en 1953, à l'âge de soixante-douze ans. L'une de ses nécrologies proclamait : « Certains hommes atteignent la gloire éternelle grâce à leur succès, d'autres de par leurs échecs. » Inventeur dans l'âme, Saunders avait compris le pouvoir des marques et de l'efficacité. C'était aussi un homme hargneux et vindicatif. Il se rendit coupable de fraudes boursières. Et il contribua à l'émergence d'une nouvelle ère alimentaire qui remplit les estomacs sans les nourrir.

Mais quand je pense à Piggly Wiggly, je me dis surtout que c'est une parfaite illustration de la manière dont les gros s'engraissent en dévorant les petits. Piggly Wiggly a anéanti les petites épiceries, pour se faire lui-même dévorer par Walmart et consorts, qui seront à leur tour écrasés par le commerce en ligne à la sauce Amazon. James Joyce a jadis comparé l'Irlande à une « truie qui mange sa portée », mais l'Irlande n'est rien comparée au capitalisme américain.

Ma note pour Piggly Wiggly est de 2,5 étoiles.

NATHAN'S FAMOUS ET SON CONCOURS DU PLUS GROS MANGEUR DE HOT-DOGS

Au coin des avenues Surf et Stillwell à Coney Island, un quartier balnéaire de Brooklyn, se trouve le restaurant Nathan's Famous ouvert en 1916 par Nathan et Ida Handwerker, un couple d'immigrés polonais. L'établissement propose un menu varié – des palourdes grillées aux burgers veggies – mais ne faisait à l'origine que des hot-dogs, qui demeurent aujourd'hui encore sa spécialité.

Les hot-dogs de chez Nathan's Famous ne sont pas la meilleure chose que vous mangerez de votre vie, ni même les meilleurs hot-dogs que vous mangerez tout court. Mais le seul fait de déguster l'un d'eux en plein cœur de l'agitation de Coney Island est une expérience en soi. Et ces hot-dogs ont un certain pedigree : ils ont été goûtés par le roi George VI et Jacqueline Kennedy. Staline en aurait même croqué un pendant la conférence de Yalta, en 1945.

Coney Island était jadis la capitale mondiale des bonimenteurs, un parc d'attractions où des aboyeurs de foire coiffés de canotiers et au débit inimitable cherchaient à vous attirer dans telle ou telle attraction. Aujourd'hui, comme tous les endroits qui jouent la carte de la nostalgie, Coney Island vit surtout sur ses souvenirs. Les plages sont toujours noires de monde à l'été. On peut encore faire du manège, et il y a toujours la queue chez Nathan's Famous. Mais le charme de la visite consiste surtout à s'imaginer comment c'était autrefois.

Sauf un jour par an, quand Coney Island renoue avec son passé, pour le meilleur ou pour le pire. Chaque 4 Juillet, des dizaines de milliers de personnes envahissent les rues pour assister à un spectaculaire exercice de résonance métaphorique intitulé le « Nathan's Famous Hot Dog Eating Contest » – oui, vous avez bien compris : un concours du plus gros mangeur de hot-dogs. Notre fête nationale est donc marquée 1/ par des feux d'artifice, et 2/ par une compétition où des gens du monde entier viennent vérifier combien un être humain peut avaler de hot-dogs en dix minutes. Personnellement, je trouve que cela en dit long sur la vie américaine contemporaine. Pour citer le légendaire comique Yakov Smirnoff : « Quel pays. »

À l'image de la nation qu'il prétend célébrer, le concours du plus gros mangeur de hot-dogs a toujours mélangé histoire et affabulation. L'inventeur du concours était, selon toute probabilité, un certain Mortimer Matz, décrit par le journaliste Tom Robbins comme « un croisement entre P.T. Barnum et un petit filou de la politique ». Matz gagnait sa vie en tant que chargé de communication pour politiciens en crise (une matière première dont on ne manque jamais à New York), mais il s'occupait aussi des relations publiques de Nathan's Famous avec son collègue

Max Rosey. Matz raconta longtemps à qui voulait l'entendre que l'origine du concours remontait au 4 juillet 1916, quand quatre immigrants se lancèrent le défi d'à qui engloutirait le plus de hot-dogs pour déterminer lequel d'entre eux aimait le plus les États-Unis. Plus tard, il avouerait : « Dans la plus pure tradition des bonimenteurs de Coney Island, nous avons tout inventé. »

Le concours est né à l'été 1967, avec plusieurs concurrents mis au défi d'avaler le plus de hot-dogs possible en une heure. Walter Paul, un camionneur de trente-deux ans, fut le vainqueur de cette première édition, avec un total proclamé de cent vingt-sept hot-dogs ingérés (saucisses et petits pains compris), bien que le fait que Rosey et Matz aient soufflé eux-mêmes ce chiffre à la presse nous incite à la prudence.

L'événement ne devint un rendez-vous annuel qu'à la fin des années 1970. La plupart du temps, le gagnant remportait la mise en engloutissant une dizaine de hot-dogs en dix minutes. Le concours demeura une tradition relativement discrète jusqu'en 1991, lorsqu'un certain George Shea devint une star professionnelle des concours alimentaires.

Étudiant en lettres anglaises, fan de Flannery O'Connor et William Faulkner, Shea ambitionnait de devenir romancier. À la place, il est devenu le dernier grand aboyeur de foire des États-Unis, coiffé d'un canotier et réputé pour ses grandiloquents et flamboyants discours de présentation des candidats. Ses performances, diffusées en direct sur la première chaîne TV de sport du pays, durent d'ailleurs souvent plus longtemps que le concours lui-même.

Shea commence toujours de façon classique. « Ce petit débutant est déjà classé au vingt-quatrième rang mondial », déclara-t-il une année. « Originaire du Nigeria, aujourd'hui résidant à

Morrow, en Géorgie, il a mangé 34 épis de maïs et mesure 2 mètres : on applaudit bien fort Gideon Oji ! » Mais au fil des présentations, son discours devient de plus en plus surréaliste. Voici ce qu'il dit pour annoncer Rich LeFevre, âgé de soixante-douze ans : « Quand on est jeune, on boit son café avec du lait et du sucre. À mesure qu'on vieillit, on ne le boit plus qu'avec du lait, puis on le boit noir, puis on boit du déca, et puis on meurt. Notre prochain candidat en est au déca. »

« Il se tient devient nous tel Hercule en personne, déclara-t-il à propos d'un autre. Du moins, un hercule gros et chauve participant à un concours de hot-dogs. » Pour présenter Crazy Legs Conti, l'un des vétérans de la compétition, laveur de carreaux et champion du monde du concours du plus gros mangeur de haricot verts, Shea se lança dans cette longue tirade : « On l'a vu pour la première fois au bord du rivage, à mi-chemin entre les traces laissées par la marée basse et celles laissées par la marée haute, en un lieu qui n'est ni la mer ni la terre. Mais quand la lueur bleutée du matin a percé la pénombre, elle a éclairé un homme qui avait voyagé dans l'au-delà et découvert les secrets de la vie et de la mort. Il a été enterré vivant sous 9 mètres cubes de popcorn, et s'est frayé un chemin par la seule force de ses dents jusqu'à la surface. »

Si vous n'êtes pas un téléspectateur régulier d'ESPN, vous aurez peut-être du mal à évaluer l'incongruité d'un tel programme par rapport à la grille habituelle de la chaîne, constituée presque exclusivement de retransmissions d'événements sportifs et de commentaires d'événements sportifs. ESPN n'a pas vocation à parler de lieux « qui ne sont si la mer ni la terre ».

Mais ESPN est une chaîne sportive, et un concours du plus gros mangeur est un événement sportif comme un autre puisqu'il s'agit de pousser les limites du corps humain à l'extrême tout en respectant un certain nombre de règles. Il faut manger la saucisse *et* le petit pain pour que ça compte, et vous êtes automatiquement disqualifié si vous connaissez un « revers de fortune » durant la compétition, l'euphémisme en langage sportif pour dire que vous avez vomi. La compétition en elle-même est abominable, comme on peut s'en douter. De nos jours, le gagnant ingurgite généralement plus de soixante-dix hot-dogs en dix minutes.

Certes, tout cela n'est pas sans évoquer la magnificence d'un centre de Megan Rapinoe, ou l'élégance d'un fadeaway de LeBron James. Mais on peut difficilement parler de beauté s'agissant du concours de hot-dogs de Nathan's Famous. Lorsqu'un ballon de foot se retrouve entre les pieds de Lionel Messi, vous n'avez pas envie de regarder ailleurs. Quand vous assistez à un concours du plus gros mangeur de hot-dogs, vous ne parvenez pas à détourner les yeux.

Le concours du plus gros mangeur de hot-dogs est un monument à l'auto-indulgence excessive et à cette manie bien humaine de ne pas seulement vouloir plus que ce dont on a besoin, mais plus que ce dont on a vraiment envie. Et ce n'est pas tout. Le plus grand mangeur de concours, l'Américain Joey Chestnut, a déclaré à propos des présentations de Shea : « Il réussit à convaincre le public que ces types sont des athlètes. Il est tellement doué qu'il réussit à me convaincre *moi-même* que j'en suis un. »

L'aboyeur de foire est le roi de l'enfumage. Nous savons bien que Shea plaisante lorsqu'il présente Chestnut comme « l'incarnation de l'Amérique » et affirme que les premiers mots que lui a dits sa mère ont été : « Tu es ma chair mais tu ne m'appartiens pas. Le destin est ton père et tu appartiens au peuple, car tu mèneras l'armée des hommes libres. » Nous savons bien qu'il plaisante. Pourtant, le public crie en chœur «Jo-ey, Jo-ey ! ». Et à mesure que Shea continue à chauffer la foule, celle-ci scande : « U-S-A, U-S-A ! » L'énergie autour de nous n'est plus la même. Nous savons que Shea ne dit pas la vérité. Et pourtant... ses mots ont du pouvoir.

À partir de 2001, un Japonais nommé Takeru Kobayashi régna sur le concours durant six années de suite. Kobayashi révolutionna complètement les paramètres de la compétition : avant lui, personne n'avait jamais dépassé vingt-cinq hot-dogs. Kobayashi en engloutit cinquante en 2001, plus du double de la quantité avalée la même année par le concurrent arrivé à la troisième place. Ses stratégies – dont le fait de casser chaque hot-dog en deux et de tremper le petit pain dans l'eau chaude – sont aujourd'hui adoptées par de nombreux candidats.

Longtemps adulé comme le plus gros mangeur de hot-dogs du monde, Kobayashi a cessé de participer au concours, officiellement parce qu'il refuse de signer un contrat d'exclusivité avec la société de George Shea. En 2007, année de la défaite du Japonais contre Joey Chestnut, l'aboyeur s'était écrié dans le micro : « Nous avons retrouvé la confiance ! Ces six années de ténèbres sont derrière nous ! » Et ses mots semblèrent donner la permission à la foule de basculer dans la xénophobie. On entend les gens crier des invectives à Kobayashi tandis qu'il s'avance pour féliciter Chestnut. Ils lui hurlent de rentrer chez lui. Ils l'appellent « Kamikaze » et « Shanghai Boy ». Dans un documentaire réalisé plus d'une décennie après, Kobayashi déclarait en pleurant : « Dire qu'avant, ils m'ovationnaient. »

Quand vous tenez un micro, vos paroles ont du poids, même si vous ne faites que plaisanter. C'est si facile de se cacher derrière le «juste» de «c'est *juste* pour rire». C'est juste une blague. C'est juste pour faire des mèmes sur Internet. Mais le ridicule et l'absurde influencent quand même notre compréhension de nous-mêmes et des autres. Et la cruauté ridicule n'en reste pas moins de la cruauté.

J'aime les humains. Nous serions vraiment capables de nous frayer un chemin avec les dents à travers 9 mètres cubes de pop-corn. Et je suis reconnaissant envers tous ceux qui nous aident à voir l'absurdité grotesque de notre quotidien. Mais les aboyeurs de foire du monde entier doivent faire attention aux absurdités qu'ils nous racontent, car nous les croyons.

Ma note pour le concours du plus gros mangeur de hot-dogs de Nathan's Famous est de 2 étoiles.

CNN

La première chaîne d'info continue aux États-Unis a été lancée le 1er juin 1980 par Ted Turner, le magnat de la télé câblée. Pour la cérémonie inaugurale, Turner a prononcé un discours devant la foule réunie au pied du Q.G. de la chaîne, à Atlanta.

« Vous remarquerez, dit-il, que trois drapeaux flottent devant moi. Premièrement, le drapeau de la Géorgie. Deuxièmement, celui des États-Unis, bien sûr, qui symbolise notre pays et notre volonté de le servir avec le Cable News Network. Et enfin, de l'autre côté, nous avons mis le drapeau des Nations unies, car nous espérons que le Cable News Network, de par sa couverture internationale et profonde, permettra de mieux faire comprendre comment des gens de différentes nations peuvent vivre et travailler ensemble, afin que nous puissions, je l'espère, réunir les habitants de cette nation et de ce monde dans la fraternité, la bonté et l'amitié. »

Juste après le discours de Turner, CNN a lancé son direct et commencé à couvrir les actualités : ses premiers reportages concernaient la tentative d'assassinat d'un défenseur des droits civiques noir en Inde et une fusillade de masse dans le Connecticut. Cette première heure de diffusion de CNN a très mal vieilli sur le plan visuel. Les présentateurs portent des vestes à revers larges et semblent assis dans un studio en carton-pâte. Mais le contenu, lui, n'est pas très loin de ce que l'on peut voir aujourd'hui sur CNN un dimanche après-midi. Les directs succèdent aux directs pour couvrir des incendies, des fusillades ou des atterrissages d'urgence. Dès cette première heure de retransmission en direct, on reconnaît le rythme de l'info, son pouls incessant. Et le studio de 1980, comme la plupart des plateaux des chaînes d'info actuelles, n'a pas de fenêtres, pour les mêmes raisons que les casinos n'en ont pas non plus.

De nos jours, le plateau est généralement baigné d'une froide lueur bleutée à l'arrière-plan. On ne sait pas si c'est le jour ou la nuit, mais c'est sans importance, car l'info ne s'arrête jamais. Elle est toujours en direct, et nous semble par conséquent – à moins qu'elle le soit vraiment – vivante.

Nul n'oserait bien sûr affirmer que CNN a uni le monde dans la fraternité et la bonté. Il y a quelque chose de répugnant dans l'idéalisme capitaliste de Ted Turner, cette notion que nous pouvons à la fois bâtir un monde meilleur *et* permettre à un seul homme d'empocher des millions. Pour autant, je considère CNN comme étant d'utilité publique.

La chaîne fait la part belle au journalisme d'investigation et couvre des affaires de corruption ou des scandales qui, sans elle, passeraient largement inaperçus. Elle nous informe également de toutes les nouvelles, du moins au sens restreint : s'il s'est passé quelque chose aujourd'hui, si c'était important, dramatique ou effrayant, et si c'est arrivé aux États-Unis ou en Europe, il y a de fortes chances pour que vous en entendiez parler sur CNN.

Le mot *news* – « nouvelles » – trahit pourtant un secret : il ne s'agit pas de ce qui est nécessairement important ou remarquable, mais de ce qui est *nouveau*. Bien des choses qui changent la vie des êtres humains ne sont pas considérées comme des nouvelles. On ne parle pas beaucoup du réchauffement climatique sur CNN, à moins qu'une nouvelle étude soit publiée, pas plus qu'on ne voit de reportages sur d'autres crises au long cours comme la mortalité infantile ou la pauvreté.

Une étude de 2017 a révélé que 74 % des Américains pensent que la mortalité infantile mondiale est restée stationnaire ou s'est aggravée au cours des vingt dernières années, alors qu'elle a chuté de près de 60 % depuis 1990 – de loin la diminution la plus spectaculaire en l'espace de trente ans de toute l'histoire de l'humanité[1].

Si vous regardez CNN, vous n'en serez pas nécessairement informé. De même que vous ignorerez peut-être que les taux de mortalité liés aux conflits sont au plus bas jamais atteint depuis des siècles.

Même lorsqu'un sujet d'actualité atteint son seuil de saturation médiatique (comme la pandémie de Covid-19 sur CNN au mois de mars 2020), on note une préférence marquée de la chaîne pour les sujets d'actualité plutôt que pour des reportages de fond. L'expression « franchir le cap sinistre » a été répétée en boucle à mesure que nous apprenions que 100 000, 200 000, puis 500 000 personnes étaient mortes du Covid-19 aux États-Unis.

1. L'une des rares bonnes nouvelles de l'année 2020 a été que la mortalité infantile a poursuivi son déclin partout dans le monde, même si elle reste encore bien trop élevée. Un enfant né au Sierra Leone a douze fois plus de risques de mourir avant l'âge de cinq ans qu'un enfant né en Suède et, comme le souligne le Dr Joia Mukherjee dans son livre *An Introduction to Global Health Delivery* – « Introduction aux soins de santé dans le monde » : « Ces différences d'espérance de vie ne sont pas liées à la génétique, à la biologie ou à la culture. Les inégalités sanitaires sont causées par la pauvreté, le racisme, le manque de soins médicaux, et toutes les autres forces sociales qui impactent la santé. »

Mais sans contexte, que signifient ces annonces ? Le martèlement de ces caps sinistres a un effet aliénant, du moins pour moi. Mais quand ces chiffres sont replacés dans une perspective historique, leur aspect sinistre prend tout son sens. On pourrait expliquer, par exemple, qu'en 2020, l'espérance de vie moyenne aux États-Unis a diminué bien plus qu'au cours de n'importe quelle autre année depuis la Seconde Guerre mondiale.

Parce que l'actualité est toujours brûlante, nous avons rarement accès aux informations de fond qui nous permettraient de comprendre ce qui est en train de se passer. Nous entendons que les hôpitaux ont manqué de lits en réanimation pour soigner les patients ayant développé des formes graves du Covid-19 ; en revanche, nous ne savons rien des décennies de choix et de décisions ayant engendré un système de santé qui privilégie l'efficacité plutôt que la capacité d'accueil. Ce flux d'informations sans contexte peut facilement, et très rapidement, se transformer en désinformation. Il y a plus de cent cinquante ans, l'humoriste américain Josh Billings écrivait : « Je crois sincèrement qu'il vaut mieux ne rien savoir plutôt que de savoir les choses à peu près. » Et il me semble que c'est là que réside le principal problème – pas seulement avec CNN et les autres chaînes d'info du câble, mais avec les flux d'information en général. Trop souvent, je me retrouve avec de l'à-peu-près.

En 2003, je vivais avec mes trois meilleurs amis, Katie, Shannon et Hassan, dans un appartement du nord-ouest de Chicago. Nous avions survécu à ces premières années post-universitaires où la vie – du moins pour moi – semblait d'une instabilité écrasante. Avant de m'installer avec eux, toutes mes possessions tenaient dans une voiture. Mon existence avait été, pour reprendre un titre de Milan Kundera, d'une insoutenable légèreté. Mais là, enfin, les choses se mettaient merveilleusement en place. Nous avions décroché nos premiers boulots, acheté nos premiers meubles. Nous avions même une télé et le câble.

Mais surtout, nous nous avions les uns les autres. Cet appartement, avec ses murs peints de couleurs vives, son absence totale d'insonorisation, son unique salle de bains, ses chambres riquiquis et ses espaces communs immenses, semblait conçu pour nous accueillir tous les trois et nous permettre de partager chacun des aspects de notre vie commune. Et c'était le cas. Nous nous adorions avec une intensité qui agaçait notre entourage. Je suis sorti quelque temps avec une fille qui m'a expliqué que mes colocataires et moi ressemblions à une secte. Quand j'en ai parlé à Katie et à Hassan, nous en avons conclu à l'unanimité que je devais rompre avec elle.

– C'est exactement ce qu'on dirait si on était une secte, a objecté Katie.

Hassan a hoché la tête avant de marmonner :

– Oh merde, les gars. Je crois qu'on en est une.

Je sais que j'ai tendance à idéaliser ce passé (nous avons eu aussi des engueulades terribles, des peines de cœur, des soirées trop arrosées où on se battait à qui aurait le droit d'aller vomir le premier dans nos seules toilettes… j'en passe et des meilleures), mais c'était la première fois de ma vie que je ne me sentais pas trop mal, la plupart du temps, donc vous m'excuserez si j'en parle un peu avec des trémolos dans la voix.

Au mois d'août, j'ai fêté mes vingt-six ans et décidé d'organiser un dîner intitulé «John Green a vécu plus longtemps que John Keats». Tous les invités devaient lire un poème. Et quelqu'un en a lu un d'Edna St Vincent Millay :

Ma chandelle brûle par les deux extrémités ;
Elle ne passera pas la nuit ;
Mais ah, mes ennemis, et oh, mes amis –
Sa lumière est si belle !

Quelques jours plus tard, nos propriétaires nous ont annoncé qu'ils mettaient l'immeuble en vente. Même s'ils ne l'avaient pas fait, l'appartement se serait disloqué. Les grandes forces de la vie humaine – mariages, carrières, politiques d'immigration – nous entraînaient dans des directions différentes. Mais notre chandelle avait eu une belle lumière.

Nous vivions dans cet appartement au moment de l'invasion de l'Irak par l'armée américaine en 2003. Hassan avait grandi au Koweït et certains membres de sa famille résidaient en Irak. Pendant plusieurs semaines, il n'a plus eu de leurs nouvelles. Il finit par en avoir, et de bonnes, mais ce fut une période de grande angoisse pour lui, et l'une de ses méthodes pour ne pas sombrer consistait à regarder les chaînes d'info en permanence. Et comme nous n'avions qu'une seule télé, et que nous étions constamment ensemble, nous regardions les infos en direct avec lui.

La guerre avait beau être couverte vingt-quatre heures sur vingt-quatre, très peu d'éléments d'analyse étaient proposés aux téléspectateurs. Il était beaucoup question des relations entre musulmans chiites et sunnites en Irak, par exemple, mais jamais on ne prenait le temps de nous expliquer les différences théologiques entre ces deux groupes, l'histoire de l'Irak ou l'idéologie politique du mouvement baathiste. Le déluge d'informations était tel – toujours brûlant, et toujours en direct – qu'il n'y avait jamais la possibilité de prendre du recul.

Un soir, juste après l'entrée des forces états-uniennes dans Bagdad, nous regardions les infos tous ensemble, assis sur le canapé. Les images de la capitale irakienne nous parvenaient en direct et un caméraman a filmé une maison avec un trou béant à la place d'un de ses murs, partiellement rebouché à l'aide d'une planche de contreplaqué. Celle-ci était recouverte d'un graffiti en arabe bombé à la peinture noire, et le journaliste a commenté cette image en évoquant la colère et la haine qui régnaient dans les rues. Hassan a pouffé de rire.

Je lui ai demandé ce qui l'amusait.

– Ce graffiti.

– Pourquoi, qu'a-t-il de si drôle ? »

Et il m'a répondu :

– Ça dit : *Joyeux anniversaire, monsieur, malgré les circonstances.*

Minute par minute, il nous est difficile d'envisager la possibilité de ce « Joyeux anniversaire, monsieur, malgré les circonstances ». Je projette mes attentes et mes peurs sur tous les êtres vivants et sur toutes les choses que je vois. Je crois que ce en quoi je crois est vrai, essentiellement parce que j'y crois. J'imagine des vies monolithiques et complètement différentes des miennes. Je sursimplifie. J'oublie que tout le monde a un anniversaire.

Le journalisme de qualité cherche à rectifier ces préjugés, à nous apporter une meilleure compréhension de l'univers et de la place que nous y occupons. Mais quand nous sommes incapables de déchiffrer un graffiti sur une planche de contreplaqué tout en croyant savoir ce qu'elle dit, nous ne faisons que répandre l'ignorance et le racisme, au lieu de la paix et de la fraternité promises par Turner.

Ma note pour CNN est de 2 étoiles.

« HARVEY »

Le film *Harvey* met en scène Jimmy Stewart dans le rôle d'Elwood P. Dowd, un alcoolique dont le meilleur ami n'est autre qu'un lapin blanc et invisible de 2 mètres de haut prénommé Harvey. Josephine Hull a remporté un oscar dans le rôle de Veta, sa sœur, qui hésite à placer Elwood dans un institut spécialisé. Tiré de la pièce du même nom de Mary Chase qui fut récompensée du prestigieux prix Pulitzer, le film rencontra un immense succès critique et commercial dès sa sortie en 1950[1].

Mais mon histoire personnelle avec *Harvey* remonte au début de l'hiver 2001, peu de temps après un épisode de ce qu'on appelait encore à l'époque une dépression nerveuse. Je travaillais pour le magazine *Booklist* et je vivais dans le quartier de Near North Side, à Chicago, dans un petit appartement où j'avais vécu avec une personne que j'étais certain d'épouser un jour. Sur le moment, j'ai cru que c'était notre rupture qui avait provoqué ma dépression – même si je sais aujourd'hui que c'est plutôt le

1. Comme l'a résumé Bosley Crowther dans le *New York Times* : « Si une séance au cinéma Astor, où le film est sorti hier, ne vous fait pas ressortir dans la rue sur un petit nuage, ce ne sera pas la faute de *Harvey*, à notre humble avis, mais bien la vôtre. »

contraire. Quoi qu'il en soit, j'étais seul, dans ce qui avait été notre appartement, entouré de ce qui avait été nos meubles, et m'efforçant de m'occuper de ce qui avait été notre chat.

Susan Stontag a écrit que «La dépression est la mélancolie sans ses charmes». Pour moi, vivre avec une dépression était à la fois d'un ennui atroce et une torture épouvantable. La douleur psychique qui m'assaillait réduisait la moindre de mes pensées à néant, au point que je ne pouvais plus penser à rien, hormis à la douleur qui me terrassait. Dans *Face aux Ténèbres*, son récit autobiographie sur sa dépression, William Styron a écrit : «Ce qui rend ce mal intolérable, c'est le fait de savoir à l'avance que rien ne viendra nous sauver – ni demain, ni dans une heure, un mois ou une minute. Si un vague répit est possible, on sait qu'il n'est que provisoire ; la souffrance reviendra de plus belle. C'est le désespoir plus que la douleur qui broie l'âme.» Je considère justement que le désespoir est un genre de douleur. L'une des pires qui soit. Pour moi, reprendre espoir n'est ni un exercice philosophique ni une notion sentimentale ; c'est une nécessité pour ma survie.

À l'hiver 2001, je savais que rien ne viendrait me sauver, et je vivais l'horreur. Incapable de manger, j'avalais deux bouteilles de 2 litres de Sprite par jour, ce qui couvre grosso modo l'apport en calories nécessaire mais ne constitue pas vraiment une stratégie nutritionnelle idéale.

Je me souviens que je rentrais du travail pour m'allonger sur le lino décollé de ce qui avait été notre cuisine, et que je regardais à travers la bouteille de Sprite en direction du rectangle parabolique vert de la fenêtre de la cuisine. J'observais les bulles qui s'accrochaient au fond de la bouteille, luttaient de toutes leurs forces mais ne pouvaient s'empêcher de remonter à la surface.

Je pensais au fait que je n'arrivais pas à penser. Je sentais ma souffrance m'écraser comme si j'étais cloué au sol par la pression atmosphérique. Tout ce que je voulais, c'était me séparer d'elle, et m'en libérer.

Un jour, pour finir, je me suis retrouvé incapable de me détacher de ce sol en lino et j'ai passé un très long dimanche à envisager toutes les façons dont cette situation pourrait se résoudre. Ce soir-là, dieu merci, j'ai appelé mes parents. Et dieu merci, ils ont décroché.

Mes parents sont des gens très actifs et très occupés vivant à 7 500 kilomètres de Chicago. En moins de douze heures après mon appel, ils étaient chez moi.

Un plan fut rapidement établi. J'allais quitter mon travail, rentrer en Floride et aller voir un psy tous les jours ou me faire hospitaliser. Mes parents vidèrent mon appartement. Mon ex accepta de récupérer le chat. Il ne me restait plus qu'à donner ma lettre de démission.

J'adorais mon boulot chez *Booklist*, et j'aimais beaucoup mes collègues, mais je savais aussi que ma vie était en danger. En larmes, j'ai expliqué à mon supérieur que j'étais obligé de partir et, après m'avoir serré dans ses bras, il m'a conseillé d'aller parler à Bill Ott, le rédacteur en chef du magazine.

À mes yeux, Bill était un personnage sorti tout droit d'un roman noir. Son esprit incisif était à la fois stimulant et intimidant. Quand je suis entré dans son bureau, il était entouré de pages d'épreuves du magazine et n'a pas levé les yeux vers moi avant que je referme la porte. Je lui ai avoué que ça n'allait pas très fort, que je n'avais pas avalé la moindre nourriture solide depuis deux semaines et que je démissionnais pour retourner vivre chez mes parents en Floride.

Il n'a rien dit pendant un long moment. Bill est le maître absolu des pauses silencieuses. Puis il a fini par déclarer :

– Écoute, tu n'as qu'à rentrer chez toi quelques semaines et voir si ça va mieux.

– Mais il faut bien quelqu'un pour faire mon boulot à ma place, ai-je rétorqué.

Nouvelle pause.

– Ne le prends pas mal, petit, mais je pense qu'on peut se débrouiller.

Plus tard, dans l'après-midi, j'ai été pris de nausées – une overdose de Sprite, peut-être – et quand je suis revenu à mon bureau pour finir de vider mes affaires, j'ai trouvé un message de Bill. Je l'ai encore. Voici ce qu'il disait :

John, je suis passé te dire au revoir. J'espère que tout va s'arranger et que tu seras de retour parmi nous dans deux semaines avec une énergie à tout casser. Et aujourd'hui plus que jamais : regarde Harvey. *Bill.*

Cela faisait des années que Bill me tannait pour que je regarde *Harvey*. Je lui répondais chaque fois que les films en noir et blanc étaient insupportables du fait de la médiocre qualité de leurs effets spéciaux et aussi parce qu'il ne s'y passait jamais rien, à part que des gens parlaient.

Je suis donc reparti vivre à Orlando, la ville de mon enfance. Le constat d'échec était total : retour à la case départ, incapable de faire quoi que ce soit. Je me sentais comme un boulet. Mes pensées s'entortillaient sans fin. Je n'arrivais plus à réfléchir. Ni même à me concentrer assez pour lire ou écrire. Je voyais un psy tous les jours, et je prenais un nouveau traitement, mais j'étais certain que ça ne marcherait pas parce que pour moi, le problème n'était pas chimique. J'étais nul, inutile et sans espoir. Je me sentais décliner au fil des jours.

Un soir, mes parents et moi avons loué *Harvey*. Le film, adapté d'une pièce, est extrêmement bavard, comme je le craignais. La plupart des scènes se déroulent toujours dans les mêmes décors : la maison que partage Elwood P. Dowd avec sa sœur et sa nièce, l'institut où beaucoup de gens estiment qu'il aurait sa place étant donné que son meilleur ami est un lapin invisible, et le bar où Elwood aime traîner et boire des verres.

Les dialogues de Mary Chase sont magnifiques de bout en bout, mais j'aime surtout les monologues d'Elwood. Le voici, par exemple, à propos de ses échanges avec les inconnus qu'il croise au bar : « Ils me parlent des choses terribles qu'ils ont faites et des choses merveilleuses qu'ils ont l'intention de faire. De leurs espoirs, de leurs regrets, de leurs amours, et de leurs haines. Toujours démesurés, parce que personne n'entre jamais avec de petites choses dans un bar. »

Dans une autre scène, Elwood confie à son psychiatre : « Ça fait trente-cinq ans que je me débats avec la réalité, docteur, et j'ai le plaisir de vous annoncer que je l'ai eue à l'épuisement. »

Elwood a des troubles mentaux. Il n'apporte pas vraiment de contribution à la société. On serait tenté de le définir comme un individu inutile ou un cas désespéré. Mais il est d'une gentillesse extraordinaire, même dans les situations difficiles. À un moment donné, son psychiatre lui dit : « Votre sœur ourdit un vaste complot contre vous. Elle voudrait me convaincre de vous faire interner. Aujourd'hui, elle a même préparé les papiers. Vous êtes sous sa tutelle. » Elwood lui répond alors : « Ma sœur a fait tout ça en une après-midi. Quel tourbillon, cette Veta, pas vrai ? »

Si Elwood n'a rien du héros traditionnel, il n'en est pas moins profondément héroïque. Ma réplique préférée du film est la suivante : « Autrefois, ma mère me disait toujours que dans ce monde, il faut être soit quelqu'un d'intelligent, soit quelqu'un d'agréable. Durant des années, j'ai été intelligent. Je recommande plutôt d'être agréable. »

En décembre 2001, aucun être humain sur Terre n'avait sans doute plus besoin d'entendre ces mots que moi.

Je ne crois pas aux épiphanies. Mes grands moments de révélation sont toujours éphémères. Mais je peux vous dire une chose : après avoir vu *Harvey*, je n'étais plus vraiment aussi désespéré que je l'étais juste avant.

Deux mois plus tard, j'ai pu retourner à Chicago et reprendre mon job chez *Booklist*. Ma guérison était encore fragile, mais j'allais mieux. La thérapie et les médicaments y étaient pour beaucoup, évidemment, mais Elwood avait aussi sa part. Il m'a montré qu'on pouvait être fou et quand même rester humain, important et aimé. Elwood m'a apporté un genre d'espoir qui n'était pas que du vent, et il m'a permis de comprendre que l'espoir est la réponse au miracle étrange et souvent terrifiant de la conscience. L'espoir n'est ni facile ni mièvre. Il est vrai.

Comme l'a écrit Emily Dickinson :

L'« Espoir » est la chose emplumée –
Qui perche dans l'âme –
Et chante la mélodie sans les paroles –
Et ne s'arrête – jamais –

Il m'arrive parfois de ne plus entendre la mélodie. Il m'arrive encore de me sentir submergé par l'atroce douleur du désespoir.

Mais l'espoir ne s'arrête jamais de chanter. Je dois juste réapprendre en permanence comment faire pour l'écouter.

J'espère que vous ne vous retrouverez jamais couché sur le sol de votre cuisine. J'espère que vous ne pleurerez jamais de désespoir devant votre chef au boulot. Mais si cela devait vous arriver, j'espère qu'il vous accordera un moment pour souffler et qu'il vous donnera le même conseil que m'a donné Bill : « Aujourd'hui plus que jamais : regarde *Harvey*. »

Ma note pour *Harvey* est de 5 étoiles.

LE YIPS

Le 3 octobre 2000, Rick Ankiel, un lanceur de vingt et un ans, est entré sur le terrain face aux St Louis Cardinals durant le premier match des séries éliminatoires du championnat de la Ligue majeure de base-ball. Je réalise que vous ne connaissez peut-être pas les règles du base-ball mais, pour la bonne compréhension de ce texte, sachez juste que les lanceurs professionnels lancent la balle très vite – parfois à plus de 50 km/h – et avec une précision ahurissante. On dit des lanceurs capables de systématiquement atteindre leur cible à quelques centimètres près qu'ils ont un « bon contrôle au monticule ». Et celui de Rick Ankiel était excellent. Il pouvait envoyer la balle à l'endroit précis où il voulait. Déjà au lycée, les recruteurs professionnels n'en revenaient pas : « Ce gamin est une machine », disaient-ils.

Mais à un tiers du temps environ de ce fameux match éliminatoire de 2000, Rick Ankiel lança la balle très bas, tellement bas que le receveur ne put la rattraper – ce qu'on appelle au base-ball un « mauvais lancer ». Ankiel n'en avait que trois à son actif depuis le début de la saison, mais il fut soudain incapable de retrouver son légendaire contrôle. Il fit un autre mauvais lancer, cette fois au-dessus de la tête du batteur. Puis un autre. Et un autre. Et encore un autre. On s'empressa de le rappeler sur le banc des remplaçants.

Une semaine plus tard, Ankiel participa à un autre match éliminatoire. Il effectua cinq mauvais lancers sur vingt tentatives. Après cela, il cessa d'atteindre systématiquement la zone de prises. Ankiel remporta encore quelques matchs en tant que lanceur de la Ligue majeure, mais il avait bel et bien perdu son contrôle au monticule. Il explora toutes sortes de remèdes médicaux, et se mit même à boire d'importantes quantités de vodka durant les matchs pour apaiser ses angoisses, mais son jeu ne fut plus jamais le même. En fin de compte, ce gamin n'était pas une machine. Ça n'existe pas.

Rick Ankiel n'était pas le premier joueur de base-ball à oublier comment lancer une balle : ce phénomène est parfois appelé « maladie de Steve Blass » ou « syndrome de Steve Sax », du nom d'autres joueurs de base-ball ayant connu le même genre de revers en plein match. Et ce n'est même pas un problème limité au base-ball. En 2008, Ana Ivanovic, une joueuse de tennis introvertie de vingt ans, remporta le tournoi de Roland Garros et se hissa à la première place du tennis mondial féminin. Les commentateurs la voyaient déjà faire « la razzia des grands chelems » et devenir peut-être une rivale redoutable de Serena Williams, la plus grande championne de tous les temps.

Mais peu après la finale de Roland Garros, Ivanonic commença à subir le syndrome du yips – non pas lorsqu'elle frappait la balle ou bougeait sa raquette, mais lorsqu'elle lançait la balle pour servir. Depuis le jeu de jambes jusqu'à la mécanique du mouvement de balancier, le tennis exige une gestuelle précise et une coordination totale du corps. Lancer la balle en l'air avant un service est le seul geste au tennis qui ne soit *pas* difficile. Mais quand Ivanovic commença ses crises de yips, sa main se crispait en plein geste, si bien qu'elle lançait la balle trop à droite ou trop en avant.

L'ancien tennisman professionnel Pat Cash a décrit les erreurs de service d'Ivanovic comme une « expérience douloureuse » à regarder, mais imaginez à quel point cela devait être une expérience douloureuse pour la joueuse elle-même, incapable d'accomplir ce geste qu'elle avait pourtant fait tout au long de sa carrière, depuis ses premiers cours de tennis à Belgrade quand elle n'avait que cinq ans. On lisait le tourment dans son regard. Voir quelqu'un se débattre avec le yips, c'est comme voir un gamin oublier ses répliques pendant le spectacle de l'école. Le temps s'arrête. Toute tentative de cacher son malaise – un petit sourire, un geste contrit – ne fait que l'exposer davantage aux yeux des autres. Vous savez que la personne devant vous ne veut pas de votre pitié, mais vous la lui accordez quand même, ce qui ne fait qu'accentuer son sentiment de honte.

« Elle manque de confiance en elle », déclara la grande Martina Navratilova à propos d'Ivanovic, ce qui était sans doute vrai. Mais comment aurait-elle pu avoir confiance en elle ?

Tous les vrais athlètes savent que la crise de yips est possible, et que cela arrive à tout le monde. Mais savoir quelque chose sur le plan abstrait, ce n'est pas tout à fait pareil que de le savoir parce qu'on l'a vécu. Une fois qu'on a fait l'expérience du yips, on ne peut plus s'en défaire. Chaque fois que vous lancerez une balle, pour le restant de vos jours, vous saurez que ça peut vous tomber dessus. Comment retrouver confiance en soi quand on sait que ce n'est qu'une couche de vernis posée sur la fragilité humaine ?

Ivanovic a dit un jour de ses crises de yips : « Si vous commencez à réfléchir à la manière dont vous descendez un escalier et à chacun des muscles impliqués dans ce processus, vous ne pouvez plus descendre l'escalier. » Mais si vous êtes tombé une fois dans l'escalier, vous ne pouvez plus ne pas réfléchir à la manière dont vous allez descendre cet escalier. « J'ai tendance à trop réfléchir et à tout suranalyser, poursuivit-elle, donc la moindre de mes pensées fait boule de neige. »

Le yips a d'autres noms en anglais – « *whiskey fingers* », par exemple, « *the waggles* », ou encore « *the freezing* ». Mais j'aime bien le mot « yips », parce que je le trouve anxiogène : on sent presque un muscle tressaillir à l'intérieur. Le phénomène est surtout fréquent au golf : plus d'un tiers des golfeurs confirmés en souffrent. Les crises se produisent le plus souvent au moment de faire un putt (un coup roulé en ligne droite) et les joueurs inventent toutes sortes de tactiques pour venir à bout de ces maudits spasmes. Les droitiers tentent par exemple de putter de la main gauche, d'agripper leur club différemment, de faire des putts plus longs ou plus courts, ou encore de se pencher par-dessus leur club pour l'appuyer contre leur torse. Et le yips n'affecte pas que le putting. L'un des meilleurs entraîneurs de golf au monde ne peut réussir son swing qu'en détournant ses yeux de la balle.

Le yips ne semble pas être provoqué par le trac, bien que celui-ci puisse aggraver le problème – tout comme il accentue d'autres problèmes physiologiques, tels que la diarrhée ou les étourdissements. Certains golfeurs, par exemple, sentent le yips lorsqu'ils jouent sur le green, mais pas lorsqu'ils s'entraînent au putting sur un simple practice. J'ai le yips chaque fois que j'effectue un coup droit au tennis et, à l'instar du coach de golf que j'évoquais plus haut, le seul moyen que j'ai trouvé pour l'éviter est de ne surtout pas regarder la balle quand je la frappe.

Bizarrement, je n'ai pas le yips quand je m'échauffe ou que je me contente d'échanger quelques balles avec un ami. Seulement quand on compte les points. La nature situationnelle du yips a conduit certaines personnes à affirmer qu'on pouvait s'en guérir par la psychothérapie, et notamment en s'intéressant aux événements traumatiques ayant pu marquer une carrière sportive. Je suis un fervent défenseur de la psychothérapie, et j'en ai tiré de grands bénéfices, mais je vous assure que je n'ai pas le moindre souvenir traumatisant associé au tennis. J'aime bien le tennis. C'est juste que je n'arrive pas à réussir un coup droit quand je regarde la balle.

Si l'anxiété peut entraîner des problèmes physiologiques, l'inverse est tout aussi vrai. Pour les athlètes professionnels, le yips est une menace, pas seulement pour leur gagne-pain, mais aussi pour leur identité. La réponse à la question : « Qui est Ana Ivanovic ? » était invariablement la suivante : « Ava Ivanovic est une joueuse de tennis. » Rick Ankiel était un lanceur au base-ball. Jusqu'au yips.

Cette interaction complexe entre le « physique » et le « psychologique » nous rappelle que la dichotomie corps/esprit n'est pas seulement une notion simpliste : c'est de la connerie. Le corps oriente en permanence les pensées du cerveau, et le cerveau oriente en permanence les actions et les sensations du corps. Nos cerveaux sont de la chair, et nos corps pensent.

Quand on parle de sport, on évoque toujours la victoire comme unique mesure du succès. Le coach de foot américain Vince Lombardi a notoirement déclaré : « Gagner n'est pas tout ; c'est la seule chose. » Mais je ne partage pas ce point de vue, aussi bien s'agissant du sport que de la vie en général. Je crois qu'une grande partie de la pression dans le sport vient aussi de la performance elle-même. Au début, gagner est le signe que vous faites des progrès ; puis, à mesure que vous vieillissez, c'est la preuve que vous avez encore ce qu'il faut – à savoir le contrôle et la compétence. Vous ne pouvez pas décider si vous allez tomber malade, si des êtres chers vont mourir autour de vous, ou si une tornade va dévaster votre maison. Mais vous pouvez décider de lancer une balle à effet ou une balle rapide. Au moins, vous avez ce choix. Jusqu'à ce qu'il vous échappe.

Cela dit, même quand le yips vous a privé de votre contrôle, ne renoncez surtout pas. Dans le roman de Harper Lee *Ne tirez pas sur l'oiseau moqueur*, le personnage d'Atticus Finch définit le courage en ces termes : « C'est quand vous savez que vous êtes fichu avant même de commencer, mais que vous commencez quand même. »

Ana Ivanovic n'a plus jamais réussi à servir comme elle le faisait avant le yips. Mais au fil du temps, elle a inventé un nouveau service. Il était moins puissant, et plus prévisible, mais il lui a permis de revenir dans le top 5 des meilleures joueuses mondiales en gagnant quatre tournois au cours de l'année 2014. Elle annonça sa retraite sportive quelques années plus tard, à l'âge de vingt-neuf ans.

Rick Ankiel a dégringolé jusqu'au bas du classement des ligues mineures de base-ball. Il a raté la saison 2002 à cause d'une blessure et a subi une intervention chirurgicale au bras gauche en 2003. Une fois remis de son opération, il a réintégré brièvement les ligues majeures, mais n'a plus jamais retrouvé son contrôle d'antan. En 2005, à l'âge de vingt-six ans, il a décidé de ne plus occuper le poste de lanceur et de devenir joueur de champ extérieur.

Au base-ball professionnel, les lanceurs ne deviennent pas joueurs de position de champ extérieur. Le jeu est bien trop spécialisé pour cela. Le dernier a avoir mené une carrière comprenant plus de dix victoires en tant que lanceur et plus de cinquante *home runs* réussis en tant que frappeur était le légendaire Babe Ruth, qui avait pris sa retraite sportive en 1935.

Comme Ivanovic, Rick Ankiel était fichu avant de commencer, mais il commença quand même. Il devint joueur de champ extérieur en ligues mineures, et fut rapidement un très bon frappeur. Puis, un beau jour de 2007 (soit six ans après le mauvais lancer qui l'avait privé de son contrôle pour toujours), l'équipe des St Louis Cardinals rappela Rick Ankiel pour lui proposer de revenir dans les majeures. Quand Ankiel entra sur le terrain avec sa batte à la main, le match dut être interrompu quelques instants à cause de la standing ovation du public. Rick Ankiel réussit un *home run* au cours de cette rencontre. Deux jours plus tard, il réitéra doublement cet exploit. Ses frappes depuis le champ extérieur étaient d'une précision phénoménale – parmi les meilleures jamais vues au base-ball. Il jouerait à ce poste en ligue majeure pendant encore six ans. Aujourd'hui, le joueur le plus récent de l'histoire du base-ball à avoir remporté plus de dix victoires en tant que lanceur et frappé plus de cinquante *home runs* au poste de batteur est Rick Ankiel.

Ma note pour le yips est de 1,5 étoile.

« AULD LANG SYNE »

Je suis fasciné par le fait que dans un monde si épris de nouveauté, on célèbre le premier de l'an en chantant « Auld Lang Syne », qui est une très vieille ballade écossaise. Le refrain est le suivant : « *For auld lang syne, my Jo, for auld lang syne / We'll take a cup of kindness yet for auld lang syne*[1]. » *Jo* est un mot écossais qui peut se traduire par « ami », ou « cher », mais l'expression *auld lang syne* est plus complexe. Elle correspond grosso modo à l'anglais *for old times' sake*, autrement dit « au bon vieux temps ».

Laissez-moi vous raconter une anecdote tirée de mon propre bon vieux temps : à l'été 2001, l'écrivaine Amy Krouse Rosenthal a écrit à la rédaction de *Booklist* pour s'enquérir de la prochaine parution d'une chronique. À l'époque, je travaillais pour le magazine en tant qu'assistant d'édition ; la saisie informatique constituait l'essentiel de mon travail, mais je traitais aussi la plupart des e-mails sans caractère d'urgence particulier. J'ai donc répondu à Amy et me suis permis d'ajouter qu'à titre personnel,

1. *« Aux jours du temps passé, l'ami / Aux jours du temps passé / Buvons ensemble à l'amitié / Et aux jours du temps passé » (sur le même air que « Ce n'est qu'un au revoir »).*

j'aimais beaucoup la tribune qu'elle tenait dans le magazine *Might*. Je lui ai expliqué que je repensais souvent à ce truc qu'elle avait écrit : « Chaque fois que je suis dans un avion et que le capitaine annonce que nous entamons notre descente, je me refais le même sketch. Tant que nous sommes encore très haut dans le ciel, je me dis : si l'avion s'écrasait maintenant, on serait mal barrés. Lorsqu'on commence à descendre : non, on serait toujours mal barrés. Mais quand on se rapproche vraiment du sol, je commence à me détendre. OK. Cette fois, on est suffisamment bas : si on s'écrasait maintenant, on s'en sortirait peut-être. »

Le lendemain, elle m'a répondu et m'a demandé si j'étais écrivain. J'ai admis que j'essayais d'en être un ; elle a voulu savoir si j'avais quelque chose susceptible de tenir deux minutes à la radio.

Nous ne savons pas vraiment quand a été composé « Auld Lang Syne ». Voici le texte du premier couplet : « *Should auld acquaintance be forgot / And never brought to mind? / Should auld acquaintance be forgot / And days of auld lang syne*[1] ? » Certaines versions remontent à quatre siècles, au bas mot, mais la plus répandue, celle que nous connaissons aujourd'hui, est née sous la plume du grand poète écossais Robert Burns. En décembre 1788, il écrivit à son amie Frances Dunlop : « L'expression écossaise *Auld Lang Syne* n'est-elle pas sentimentale au plus haut point ? Il y a cette vieille balade qui a souvent enchanté mon âme [...]. Légère soit la terre sur le cœur du poète divinement inspiré qui composa ce glorieux hymne. » Au dos de la lettre, Burns avait griffonné le

1. *« Faut-il oublier les vieilles connaissances / Et ne jamais plus les évoquer ? Faut-il oublier les vieilles connaissance / Des jours du temps passé ? »*

texte du poème. Trois des vers, au moins, étaient de lui, même s'il dirait par la suite qu'il tenait cette chanson « d'un vieillard ».

Si la première strophe est si difficile à dater, c'est en partie parce que le poème est intemporel : il est question de boire entre amis, d'évoquer les vieux souvenirs, et presque chacune des images de la chanson (cueillir des pâquerettes, se promener à travers champs ou boire une bière à la santé de ses vieux copains) aurait pu être écrite cinq cents, mille ou trois mille ans auparavant.

On y trouve aussi, incidemment, une ode au partage équitable de l'addition, comme on peut le lire à la deuxième strophe : « Et tu paieras pour sûr ta pinte comme je paierai pour sûr la mienne. » Mais dans l'ensemble, la chanson est une célébration assumée du bon vieux temps.

Autant vous le dire maintenant, je crois : Amy est décédée. Sinon, sa mort en plein milieu de cette chronique vous ferait l'effet d'un procédé narratif, ce qui n'est pas mon intention. Donc voilà. Elle est morte. Un rare exemple de phrase au présent qui reste vraie pour toujours.

Mais nous n'en sommes pas encore là. Nous sommes encore dans le passé. Amy m'a demandé si j'avais un truc à lire pour la radio, je lui ai envoyé trois courts essais, elle a aimé l'un d'eux et m'a proposé de venir l'enregistrer pour son émission sur WBEZ, la radio publique de Chicago. À compter de ce jour, elle m'a souvent invité à revenir à l'antenne. Un an plus tard, je signais des chroniques régulières pour WBEZ, ainsi que pour l'émission *All Things Considered* sur NPR.

En avril 2002, Amy a convié certains de ses amis écrivains et musiciens lors d'un événement appelé Writers' Block Party organisé au Chopin Theatre, à Chicago. Elle m'a demandé de venir lire sur scène, et j'ai accepté. Les gens ont ri de mes blagues stupides. Amy avait engagé quelqu'un pour faire des compliments à tout le monde et cette personne m'a dit qu'elle aimait bien mes baskets, une paire d'Adidas flambant neuves. Raison pour laquelle, depuis dix-neuf ans, je suis chaussé de baskets Adidas presque tous les jours.

À l'origine, Robert Burns avait une autre mélodie en tête pour « Auld Lang Syne » et il avait beau la juger « médiocre », on peut encore en déceler la trace dans la version que nous connaissons tous aujourd'hui[1]. L'air le plus souvent associé à « Auld Lang Syne » est apparu pour la première fois en 1799 dans un livret de chansons publié par George Thomson et intitulé *A Select Collection of Original Scottish Airs for the Voice* – « Sélection choisie d'airs écossais traditionnels pour le chant ».

À l'époque, Robert Burns était mort. Il n'avait que trente-sept ans lorsqu'il a succombé à une maladie cardiaque (exacerbée, sans doute, par sa fâcheuse tendance à lever le coude pour trinquer avec ses vieux copains). Dans sa dernière lettre, il a écrit à son amie Frances Dunlop : « Une maladie qui m'accable depuis longtemps m'expédiera probablement sans tarder de l'autre côté, celui dont aucun voyageur ne revient. » Même sur son lit de mort, notre barde soignait ses tournures de phrases.

1. On l'entend, par exemple, dans le film *Sex and the City* de 2008.

Quelques décennies après la mort de Burns, « Auld Lang Syne » était devenu un chant traditionnel du nouvel an en Écosse, jour de fête appelé Hogmanay et inspiré des rites célébrant le solstice d'hiver. En 1818, Beethoven composa un nouvel arrangement de la ballade, qui commença à faire le tour du monde.

Entre 1945 et 1948, l'air servit d'hymne national à la Corée du Sud. Aux Pays-Bas, sa mélodie a inspiré l'un des hymnes de foot les plus populaires du pays. « Auld Lang Syne » est souvent diffusé dans les grands magasins japonais juste avant la fermeture pour annoncer aux clients qu'il est l'heure de partir. C'est aussi un classique des bandes originales de films, comme *La Ruée vers l'or* de Charlie Chaplin en 1925, *La vie est belle* en 1946 et *Les Minions* en 2015.

À mon avis, « Auld Lang Syne » ne doit pas son succès à Hollywood parce que c'est une chanson tombée dans le domaine public et, par conséquent, libre de droits, mais parce que c'est l'une des rares qui soient authentiquement nostalgiques : elle reconnaît l'existence de ce trait de caractère humain sans pour autant l'exalter, et exprime bien en quoi chaque nouvelle année est le fruit de toutes celles qui l'ont précédée. Quand je chante « Auld Lang Syne » au réveillon du nouvel an, j'oublie le sens de ses paroles, comme la plupart des gens, jusqu'à la quatrième strophe, que je connais par cœur : « *We two have paddled in the stream, from morning sun till dine / But seas between us broad have roared since Auld Lang Syne*[1]. »

Je pense alors aux vastes mers qui ont grondé entre le passé et moi – des océans de négligence, de temps et de morts. Je ne parlerai plus jamais à certaines personnes qui m'ont aimé et porté

1. *« Nous avons tous deux ramé dans le ruisseau du matin jusqu'au soir / Mais de vastes mers ont grondé entre nous depuis les jours du temps passé. »*

jusqu'à ce que je suis aujourd'hui, de même que vous ne parlerez plus jamais à certaines des personnes qui vous ont aimé et fait de vous ce que vous êtes. Alors levons un verre à leur mémoire et espérons que, de là où elles sont, elles lèvent aussi leur verre pour trinquer avec nous.

En 2005, Amy a publié une autobiographie déguisée en encyclopédie et intitulée *Encyclopédie de moi-même*. L'ouvrage se terminait par ces mots : « J'étais là, voyez-vous. J'y étais. » Autre phrase qui, une fois qu'elle devient vraie, ne cesse jamais de l'être. Le livre est sorti quelques mois avant mon premier roman, *Qui es-tu Alaska ?*. Peu de temps après, Sarah a été admise à Columbia pour faire son doctorat et nous sommes partis nous installer à New York. Amy et moi sommes restés en contact, et notre collaboration s'est poursuivie pendant les dix années suivantes – j'ai notamment participé à un happening organisé par ses soins pour des centaines de personnes le 8 août 2008 au Millennium Park de Chicago – mais ce n'était plus vraiment comme au tout début.

Dans son étrange et magnifique mémoire interactif *Textbook Amy Krouse Rosenthal*, publié en 2016, elle écrivait : « Si on vous accorde généreusement 80 ans, cela équivaut à 29 220 jours sur Terre. Partant de ce calcul, combien de fois ai-je l'occasion, vraiment, de regarder un arbre ? 12 395 fois ? Il doit bien y avoir un nombre exact. Disons 12 395. Dans l'absolu, ça fait beaucoup, mais ce n'est pas infini non plus, et tout nombre inférieur à l'infini me semble mesquin et peu satisfaisant. » Dans ses écrits, Amy cherchait souvent à réconcilier la nature infinie de la conscience, de l'amour et du désir, avec la nature finie de l'univers et tout ce qu'il contient. Vers la fin de *Textbook*, elle proposait un questionnaire à choix multiple : « Dans l'allée, une fleur d'un rose vif pousse à travers une fissure de l'asphalte. A : C'est l'image même de la futilité, ou B : C'est l'image même de l'espoir. » Pour moi, « Auld Lang Syne » met exactement le doigt sur la vision d'une fleur rose qui pousse dans une fissure de l'asphalte, et sur le fait que vous avez 12 395 fois l'occasion dans votre vie de regarder un arbre.

Amy a découvert qu'elle avait un cancer peu après avoir terminé *Textbook*, et elle m'a appelé. Elle savait que depuis la parution de *Nos étoiles contraires*, j'avais eu l'occasion de rencontrer des jeunes gens très malades, et elle se demandait si j'avais un conseil à lui donner. Je lui ai livré le fond intime de ma pensée : l'amour survit à la mort. Mais elle voulait savoir comment les jeunes réagissaient à la mort. Comment ses propres enfants y réagiraient. Elle s'inquiétait pour ses enfants et son mari – est-ce qu'ils iraient bien ? – et ça m'a anéanti. Moi qui suis plutôt à l'aise pour discuter avec les gens malades, d'habitude, je me suis retrouvé à bafouiller et à buter sur les mots, submergé par la tristesse et l'angoisse.

Non, ils n'iront pas bien, mais ils iront aussi de l'avant, et tout l'amour que tu leur as donné ne cessera jamais de les accompagner. Voilà ce que j'aurais dû lui dire. Mais la réponse qui est sortie de ma bouche, noyée par mes larmes, fut la suivante : « Comment est-ce possible ? Tu fais tellement de yoga. »

Je le sais d'expérience, les gens atteints de maladies incurables ont toujours des anecdotes formidables sur les choses horribles que leur disent les gens, mais je n'ai jamais rien entendu d'aussi stupide que ça. « Tu fais tellement de yoga. » J'espère qu'Amy s'est au moins taillé un franc succès auprès de toutes les personnes à qui elle a raconté cette histoire. Mais je sais aussi que j'ai été lamentable alors qu'elle avait tant fait pour moi depuis des années. Elle me pardonne (au présent), j'en suis sûr, mais je m'en veux terriblement de ne rien avoir trouvé de plus utile à lui dire. Ou même d'avoir ouvert la bouche. Quand on voit souffrir ceux qu'on aime, on voudrait faire quelque chose pour qu'ils aillent mieux. Mais parfois – souvent, en fait – on est impuissant. Je me souviens de ce que m'avait dit mon supérieur quand j'étais un jeune aumônier débutant : « Ne vous contentez pas seulement d'essayer de faire quelque chose. Soyez là. »

« Auld Lang Syne » était un air populaire durant la Seconde Guerre mondiale – différentes versions en étaient chantées dans les tranchées, non seulement par les soldats britanniques, mais aussi français, allemands et autrichiens. Le morceau joua même un rôle dans l'un des plus étranges et plus beaux moments de l'histoire mondiale : la trêve de Noël de 1914.

Le 24 décembre, sur une partie de la ligne de front belge, environ 100 000 soldats britanniques et allemands sortirent de leurs tranchées respectives pour se retrouver à mi-chemin, dans le no man's land. Le jeune Henry Williamson, dix-neuf ans, écrira à sa mère : « Hier, les Britanniques et les Allemands se sont rencontrés, se sont serré la main et ont échangé des souvenirs… Merveilleux, non ? » Un soldat allemand se souviendra qu'un soldat anglais « a sorti un ballon de football de la tranchée, et un joyeux match s'est ensuivi. C'était merveilleux, magnifique, et en même temps si étrange. » Ailleurs sur la ligne de front, le capitaine sir Edward Hulse entonnera une série de chants de

Noël qui « s'est terminée par un "Auld Lang Syne" auquel tout le monde, Anglais, Écossais, Irlandais, Prussiens, Wurtembergeois, etc., a participé. C'était proprement stupéfiant, et si j'avais vu cette scène au cinéma, j'aurais juré qu'elle était fausse. »

Âgé de vingt-cinq ans à l'époque, Hulse périt au combat moins de quatre mois plus tard. Dix-sept millions de personnes au moins moururent des conséquences directes de la guerre, soit plus de la moitié de la population actuelle du Canada. À Noël en 1916, les soldats n'avaient plus le cœur à la fête : les pertes dévastatrices de la guerre et l'usage croissant du gaz moutarde avaient rendu les esprits amers. Mais nombre d'entre eux ne savaient pas non plus pourquoi ils se battaient, ni pourquoi ils étaient censés défendre de minuscules parcelles de terrain au prix de leur vie, si loin de chez eux. Dans les tranchées britanniques, les soldats commencèrent à chanter l'air d'« Auld Lang Syne » en changeant les paroles : « *We're here because we're here because we're here because we're here*[1]. »

Ils se retrouvaient dans un monde dépourvu de sens, et où la vie était devenue une chose insignifiante. La modernité avait envahi la guerre et le reste de l'existence. Le critique d'art Robert Hughes a un jour évoqué « l'enfer étrangement moderniste de la répétition ». Les tranchées de la Première Guerre mondiale n'étaient rien d'autre que l'enfer sur terre.

Amy était une autrice ludique et optimiste. Pour autant, elle ne sous-estimait pas la nature de la souffrance, ni sa place centrale

1. *« On est là parce qu'on est là parce qu'on est là parce qu'on est là. »*

dans la vie humaine. Son travail – qu'il s'agisse de ses albums illustrés ou de ses textes autobiographiques – admet l'existence du malheur sans s'y complaire. L'une des dernières phrases qu'elle a écrites était : « La mort peut frapper à ma porte, je refuse de sortir de ce bain délicieux pour lui ouvrir. »

Lors de ses performances publiques, Amy chantait parfois la complainte répétitive des soldats britanniques pour la transformer, sans en changer une seule parole. Elle demandait aux gens de reprendre avec elle : « *We're here because we're here because we're here because we're here.* » Cela a beau être une ritournelle d'un nihilisme absolu sur l'enfer moderniste de la répétition, quand je l'entonnais avec Amy, je sentais toujours un frisson d'espoir. C'était devenu une affirmation : oui, *nous* sommes là, ensemble, et par conséquent nous ne sommes pas seuls. Et aussi une affirmation du fait que nous sommes *en vie*. Et aussi une affirmation du fait que nous sommes *ici*, qu'une série d'événements improbables a rendu notre existence et ce lieu possibles. Nous ne saurons peut-être jamais pourquoi nous sommes là, mais nous pouvons au moins affirmer avec espoir que nous sommes bien là. Pour moi, cet espoir n'est ni futile, ni idéaliste, ni fallacieux.

Nous vivons animés par l'espoir – que notre vie va s'améliorer, mais surtout qu'elle va continuer, et que l'amour nous survivra si elle doit s'arrêter. En attendant, nous sommes là parce que nous sommes là parce que nous sommes là parce que nous sommes là.

Ma note pour « Auld Lang Syne » est de 5 étoiles.

GOOGLER DES INCONNUS

Tout au long de mon enfance, ma mère m'a répété que chacun de nous possédait un don inné. Vous pouviez avoir l'oreille particulièrement sensible au jazz, ou être un milieu de terrain défensif capable d'ouvrir l'espace en faisant des passes miraculeuses à ses coéquipiers. Mais quand j'étais gamin, j'étais persuadé de n'avoir aucun talent. Mes résultats en classe étaient médiocres et je n'avais pas la moindre aptitude sportive. J'étais mal à l'aise en société. J'étais nul au piano, au karaté, en danse classique, et à toutes les activités auxquelles mes parents s'échinaient à m'inscrire. Je me considérais comme un individu sans spécialité.

Il s'avère juste que ma spécialité n'avait pas encore été inventée, car je possède (et je m'excuse d'avance pour mon manque de modestie) un talent inouï pour googler des inconnus. Il va de soi que j'ai bossé dur pour en arriver là : Malcolm Gladwell a déclaré qu'il fallait dix mille heures de travail pour devenir expert dans un domaine, quel qu'il soit, et je peux vous garantir que j'ai fait mes heures. Mais il se trouve aussi que j'ai une prédisposition naturelle pour ça.

Je google des inconnus presque tous les jours. Si ma femme et moi devons nous rendre à une soirée – et j'insiste sur le verbe « devoir », car cela résume bien mon rapport aux soirées en général[1] –, je google les invités à l'avance si je connais déjà leurs noms. Je sais, c'est bizarre lorsqu'un parfait inconnu vous explique qu'il est installateur de moquette professionnel et que vous lui répondez : « Oh, mais oui, je suis au courant ! Je sais aussi que vous avez rencontré votre femme en 1981 alors que vous travailliez tous les deux dans un institut d'épargne à Dallas, qu'elle vivait encore chez ses parents, Joseph et Marilyn, du moins d'après les registres de recensement de l'époque, et que vous étiez jeune diplômé de l'Université baptiste de l'Oklahoma. Votre mariage a eu lieu au Dallas Museum of Art, juste à côté de la statue de Dale Chihuly baptisée *Hart Window*. Vous avez ensuite déménagé à Indianapolis parce que votre femme venait d'être embauchée par la compagnie pharmaceutique Eli Lilly. Comment se porte le marché de la moquette, dites-moi ? Vous ne souffrez pas trop de la concurrence du parquet flottant ? »

C'est effrayant, le volume d'informations disponible sur presque chacun d'entre nous quand on regarde sur Google. Cette perte d'intimité s'est bien sûr accompagnée d'avantages non négligeables : le stockage gratuit de nos photos et de nos vidéos, le partage à grande échelle sur les réseaux sociaux, et la possibilité de garder facilement le contact avec nos anciens amis.

Le fait de céder autant de nous-mêmes à des entreprises privées comme Google incite les autres à en faire autant. Cette boucle de rétroaction – nous voulons tous être sur Facebook parce que tout le monde y est – m'a poussé à exposer tant d'aspects de ma vie

1. Oui, même en 2021.

privée que, quand je me crée un compte sur une nouvelle plateforme, j'ai souvent du mal à trouver des questions de sécurité dont la réponse ne se devine pas en épluchant mon activité sur les réseaux sociaux. Quel était le nom de mon école primaire ? Fastoche. Comment s'appelait mon premier chien ? J'ai créé un vlog entier consacré à Red Green, notre teckel miniature. Qui était mon meilleur ami d'enfance ? Vous trouverez des photos de nous deux taguées sur Facebook. Quel était le nom de naissance de ma mère ? Vous voulez rire.

Bien que nos vies nous appartiennent de moins en moins pour appartenir de plus en plus aux sociétés privées qui enregistrent nos habitudes de navigation et nos hobbies, jusqu'à la moindre de nos saisies sur le clavier, et bien que je sois révolté par la facilité avec laquelle il est désormais possible de fouiller dans l'intimité des vivants et des morts, et que tout ceci commence à devenir un peu trop orwellien à mon goût… eh bien, en mon âme et conscience, je ne peux pas être contre le fait de googler des inconnus.

Quand j'avais vingt-deux ans et que je travaillais comme jeune aumônier dans un hôpital pédiatrique, j'avais deux journées complètes d'astreinte par semaine. Cela signifiait que je restais pendant vingt-quatre heures à l'hôpital équipé de deux bipeurs. Le premier se déclenchait quand quelqu'un réclamait la présence d'un aumônier. Le second vibrait lorsqu'un patient arrivait dans un état grave. Un soir, alors que j'approchais du terme de mon contrat, je m'étais assoupi dans le bureau de l'accueil pastoral quand le second bipeur m'a fait descendre au service des urgences. Un enfant de trois ans venait d'arriver sur une civière. Il était gravement brûlé.

Je ne sais pas s'il est possible d'évoquer la souffrance des autres sans l'exploiter d'une façon ou d'une autre, si on peut écrire sur la douleur sans la glorifier, l'anoblir ou la dégrader. Pour citer Teju Cole, « une photo ne peut s'empêcher d'atténuer ce qu'elle montre », et je crains que le langage en fasse tout autant. Les histoires qu'on raconte doivent avoir du sens, or rien de ce que je voyais à l'hôpital n'avait de sens à mes yeux. C'est d'ailleurs l'une des raisons pour lesquelles j'ai si peu écrit sur cette expérience. J'ignore quelle serait la manière correcte d'évoquer ce chaos, mais j'ai choisi d'omettre ou d'altérer certains détails. La seule chose importante à savoir, c'est qu'en dépit de l'extrême gravité de ses brûlures, l'enfant était conscient, et qu'il souffrait atrocement.

Après six mois passés au service des urgences, j'avais côtoyé la douleur et la mort de près, mais je n'avais jamais vu l'équipe de traumatologie aussi bouleversée. L'horreur était palpable – l'odeur des brûlures, les hurlements déchirants qui accompagnaient chacune des respirations du garçon. Quelqu'un a crié : « AUMÔNIER ! LES CISEAUX, DERRIÈRE VOUS ! » Sous le choc, j'ai tendu une paire de ciseaux. Quelqu'un d'autre a crié : « LES PARENTS ! », et j'ai réalisé que le père et la mère du gamin étaient juste à côté de moi, hurlant et essayant d'approcher leur enfant, mais que les médecins, les auxiliaires et les infirmières avaient besoin d'espace pour travailler et que j'allais devoir demander à ces gens de s'éloigner.

Je me suis retrouvé sans trop savoir comment dans la salle d'accueil familial du service des urgences, une pièce dépourvue de fenêtres où on vous envoie passer la pire nuit de votre existence. Le silence était total, à l'exception des sanglots du couple assis en face de moi. Ils étaient chacun d'un côté du canapé, la tête entre les mains.

Au cours de ma formation, on m'avait expliqué que la moitié des couples divorçaient un an après la perte d'un enfant. D'une voix faible, je leur ai demandé s'ils avaient envie de prier. La mère a fait non de la tête. La médecin est entrée et a annoncé que l'enfant était dans un état critique. Les parents n'avaient qu'une seule question à lui poser, précisément celle à laquelle elle ne pouvait leur apporter de réponse. « Nous ferons tout ce qui est en notre pouvoir, leur a-t-elle assuré. Mais votre fils ne survivra peut-être pas. » Les deux parents se sont effondrés, non pas l'un contre l'autre, mais en chacun d'eux.

Nous sommes capables de vivre dans le monde en sachant que ce genre de choses arrive. Mon supérieur à l'aumônerie m'avait dit un jour : « Les enfants meurent depuis la nuit des temps. C'est dans l'ordre des choses. » Peut-être. Mais je ne peux m'y résoudre. Je ne l'acceptais déjà pas dans cette salle d'accueil sans fenêtres, et je ne m'y fais toujours pas, aujourd'hui père de famille à mon tour.

Quand le petit est enfin monté en unité de soins intensifs, suivi de ses parents, je suis parti boire un café en salle de pause et je suis tombé sur la médecin, penchée au-dessus d'une poubelle dans laquelle elle venait de vomir. « Désolé, ai-je hasardé. Vous avez été très bien avec eux. Merci pour votre bienveillance à leur égard. Je crois vraiment que ça les a aidés. » Elle a de nouveau été prise de haut-le-cœur. Avant de me répondre : « Ce gamin va mourir et j'ai entendu ses dernières paroles. Je sais quels sont les derniers mots qu'il a prononcés. » Je ne lui ai pas demandé de me dire lesquels, et elle n'a rien souhaité ajouter.

Une semaine plus tard, je terminais ma formation d'aumônier et décidais de renoncer à mes études de théologie. Je racontais à qui voulait l'entendre que c'était parce que je ne voulais pas apprendre le grec, ce qui était vrai, mais je ne me remettais pas du souvenir de cet enfant. Il n'a jamais cessé de me hanter. J'ai prié pour lui tous les jours, même quand j'ai cessé de prier pour tout le reste. Chaque soir, aujourd'hui encore, je prononce son nom et j'implore la miséricorde divine. Peu importe que je croie en Dieu ou non – là n'est pas le sujet. Je crois en revanche, même juste un peu, à la miséricorde.

En ma qualité de googleur invétéré, je savais qu'il me suffisait de chercher le nom de cet enfant. Mais j'avais trop peur. Une telle démarche m'aurait révélé la vérité, quelle qu'elle soit. Je repense à cette phrase magnifique extraite du roman de Robert Penn Warren *Les Fous du roi* : « L'aboutissement de l'homme est la connaissance, mais il est une chose qu'il ne peut pas savoir. Il ne peut pas savoir si la connaissance le sauvera, ou si elle le tuera. »

Ces deux mois sans savoir sont devenus des années, puis plus d'une décennie. Jusqu'à un beau matin, il n'y a pas si longtemps, où j'ai tapé le nom de cet enfant dans la barre de recherche. C'est un nom peu courant, du pain bénit pour Google. J'ai appuyé sur OK. Le premier résultat en haut de la liste était un lien vers une page Facebook. J'ai cliqué dessus, et je l'ai vu. Dix-huit ans, soit une décennie et demie après cette fameuse nuit où nos trajectoires se sont croisées.

Il est vivant.

Il grandit, il se fait une place dans le monde et partage les mille et un détails d'une vie bien plus exposée au public qu'il n'en a probablement conscience. Comment ne pas me sentir comblé par ce savoir, bien qu'il s'accompagne inévitablement de la perte du contrôle de notre vie privée ? Il est vivant. Il aime les tracteurs John Deere, il est membre de l'association Future Farmers of America, et il est en vie.

En faisant défiler ses amis, je retrouve ses parents et découvre qu'ils sont encore mariés. Il est vivant. Il écoute de la mauvaise musique country commerciale. Il est vivant. Il appelle sa copine « bébé ». Vivant. Vivant. Vivant.

Les choses auraient pu se passer autrement, bien sûr. Mais il s'en est sorti. Du coup, je suis obligé d'accorder aux recherches d'inconnus sur Google la note de 4 étoiles.

INDIANAPOLIS

Indianapolis est la seizième plus grande ville des États-Unis, à la fois pour sa population et pour sa superficie. C'est aussi la capitale de l'Indiana et – je crois qu'on peut le dire, désormais – ma ville d'adoption. Sarah et moi sommes venus nous y installer à l'été 2007. Nous avons conduit un van contenant toutes nos possessions en ce bas monde depuis le croisement entre Colombus et la 88e Rue à New York jusqu'au croisement entre Ditch et la 86e Rue à Indianapolis, un trajet éminemment stressant de plus de seize heures. Enfin parvenus à destination, nous avons déballé nos affaires et dormi sur un matelas gonflable dans notre nouvelle maison, la première qui soit vraiment la nôtre. Nous approchions de la trentaine, et nous l'avions achetée quelques semaines plus tôt après avoir passé une trentaine de minutes à l'intérieur. Elle comportait trois chambres, deux salles de bains et demie, et un sous-sol pas tout à fait terminé. Notre remboursement de crédit mensuel équivalait à un tiers de notre ancien loyer new-yorkais.

Je n'en revenais pas du silence et de l'obscurité qui régnaient sur place, la première nuit. Je n'arrêtais pas de dire à Sarah qu'il y avait peut-être un inconnu planté à notre insu juste derrière la fenêtre, et elle me répondait : « Oui, mais probablement pas. » Et comme les « probablement » ont peu d'effet sur moi, je me suis levé plusieurs fois durant la nuit pour aller écraser mon visage contre la vitre, certain de croiser une paire d'yeux braqués sur moi, pour ne trouver que la pénombre à la place.

Le lendemain matin, j'ai insisté pour qu'on s'achète des rideaux, mais il nous fallait d'abord rendre le van. Le type à l'agence de location nous a donné des papiers à remplir et nous a demandé d'où on avait déménagé. Sarah lui a expliqué que nous avions quitté New York parce qu'elle avait décroché un poste à l'Indianapolis Museum of Art, et le type lui a répondu qu'il y était allé une fois, quand il était petit. « Et que pensez-vous d'Indianapolis ? » l'a alors interrogé Sarah.

Derrière son guichet, le type a marqué une pause avant de répondre : « Bah, il faut bien vivre quelque part. »

La ville a testé quantité de slogans et de petites phrases au fil des ans : « On élève le *game* » ; « Indianapolis, la ville qui met les points sur les I » ; ou « Le carrefour de l'Amérique ». Mais je propose une nouvelle devise : « Indianapolis. Parce qu'il faut bien vivre quelque part. »

Il est évident que cette ville a plein de défauts. Nous sommes situés au bord de la White River, un cours d'eau non navigable au nom infiniment évocateur mais à la géographie hautement problématique. D'une saleté repoussante, en prime, à cause de notre système de traitement des eaux usées vieillissant, souvent engorgé, et qui relâche l'eau des égouts directement dans la rivière. La ville s'étend dans toutes les directions, en une vaste infinité de minicentres commerciaux, de parkings et d'immeubles de bureaux. Nous n'investissons pas assez dans l'art ou les transports publics. L'une de nos plus grandes artères principales s'appelle Ditch Road, pour l'amour du ciel ! Ditch Road – la « Route du Fossé ». Ce ne sont pourtant pas les options qui manquent (Kurt Vonnegut Drive, Madam C.J. Walker Way, Rue Untel-de-Truc-Machin), mais non. Nous avons accepté la Route du Fossé.

On m'a expliqué un jour qu'Indianapolis faisait partie des principaux marchés tests du pays pour les nouvelles chaînes de restaurants en raison du fait que c'était une ville absolument *moyenne*. Elle se range d'ailleurs en haut de la liste de ce qu'on appelle les « villes microcosmes », parce qu'elle est plus typiquement américaine que presque toutes les autres. Nous sommes spectaculaires dans notre banalité. Indianapolis est parfois surnommée Naptown – « Siesteville » – et India-no-place – « India-nulle-part ».

Dans les premiers temps après notre installation, j'allais souvent écrire le matin au Starbucks du quartier, au coin de la 86e et de Ditch, et j'étais sidéré par le fait que les quatre pâtés de maisons de cette intersection soient occupés par des galeries marchandes. J'avais beau n'habiter qu'à six ou sept cents mètres du café, je m'y rendais souvent en voiture, car il n'y avait pas de trottoir. Le territoire avait été cédé aux voitures, à l'urbanisation et aux zones périurbaines sans âme.

J'étais écœuré. À l'étroit dans notre appartement new-yorkais où il était impossible de venir totalement à bout des souris, j'avais rêvé d'être propriétaire. Mais maintenant que nous avions une maison bien à nous, je la détestais. Kurt Vonnegut, le chéri des lettres d'Indianapolis, a écrit que l'un des principaux défauts de la nature humaine est que « tout le monde veut construire, mais personne ne veut entretenir ». Or être propriétaire, ce n'était que ça. Il y avait toujours des fenêtres à installer, des ampoules à changer. La chaudière tombait en panne sans arrêt. Et par-dessus tout, il y avait la pelouse. Bon sang, qu'est-ce que je détestais tondre la pelouse. La pelouse et les galeries marchandes au coin de la 86e et de Ditch sont devenues mes deux pôles de ressentiment. J'avais hâte que Sarah trouve un boulot ailleurs.

Kurt Vonnegut a déclaré un jour : « Ce que les gens aiment chez moi, c'est Indianapolis. » Il a bien sûr prononcé ces mots à Indianapolis même, devant une foule de gens du coin, mais la ville est toujours restée chère à son cœur. Vers la fin de sa vie, il avait répondu à la question d'un journaliste par ces mots : « Je me suis demandé où je me sentais chez moi, et j'ai compris que ce n'était pas sur la planète Mars ou je ne sais où. C'est à Indianapolis, quand j'avais neuf ans. J'avais un frère et une sœur, un chien et un chat, un père et une mère, des oncles et tantes. Et je ne pourrai plus jamais y retourner. » Le meilleur roman de Vonnegut, *Abattoir 5*, parle d'un homme capable d'aller et venir dans le passé, et de l'emprise du temps sur la conscience. Ses thèmes principaux sont la guerre et le traumatisme, mais aussi l'impossibilité de revenir en arrière – avant le bombardement de Dresde, avant le suicide de la mère de Vonnegut, avant la mort prématurée de sa sœur. Je crois que Vonnegut aimait profondément Indianapolis. Et pourtant, lorsqu'il a pu faire le choix de l'endroit où il allait vivre, il n'a pas fait celui d'y rester.

Vers la fin de notre première année à Indianapolis, Sarah et moi sommes devenus amis avec nos voisins, Marina et Chris Waters. Chris était un ancien engagé volontaire dans les Peace Corps et Marina, une avocate spécialisée dans les droits de l'homme. Comme nous, ils étaient jeunes mariés. Et comme nous, ils venaient d'acheter leur première maison.

En revanche, contrairement à nous, Chris et Marina adoraient Indianapolis. Nous allions souvent déjeuner ensemble chez Smee's, un petit restaurant familial situé dans l'une des fameuses galeries marchandes au coin de chez nous, et je passais mon temps à râler contre la pelouse à tondre ou l'absence de trottoirs. Jusqu'au jour où Chris m'a répondu :

– Tu sais qu'on vit dans l'un des quartiers américains les plus mixtes sur le plan économique et racial ?

– Ah ? lui ai-je rétorqué.

– Mais oui. Tu n'as qu'à regarder sur Google.

C'est ce que j'ai fait. Et il avait raison. Le prix moyen d'une maison autour de la 86ᵉ et de Ditch est 237 000 dollars, mais on y trouve aussi des propriétés à 1 million comme des appartements de location à 700 dollars par mois. À ce même carrefour, on peut manger thaï, chinois, grec ou mexicain dans des restaurants indépendants. Il y a une librairie, une boutique de cadeaux équitables, deux pharmacies, une banque, une Armée du Salut et un magasin de spiritueux baptisé en hommage à l'amendement constitutionnel ayant mis fin à la prohibition.

Certes, l'architecture locale est un cauchemar absolu, mais les gens d'Indianapolis en ont quand même fait quelque chose de beau. Restez assis devant chez Smee's une après-midi, et vous entendrez parler anglais et espagnol, karen et birman, russe et italien. Le problème n'a jamais été le croisement de la 86ᵉ et de Ditch, qui s'est révélé au contraire un formidable carrefour américain. Le problème, c'était moi. Et après que Chris a bousculé mes préjugés, j'ai repensé la ville différemment. J'ai commencé à la voir comme un lieu où les gens vivaient des moments importants de leur existence. Les deux grandes scènes clés de mes derniers romans, *Nos étoiles contraires* et *Tortues à l'infini*, se déroulent au coin de la 86e et de Ditch. Et je crois que ce que les gens aiment dans ces livres, c'est Indianapolis.

Comme tous les meilleurs écrivains de science-fiction, Kurt Vonnegut était très doué pour prédire l'avenir. Voici ce qu'il prophétisait déjà en 1974 : « Qu'est-ce que les jeunes gens devraient faire de leur vie, aujourd'hui ? Plein de choses, évidemment. Mais le défi le plus audacieux serait de créer des communautés stables où la terrible maladie de la solitude serait guérie. »

Cela me semble un pari encore plus important et plus audacieux qu'il y a quarante-sept ans. Lorsqu'on me demande pourquoi je vis à Indianapolis alors que je pourrais vivre n'importe où ailleurs, c'est ce que j'ai envie de répondre : que j'essaie de créer une communauté stable où la terrible maladie de la solitude serait guérie. Et il faut bien faire ça quelque part. Quand je me sens affecté par cette maladie, ni le soleil ni les gratte-ciel scintillants ne suffisent à me remonter le moral, que ce soit en tant qu'écrivain ou en tant qu'individu. Je dois être chez moi pour accomplir le travail qui est le mien. Et oui : chez soi, c'est un lieu où l'on n'habite plus. Chez soi, c'était avant. Nous vivons désormais dans l'après.

Mais c'est aussi l'endroit que l'on construit et entretient jour après jour. Et j'ai bien de la chance, en fin de compte, que mon chez-moi se situe juste au coin de Ditch Road.

Ma note pour Indianapolis est de 4 étoiles.

LE PÂTURIN DES PRÉS

Parfois, je m'imagine que de gentils extraterrestres viennent visiter la Terre. Ils seraient des sortes d'anthropologues galactiques, soucieux de comprendre les cultures, les rituels, les préoccupations et les divinités de différentes espèces intelligentes. Ils procéderaient à de minutieuses enquêtes de terrain pour nous observer. Ils poseraient des questions ouvertes et dénuées de tout jugement, comme : « Qui, ou quoi, mérite selon vous d'être sacrifié ? » ou : « Quels devraient être les objectifs communs de l'humanité ? » J'espère qu'ils nous apprécieraient. Nous sommes une espèce charismatique, malgré tout.

Avec le temps, ces anthropologues extraterrestres en viendraient à tout comprendre de nous : nos insatiables désirs, notre manie de la bougeotte, notre amour de la caresse du soleil sur notre peau. Il ne leur resterait plus qu'un seul point d'interrogation : « Nous avons noté la présence d'une divinité verte, devant et derrière vos maisons, et nous avons remarqué le dévouement avec lequel vous preniez soin de ce dieu végétal ornemental. Vous l'appelez "pâturin des prés", ou "*Kentucky bluegrass*" en anglais, alors qu'il n'est ni bleu ni originaire du Kentucky. Voici donc les questions que nous posons : Pourquoi vénérez-vous cette espèce ? Pourquoi la jugez-vous supérieure aux autres plantes ? »

Poa pratensis, comme on l'appelle dans la communauté scientifique, est omniprésente dans le monde. Chaque fois que vous voyez une étendue de pelouse tendre, il s'agit le plus souvent, et au moins en partie, de pâturin des prés. Cette plante herbacée est originaire d'Europe et du nord de l'Asie mais d'après Invasive Species Compendium, un site Internet consacré à l'évolution des espèces invasives dans le monde, elle est aujourd'hui présente sur tous les continents, y compris l'Antarctique.

Un brin de *Poa pratensis* possède trois ou quatre feuilles en forme de petits canoës ; s'il n'est pas tondu, il peut atteindre un mètre de hauteur et donner de petites fleurs bleues. Mais il est rare qu'il ne soit pas tondu, du moins dans mon quartier, où les pelouses n'ont pas le droit de dépasser dix centimètres.

Si vous avez déjà traversé l'État de l'Indiana en voiture, vous avez dû voir des champs de maïs à perte de vue. Cet océan de grains ambrés est immortalisé dans l'hymne patriotique « America the Beautiful ». Mais l'entretien des pelouses aux États-Unis mobilise plus d'espace au sol et de volumes d'eau que la culture du maïs et du blé réunis. On compte plus de 163 000 kilomètres carrés de pelouses dans tout le pays, soit plus que la superficie de l'Ohio ou de l'Italie. Près d'un tiers de la consommation d'eau individuelle aux États-Unis – soit de l'eau propre et potable – est englouti par l'arrosage des pelouses. Pour s'épanouir, le pâturin des prés a bien souvent besoin d'engrais, de pesticides et d'un système d'irrigation complexe, toutes choses que nous lui offrons en abondance alors qu'il ne contribue pas à notre alimentation et ne nous sert à rien d'autre qu'à marcher et jouer dessus. La plante la plus intensément cultivée et chouchoutée aux États-Unis est un objet de décoration pur et simple[1].

Le mot anglais pour dire « pelouse » – *lawn* – n'existait même pas avant l'an 1500. On parlait alors de « prairies », soit un vaste pâturage partagé par une même communauté pour y faire brouter le bétail, par opposition aux « champs », mot qui désignait une terre cultivée pour nourrir les humains. Mais dans l'Angleterre du XVIIIe siècle, les pelouses ornementales semblables à celles que nous connaissons aujourd'hui commencèrent à se répandre ; à l'époque, on les taillait à la faux ou à la cisaille, et le fait d'entretenir une pelouse sans y faire paître d'animaux était un signe extérieur de richesse : vous aviez non seulement de quoi vous payer une armada de jardiniers, mais aussi et surtout un terrain qui servait juste à faire joli.

Cette mode se répandit vite dans le reste de l'Europe et gagna les États-Unis, où les esclaves de Thomas Jefferson entretenaient minutieusement le gazon de sa propriété, Monticello.

Peu à peu, la qualité des pelouses d'un quartier est devenue un critère de la qualité du quartier en lui-même. Dans *Gatsby le Magnifique*, Jay Gatsby paie ses jardiniers pour qu'ils aillent tondre la pelouse de ses voisins avant l'arrivée de Daisy Buchanan. Pour citer un exemple plus personnel, quand je me suis installé à Indianapolis en 2007, je me suis soudain retrouvé propriétaire d'une pelouse que j'avais toutes les peines du monde à entretenir. Nous avions à peine plus de 1 000 mètres carrés de terrain, mais

1. On pourrait, à la limite, plaider la cause du pâturin des prés à l'Anthropocène si les pelouses étaient réputées pour leur absorption du dioxyde de carbone. Mais leur entretien génère plus d'émissions carbone qu'elles n'en absorbent. Il serait bien plus écologique de laisser pousser librement le gazon, le trèfle, le lierre et tout ce qui ne nécessite pas un soin constant et gourmant en ressources.

il nous fallait bien deux heures, à ma petite tondeuse électrique et à moi, pour couvrir toute la surface du gazon. Un dimanche après-midi, mon voisin m'a interrompu en pleine séance de torture et m'a proposé une bière. Puis, contemplant mon gazon à moitié tondu, il a déclaré :

– Tu sais, quand les Kaufmann habitaient ici, c'était la plus belle pelouse du quartier.

– Eh bien, ai-je fini par répondre, les Kaufmann n'habitent plus ici.

Il est proprement ahurissant de constater le volume de nos ressources communes dévolu au pâturin des prés et à ses cousins. Pour détruire les mauvaises herbes et rendre leur gazon le plus impeccable possible, les Américains utilisent dix fois plus de fertilisants et de pesticides par hectare de jardin que dans les champs de blé ou de maïs. D'après une étude de la Nasa, près de 750 litres d'eau par jour et par personne sont nécessaires pour garder l'ensemble des pelouses américaines bien vertes à l'année, et presque tous les arroseurs automatiques sont alimentés par le réseau d'eau potable. L'herbe coupée et les autres déchets de jardinage constituent 12 % du volume d'encombrants qui atterrissent dans les sites d'enfouissement. Sans parler de l'impact économique : nous dépensons des milliards de dollars chaque année pour l'entretien de nos pelouses.

Nous en tirons quelque chose en échange, bien sûr. Le pâturin des prés fournit une surface idéale pour jouer au foot ou à chat. La pelouse rafraîchit le sol, le protège du vent et de l'érosion hydrique. Mais il existe de meilleures solutions, quoique moins valorisées sur le plan esthétique – comme planter un potager de plantes comestibles devant chez soi, par exemple.

Je sais déjà tout cela. Pourtant, j'ai encore une pelouse. Je continue à la tondre ou à payer quelqu'un pour le faire. Je ne la traite pas aux pesticides et j'accepte volontiers la présence des trèfles ou des fraises des bois qui s'y invitent, mais n'empêche : le pâturin des prés est largement dominant dans notre jardin alors qu'il n'a rien à faire à Indianapolis.

À l'inverse du vrai jardinage, l'entretien d'un gazon nécessite étonnamment peu de contacts physiques avec la nature. Vous touchez surtout la machine qui tond ou égalise les brins d'herbe, à défaut de l'herbe elle-même. Et si vous possédez le genre de pelouse à la Gatsby censée être notre rêve à tous, vous ne voyez même plus la terre sous l'épais tapis herbeux. Tondre une pelouse est donc une sorte de rencontre avec la nature, mais de celles où on ne se salit surtout pas les mains.

Ma note pour *Poa pratensis* est de 2 étoiles.

LES 500 MILES D'INDIANAPOLIS

Chaque année, vers la fin du mois de mai, entre 25 000 et 350 000 personnes se réunissent dans la minuscule enclave de Speedway, Indiana, pour assister aux 500 Miles d'Indianapolis, également appelés Indy 500. Il s'agit du plus grand rassemblement non religieux d'êtres humains sur Terre.

Speedway est en plein milieu (mais techniquement indépendant) d'Indianapolis. En gros, Speedway est à Indianapolis ce que le Vatican est à Rome. Et les comparaisons ne s'arrêtent pas là. Speedway et le Vatican sont des centres culturels qui attirent des visiteurs du monde entier. Ils abritent tous les deux un musée. Et le circuit de Speedway, quoique le plus souvent appelé « The Brickyard » – « la briqueterie » –, est parfois surnommé « The Cathedral of Speed » – « la cathédrale de la vitesse ». Bien sûr, l'analogie avec le Vatican a aussi ses limites. Lors de mes rares (je l'avoue) visites à la cité pontificale, je ne me suis jamais vu offrir de cannette de bière glacée par de parfaits inconnus, alors que cela m'arrive plus souvent qu'à mon tour quand je me rends à Speedway.

À première vue, l'Indy 500 peut sembler bien ridicule. Je veux dire par là que ce sont juste des voitures qui tournent en rond. Les pilotes ne vont nulle part. Il y a un monde fou, et il fait souvent très chaud. Une année, la coque de mon téléphone a commencé à fondre dans ma poche alors que j'étais dans un virage de la tribune. La course est aussi très bruyante. Chaque année, au mois de mai, j'entends les essais libres pendant que je travaille dans mon jardin, alors que Speedway se trouve à 7 ou 8 kilomètres de chez moi.

En tant que spectacle sportif, les 500 Miles d'Indianapolis laissent aussi beaucoup à désirer. Où que vous soyez, debout ou assis, vous ne voyez pas le circuit en entier, si bien que vous loupez quantité de trucs importants. Comme certaines voitures ont plusieurs tours d'avance sur d'autres, il est presque impossible de savoir qui est en train de gagner la course, à moins d'apporter un casque audio énorme pour suivre en direct à la radio la course à laquelle vous assistez. La plus large foule rassemblée chaque année pour voir un événement sportif ne peut même pas voir l'intégralité de l'événement sportif en question.

Mais je sais d'expérience que tout ce dont il est facile de se moquer est riche d'enseignement lorsqu'on s'y intéresse de près. L'Indy 500 est une course de monoplaces à roues découvertes et sans cockpit, où le pilote est exposé aux éléments. L'ingénierie nécessaire pour faire rouler ces engins à plus de 110 km/h autour d'un circuit de 4 kilomètres de long est absolument prodigieuse. Les voitures doivent être rapides, mais pas au point que les pilotes perdent connaissance dans les virages à cause de la force d'accélération. Elles doivent être réactives, prévisibles et fiables, car elles roulent non seulement à 110 km/h, mais souvent à quelques centimètres les unes des autres. Depuis plus d'un siècle, l'Indy 500 pose une question essentielle aux habitants de l'Anthropocène : quel est le juste équilibre à trouver dans la relation entre l'homme et la machine ?

Aujourd'hui, le revêtement de la piste est en asphalte, à l'exception du mètre de briques rouges qui marque la ligne d'arrivée. Mais lors de la course inaugurale, le 30 mai 1911, le circuit était entièrement recouvert de briques – 3,2 millions de pavés, pour être exact. Le premier gagnant de l'histoire fut un certain Ray Harroun, au volant d'un véhicule équipé d'une de ses inventions personnelles : le rétroviseur. Les 500 Miles d'Indianapolis sont d'ailleurs associés à quantité d'innovations automobiles. Louis Chevrolet, le fondateur de l'entreprise du même nom, possédait sa propre écurie de course. Son frère Gaston remporta l'Indy 500 en 1920, avant de mourir quelques mois plus tard lors d'une course au Beverly Hills Speedway.

De fait, la course automobile est un sport extrêmement dangereux : 42 pilotes ont perdu la vie à l'Indianapolis Motor Speedway au cours de son histoire, et bien plus encore ont été blessés, dont certains grièvement. En 2015, le pilote James Hinchcliffe a failli mourir d'une rupture de l'artère fémorale après un accident sur le circuit. Même si on répugne à l'admettre, le fait que les concurrents frôlent le drame en permanence participe au frisson généré par ce type de courses. Pour citer le légendaire pilote Mario Andretti : « Si tout a l'air sous contrôle, c'est que vous ne roulez pas assez vite. »

Mais je crois que la course automobile a une utilité profonde. Elle pousse l'homme et la machine jusqu'aux limites du possible, et permet ainsi à notre espèce d'accélérer. Il a fallu six heures et quarante-deux minutes à Ray Harroun pour parcourir les 500 miles de la première course ; le vainqueur de 2018, Will Power, a remporté la victoire en moins de trois heures.

C'est son vrai nom, pour info. Will Power[1]. Un type extra. Un jour, je me suis retrouvé à attendre en même temps que lui devant un dépose-minute et quand le voiturier m'a ramené ma Chevrolet Volt, Will Power a déclaré : « Vous savez, moi aussi, je conduis une Chevrolet. »

Mais pour gagner l'Indy 500, il ne suffit pas d'être rapide. Il faut rouler plus vite que ses adversaires, ce qui illustre bien l'une de mes plus grandes craintes par rapport à l'humanité : on ne peut pas s'empêcher de vouloir gagner. Qu'il s'agisse d'escalader le mont El Capitan ou d'aller dans l'espace, on veut le faire avant les autres, ou plus vite que les autres. Cette pulsion nous a certes fait avancer en tant qu'espèce, mais je crains qu'elle nous ait également fourvoyés dans d'autres directions.

Le jour de l'Indy 500, en revanche, je ne pense pas à toutes ces choses. Je n'essaie pas d'analyser la distinction de plus en plus réduite entre les humains et leurs machines, ou le taux d'accélération du changement à l'Anthropocène. Non : je suis juste content d'être là.

Mon meilleur ami, Chris Waters, dit que c'est Noël pour les adultes. Chaque année, je me lève à 5 h 30 du matin. Je me verse un café, je consulte la météo et je mets de l'eau, de la bière, des glaçons et des sandwichs dans mon sac à dos isotherme. À 6 heures, j'inspecte mon vélo pour m'assurer que mes pneus sont bien

1. Will *: « volonté », et* power *: « puissance ».*

gonflés et que mon kit de réparation contient tout ce qu'il faut. Je me rends ensuite devant Bob's Food Mart, où je retrouve un groupe d'amis, et nous entamons notre magnifique trajet matinal à vélo sur la piste qui longe le Central Canal d'Indianapolis. Parfois, il pleut et il fait froid; d'autres années, il règne une chaleur insupportable. Mais la promenade est toujours aussi belle, et j'ai toujours autant de plaisir à pédaler et à rigoler en compagnie de mes amis et de leurs amis, que je ne vois pour la plupart qu'une fois l'an.

Nous allons d'abord jusqu'au stade de Butler University, où deux de nos amis participent chaque année à une course de 1 500 mètres à 7 heures du matin. Les voitures de l'Indy 500 accélèrent d'une décennie à l'autre, mais la course à pied, elle, ralentit. On place nos paris, et l'un ou l'autre gagne, après quoi nous réenfourchons nos montures sur 3 kilomètres environ pour faire une seconde escale à l'Indianapolis Museum of Art, où nous retrouvons encore d'autres gens, jusqu'à former un joyeux peloton d'une bonne petite centaine de cyclistes. Les gens nous saluent sur notre passage. «Bonne course!» se lance-t-on. Ou encore «Soyez prudents!»

Nous sommes ensemble, voyez-vous. Nous roulons jusqu'à ce que la piste devienne une impasse au niveau de la 16e Rue et nous piquons alors vers l'ouest, en nous mêlant au flot des voitures déjà coincées dans les embouteillages alors que la course ne commence pas avant plus de cinq heures. Nous pédalons en file indienne, un peu nerveux, sur une dizaine de pâtés de maisons, avant de tourner en direction de la ville de Speedway. Les gens sont assis sur leurs vérandas. De temps à autre, une acclamation surgit d'on ne sait où. Tout le monde loue sa pelouse comme place de parking et crie ses tarifs. Le niveau sonore commence à monter. Je déteste la foule, mais j'aime bien celle-ci, parce qu'elle m'inclut dans un *nous* qui n'a pas besoin d'*eux*.

Nous arrivons au circuit, attachons nos vélos à un grillage près du Virage n° 2, et c'est alors que notre groupe se sépare. Certains aiment suivre la course depuis les gradins du Virage n° 2 ; d'autres, près de la ligne de départ et d'arrivée. Toutes sortes de traditions s'ensuivent : le chant rituel « Back Home Again in Indianapolis », la célèbre annonce du départ (« Messieurs, allumez vos moteurs ») par une célébrité de seconde zone, les tours d'honneur et, enfin, le départ de la course elle-même. La tradition est une façon d'être ensemble, pas seulement en compagnie des gens avec lesquels vous vivez ces traditions, mais aussi de tous ceux qui les ont célébrées avant vous.

Je suis capable de raconter tout cela au présent parce que ces traditions opèrent une sorte de continuité : oui, elles ont existé, mais elles existent encore et continueront d'exister. C'est la rupture de cette continuité qui a en partie rendu le mois de mai 2020 si difficile pour moi. À mesure que la pandémie s'installait, j'avais l'impression de m'éloigner de ce que je croyais être la réalité. Tant de choses qui m'avaient jusqu'alors semblé impossibles – porter un masque, faire attention à la moindre surface que je touchais ou à chaque personne que je croisais – étaient en train de devenir l'ordinaire. Et tant des choses qui me paraissaient ordinaires jusqu'alors étaient en passe de devenir impossibles.

Ce dernier dimanche de mai, veille de Memorial Day[1], j'ai

1. *Jour férié célébré chaque année le dernier lundi de mai pour honorer la mémoire des soldats américains morts au combat.*

préparé mon sac à dos isotherme, comme d'habitude, et Sarah et moi sommes partis à vélo. Devant Bob's Food Mart, nous avons retrouvé nos amis Ann-Marie et Stuart Hyatt. Nous avons pédalé avec nos masques sur le nez jusqu'au circuit de Speedway, où les grilles étaient fermées. Il régnait un silence total, un silence inimaginable sur le parking désert et immense. Quand la course a enfin pu avoir lieu, au mois d'août, elle s'est déroulée sans spectateurs pour la première fois de son histoire. Je l'ai regardée à la télé et l'ai trouvée d'un ennui insondable.

Mais je repense à 2018. Par dizaines, nous accrochons nos vélos au grillage avant de nous disperser vers nos places de prédilection dans les gradins bondés. Dans quatre ou cinq heures, nous nous retrouverons au même endroit, détacherons nos vélos et entamerons notre trajet rituel dans l'autre sens. Nous parlerons de tel ou tel événement de la course et nous dirons à quel point nous sommes contents pour Will Power, qui est vraiment un type extra et qui méritait de décrocher enfin sa victoire à l'Indy 500. Je raconterai mon anecdote du dépose-minute pour m'apercevoir que des tas d'autres gens dans le groupe ont eux aussi des anecdotes personnelles avec Will Power. Speedway est une petite ville, après tout, même un jour comme celui-là, et nous y sommes tous ensemble.

Ma note pour les 500 Miles d'Indianapolis est de 4 étoiles.

LE MONOPOLY

Quand je joue en famille au Monopoly, ce jeu de société où le but est de mettre vos adversaires en faillite, il m'arrive de repenser à *Universal Paperclips*, le jeu vidéo créé en 2017 par Frank Lantz. Vous y devenez une intelligence artificielle programmée pour fabriquer le plus de trombones possible. Au fur et à mesure, vous finissez par épuiser tout le minerai de fer sur Terre, si bien que vous envoyez des sondes dans l'espace pour extraire la matière première d'autres planètes, puis d'autres systèmes solaires. Au terme de nombreuses heures de jeu, vous avez gagné : vous avez transformé toutes les ressources de l'univers en trombones. Bravo ! Félicitations. Tout le monde est mort.

Au Monopoly, votre pion fait le tour du plateau en passant par des propriétés. Dans le jeu d'origine, celles-ci étaient toutes situées dans une version fictive de la ville d'Atlantic City, New Jersey, mais les noms peuvent changer selon les régions et les éditions. Dans la version Pokémon, par exemple, on trouve Saquedeneu et Raichu. Si vous atterrissez sur une propriété qui n'appartient à personne, vous avez la possibilité de l'acheter et, si vous faites l'acquisition des propriétés attenantes, vous pouvez y construire des maisons et des hôtels. Chaque fois que les autres joueurs s'arrêtent sur vos propriétés, ils doivent vous verser un loyer. Si vous en possédez un nombre important, vos adversaires n'ont plus les moyens de vous verser les loyers dus et sont alors déclarés en faillite.

Le Monopoly est problématique à bien des égards, mais s'il a perduré aussi longtemps (c'est l'un des jeux de société les plus vendus au monde depuis plus de quatre-vingts ans), c'est parce que les problèmes qu'il pose sont les nôtres. Comme dans la vie, les choses démarrent lentement avant de connaître une accélération brutale et angoissante sur la fin. Comme dans la vie, les gens trouvent un sens à la logique du jeu alors qu'il favorise éhontément les personnes riches et privilégiées, lorsqu'il n'est pas tout simplement régi par les lois du hasard. Comme dans la vie, enfin, vos amis vous en veulent quand vous leur prenez leur argent et vous sentez grandir en vous un vide croissant qu'aucune richesse ne saurait combler mais, emporté par la fièvre du capitalisme débridé, vous êtes convaincu que si vous pouviez juste acheter encore un ou deux hôtels, ou finir de dépouiller vos amis de leurs derniers dollars, vous connaîtriez enfin la paix.

Pour moi, le plus grand défaut du Monopoly est son analyse tordue et contradictoire du capitalisme. Le jeu montre bien à quel point l'acquisition foncière dépend littéralement d'un coup de dés, et comment l'exploitation des monopoles fait la fortune d'une minorité en appauvrissant les masses. Pourtant, le but du jeu est bien de devenir le plus riche possible.

Cette vision pour le moins faux derche des inégalités économiques est aussi « comme dans la vie » – en tout cas au berceau du Monopoly, les États-Unis, où beaucoup d'entre nous voient les milliardaires comme je regardais les ados populaires de mon collège. Je les détestais, tout en ayant désespérément envie de rejoindre leurs rangs. Ce manque de cohésion thématique du Monopoly est très largement lié à son histoire complexe, qui en dit bien plus long sur le capitalisme que le principe du jeu lui-même.

Voici la légende de la création du Monopoly telle que racontée par son propriétaire actuel, la société Hasbro : en 1929, après l'effondrement de la Bourse, un certain Charles Darrow, quarante ans, perdit son emploi à Philadelphie et se reconvertit tant bien que mal en vendeur au porte-à-porte pour gagner sa croûte. Jusqu'en 1933, où il inventa le jeu de plateau Monopoly, le fit breveter et en accorda la licence à la société Parker Brothers. Darrow devint le premier milliardaire du jeu de société – bref, l'histoire cent pour cent américaine de la réussite fulgurante d'un inventeur de génie à la sueur capitaliste de son front.

C'est une histoire géniale. Tellement géniale, d'ailleurs, que certaines versions du Monopoly avaient la biographie de Darrow imprimée avec les règles du jeu. Aujourd'hui, notre homme a même une plaque à Atlantic City pour lui rendre hommage. Le seul problème, dans tout ça, c'est que Charles Darrow n'a jamais inventé le Monopoly.

Trente ans plus tôt, une femme du nom d'Elizabeth Magie avait créé un jeu de société baptisé *The Landlord's Game* – «Le jeu du propriétaire foncier». Comme le raconte Mary Pilon dans un livre passionnant, *The Monopolists*, Magie était écrivaine et comédienne mais faisait bouillir la marmite en travaillant comme sténodactylo, un job qu'elle détestait. «J'aimerais faire quelque chose de constructif, dit-elle un jour, et non être une simple courroie servant à transmettre les pensées d'un homme dictées sur du papier à lettres.»

Magie était surtout connue pour avoir fait paraître une petite annonce dans un journal afin de se vendre au plus offrant. Elle s'y décrivait comme « pas belle, mais très séduisante », et dotée des « caractéristiques physiques d'une bohémienne ». L'annonce, qui fit sensation à travers le pays, se voulait un pied de nez à la discrimination des femmes américaines, contraintes de renoncer à leur emploi pour devenir de bonnes ménagères. « Nous ne sommes pas des machines, expliqua-t-elle à un journaliste. Les jeunes filles ont un cerveau, des désirs, des espoirs et des ambitions. »

Elizabeth Magie était convaincue que des changements économiques majeurs étaient nécessaires à la réussite du projet féministe. « Bientôt, dit-elle, les hommes et les femmes découvriront qu'ils sont pauvres parce que Carnegie et Rockfeller ont sans doute tellement d'argent qu'ils ne savent plus quoi en faire. » Pour en convaincre le reste du monde, elle créa *The Landlord's Game* en 1906. Magie était une adepte de l'économiste Henry George qui estimait, pour citer l'article d'Antonia Noori Farzan dans le *Washington Post*, que « le chemin de fer, le télégraphe et les services devraient être des biens publics au lieu d'être contrôlés par des monopoles, et que les terrains fonciers devraient être considérés comme un patrimoine commun ».

Magie conçut le *Landlord's Game* en s'appuyant sur les théories de Henry George. Elle pensait qu'en y jouant, les enfants comprendraient « l'injustice crasse de notre système foncier actuel ». Le jeu ressemblait déjà au Monopoly par bien des aspects : il comportait un plateau carré jalonné de propriétés, et un simple coup de dés malchanceux pouvait vous expédier en prison. Mais Magie proposait deux règles du jeu différentes. La première (comme au Monopoly actuel) consistait à appauvrir vos adversaires en acquérant des monopoles fonciers. Dans la seconde règle du jeu, « la création de richesses profitait à tous les joueurs », comme l'explique Mary Pilon dans son ouvrage consacré à l'histoire du Monopoly. La première règle du jeu illustrait comment la mécanique des loyers enrichissait les propriétaires tout en maintenant les locataires dans la pauvreté, et entraînait peu à peu une concentration du capital entre de moins en moins de mains. La seconde cherchait à montrer qu'une autre voie était possible : le partage des richesses par ceux qui les créaient.

La règle monopoliste du *Landlord's Game* remporta plus de succès que la seconde. Les étudiants y prirent goût et bricolèrent leurs propres versions du jeu, si bien que son principe évolua peu à peu pour se rapprocher du Monopoly tel que nous le connaissons aujourd'hui. Une édition alternative, baptisée « Le jeu fascinant de la finance », vit ainsi le jour à Indianapolis en 1932 et Ruth Hoskins, une résidente de la ville, apprit à y jouer. Lorsqu'elle déménagea à Atlantic City, elle adapta le jeu à sa nouvelle ville d'adoption et fit de nombreux adeptes dans son cercle d'amis ; parmi eux, un couple partit s'installer à Philadelphie et apprit « Le jeu fascinant de la finance » à un certain Charles Todd, qui le fit découvrir à Charles Darrow. Ce dernier demanda à Todd de lui fournir une version écrite des règles, modifia légèrement l'esthétique du plateau, déposa le brevet et empocha des millions.

Pour vous prouver à quel point Charles Darrow n'est pas l'inventeur du Monopoly : Marven Gardens est le nom d'un quartier résidentiel de l'agglomération d'Atlantic City. Dans sa version, Charles Todd, qui avait été initié au jeu par Ruth Hoskins, fit une coquille en écrivant « Marvin Gardens ». Cette faute est restée dans la version déposée par Darrow, pour la bonne raison qu'il n'avait pas lui-même inventé le Monopoly.

L'histoire qu'on nous vend à propos d'un brave type sorti de nulle part et récompensé pour son génie est donc en réalité l'histoire bien plus complexe d'une femme ayant créé un jeu amélioré au fil du temps par des milliers de contributeurs. La fable à la gloire du capitalisme est en réalité la démonstration de son échec. Si beaucoup de gens furent spoliés par le monopole de Charles Darrow, c'est Elizabeth Magie qui perdit le plus dans cette affaire car le Monopoly balaya non seulement le jeu qu'elle avait inventé, mais aussi les idéaux qu'elle avait défendus d'arrache-pied. Sa charge contre le capitalisme débridé a été transformée en une célébration de l'enrichissement personnel sur le dos des pauvres.

Au Monopoly, le pouvoir et les ressources sont distribués de façon inéquitable jusqu'à ce qu'un seul joueur concentre tout entre ses mains – c'est en ce sens seulement qu'on peut le rapprocher de Charles Darrow. Pourtant, plus d'un siècle après l'invention du *Landlord's Game*, Hasbro continue de créditer Darrow comme l'inventeur du Monopoly, n'accordant à Elizabeth Magie que ces quelques lignes : « Quantité de jeux d'opérations immobilières ont séduit le public à travers les âges. Elizabeth Magie – écrivaine, inventrice et féministe – a été l'une des pionnières dans le domaine des jeux consistant à mettre le grappin sur le maximum de propriétés. » En gros, Hasbro refuse encore de reconnaître que la propriété sur laquelle ils ont mis le grappin n'aurait même jamais dû atterrir entre leurs mains pour commencer.

Ma note pour le Monopoly est de 1,5 étoile.

« SUPER MARIO KART »

Super Mario Kart est un jeu vidéo créé en 1992 pour la console Super Nintendo et dans lequel les personnages issus de l'univers Mario font la course perchés sur des karts, un peu comme quand j'essaie de pédaler sur le tricycle de ma fille. À l'origine, le jeu devait utiliser des voitures de formule 1 mais, pour des raisons techniques, les développeurs furent obligés de concevoir des circuits aux virages serrés formant une boucle à l'infini, et seuls les karts s'y prêtaient. Son coproducteur, Shigeru Miyamoto, l'inventeur du personnage de Mario et légende vivante du jeu vidéo, déclarerait plus tard : « Nous voulions créer un jeu capable de montrer deux joueurs simultanément sur un même écran. ». Ce système de split-screen contribua au succès de la première version de *Super Mario Kart*.

Les joueurs pouvaient choisir parmi huit personnages tirés de l'univers Mario – dont Princesse Peach, Mario, Luigi et Donkey Kong Jr. Chacun d'eux avait ses forces et ses faiblesses. Bowser, par exemple, est fort et rapide, mais il accélère lentement. Toad, à l'inverse, est vif et agile, mais sa vitesse de pointe est moins performante. Une fois que vous aviez choisi votre personnage (et je recommande Luigi), vous affrontiez les sept autres concurrents sur une succession de circuits de plus en plus délirants. Vous pouviez aussi bien rouler sur une piste classique en asphalte que sur un bateau fantôme, dans un château ou encore sur la fameuse Route arc-en-ciel aux mille et une merveilles mais dépourvue de garde-fous pour vous empêcher de tomber dans l'abîme.

J'étais en classe de seconde quand *Super Mario Kart* est sorti. Pour mes amis et moi, c'était le meilleur jeu vidéo de tous les temps, point barre. Nous avons passé des centaines d'heures dessus. Le jeu faisait tellement partie de notre vie quotidienne qu'aujourd'hui encore, quand j'entends sa musique, je me sens téléporté dans ma chambre à l'internat avec son sol en lino, au milieu de ses relents de sueur et de Gatorade. Je me retrouve assis sur le canapé en microfibre doré transmis de génération en génération de lycéens, en train d'essayer de doubler mes amis Chip et Sean pendant la course finale de la Coupe Champignon.

Nous ne commentions presque jamais le jeu pendant une partie. Nous étions trop occupés à nous couper sans arrêt la parole à propos de nos histoires d'amour foireuses, de tel ou tel prof qui nous tyrannisait ou des éternels ragots qui alimentent les petites communautés insulaires comme les pensionnats. Nous n'avions pas besoin de parler de Mario Kart, mais nous avions besoin de Mario Kart pour avoir l'excuse de traîner ensemble, serrés à trois ou quatre comme des saucisses sur le canapé. Ce dont je me souviens le plus, c'est cette joie incroyable – et inédite pour moi – de faire partie d'un groupe.

Comme nous tous, Mario Kart a beaucoup changé depuis mes années lycée. Dans sa dernière version, *Mario Kart 8*, il est possible de voler, d'aller sous l'eau et de conduire la tête à l'envers. On peut désormais choisir parmi des dizaines de personnages et de véhicules. Mais à la base, le jeu est toujours le même. On continue de gagner les courses à Mario Kart comme en 1992, c'est-à-dire en roulant le plus droit possible et en négociant bien les virages. Certaines compétences aident, bien sûr : il est possible de faire des dérapages contrôlés dans les virages pour maintenir sa vitesse, par exemple, et bien dépasser ses concurrents est tout un art. Mais Mario Kart est d'une simplicité qui confine presque au ridicule.

La seule exception réside dans les boîtes à objet, qui font de Mario Kart un jeu génial ou problématique, selon ce que vous attendez d'un jeu vidéo. Tout en conduisant, vous avez la possibilité de percuter ces boîtes marquées d'un point d'interrogation qui surgissent sur le circuit et vous donnent des accessoires. Il peut s'agir d'un champignon à usage unique pour booster votre vitesse. D'une carapace rouge, sorte de missile à chaleur thermique qui cible le véhicule devant vous pour l'éliminer. Ou encore de l'éclair, accessoire très convoité qui réduit la taille et la vitesse de vos adversaires durant un laps de temps donné. Dans les dernières éditions du jeu, la boîte à objet vous permet même de vous transformer quelques secondes en Bill Balle, sorte de munition ultrarapide particulièrement efficace dans les virages et capable de détruire tous les autres karts sur son passage.

Je jouais un jour à *Mario Kart 8* avec mon fils – inutile de dire que, fort de mes vingt-six ans d'expérience, je menais la course sans trop me fatiguer – quand, lors du dernier tour, il a débloqué une Bill Balle en attrapant une boîte à objet : il m'a alors doublé à la vitesse de la lumière, a remporté ainsi la course et pulvérisé mon kart par-dessus le marché. J'ai fini quatrième.

Ce genre de choses se produit souvent à Mario Kart parce

que les boîtes à objet connaissent votre position. Si vous êtes en tête, vous n'aurez droit qu'à une peau de banane ou une pièce de monnaie, artefacts d'un intérêt minime. Jamais vous ne débloquerez l'une de ces précieuses munitions. Mais si vous êtes dernier – parce que, mettons, vous n'êtes qu'un enfant de huit ans face à un vétéran de Mario Kart aux cheveux grisonnants –, vous avez toutes les chances d'obtenir un éclair, une Bill Balle ou un stock infini de champignons accélérateurs.

Bref, c'est généralement le meilleur joueur qui gagne, mais la chance joue aussi un rôle non négligeable dans l'affaire. Mario Kart tient plus du poker que de la partie d'échecs.

Selon le point de vue où on se place, les boîtes à objet rendent donc le jeu plus équitable (parce que tout le monde est susceptible de gagner) ou foncièrement injuste (parce que ce n'est pas forcément la personne la plus douée qui l'emportera).

À cet égard, du moins d'après mon expérience, on peut dire que la vraie vie est à l'opposé de Mario Kart. Dans la vraie vie, si vous êtes en tête, vous avez accès à tous les bonus nécessaires pour vous maintenir en première ligne. Quand l'un de mes romans est devenu un best-seller, ma banque m'a appelé pour m'annoncer que je n'aurais désormais plus de frais à payer lors de mes retraits aux distributeurs automatiques, y compris à ceux d'autres banques. Pourquoi ? Parce que les gens qui ont plein d'argent à la banque reçoivent toutes sortes de cadeaux pour les remercier d'avoir plein d'argent à la banque. Il existe bien d'autres avantages encore plus précieux, bien sûr, comme le bonus « finir-la-fac-sans-emprunt-étudiant-à-rembourser-sur-le-dos », ou le bonus « être-un-homme ». Cela ne veut pas dire que les gens dotés de ces bonus réussiront forcément dans la vie, ni que ceux qui en sont dépourvus n'arriveront à rien. Mais on ne me fera pas croire que ces bonus structurels ne comptent pas. Le fait que notre système politique, social et économique favorise les personnes déjà riches et déjà puissantes est sans conteste le plus grand échec de notre idéal démocratique américain. J'en ai moi-même bénéficié, directement et profondément, tout au long de ma vie. Chaque fois ou presque que j'ai attrapé une boîte à objet sur mon parcours, j'ai débloqué au minimum une carapace rouge. C'est une chose si banale que ceux d'entre nous qui bénéficient de ces bonus ont un peu trop tendance à considérer que cela va de soi. Mais si je refuse d'accepter le fait que je dois une grande partie de ma réussite à l'injustice, je ne fais que renforcer cette concentration de richesses et d'opportunités.

Certains diront que le jeu devrait plutôt récompenser le talent, les compétences et le travail, précisément parce que la vraie vie ne le fait pas. Mais à mes yeux, l'égalité s'applique quand chacun de nous a une chance de gagner, même s'il a de toutes petites mains, et même s'il n'a pas eu la chance de jouer à ce jeu depuis 1992.

En cette ère d'extrêmes, aussi bien dans le jeu que partout ailleurs, Mario Kart est une bouffée d'oxygène. La note que je lui accorde est de 4 étoiles.

LE DÉSERT DE SEL DE BONNEVILLE

À l'été 2018, Sarah et moi nous sommes rendus à Wendover, une bourgade située à cheval sur la frontière entre l'Utah et le Nevada. Une fois là-bas, presque sur un coup de tête, nous avons décidé d'aller voir le Bonneville Salt Flats, un spectaculaire désert de sel situé sur la rive gauche du Great Salt Lake.

Sarah est de très loin ma personne préférée. À la mort de la poétesse Jane Kenyon, son mari, Donald Hall, a écrit : « Nous ne passions pas nos journées à nous regarder dans les yeux. Nous échangions ces regards pendant l'amour ou quand l'un de nous n'allait pas bien, mais la plupart du temps, nos regards se croisaient et s'entremêlaient lorsqu'ils se fixaient sur une tierce chose. Ces tierces choses sont essentielles dans un mariage, qu'il s'agisse d'objets, de pratiques, d'habitudes, d'œuvres d'art, d'institutions, de jeux ou d'êtres humains qui offrent un lieu de ravissement ou de contentement commun. Chaque membre d'un couple est à part ; ils s'unissent en une double attention. » Hall poursuit en expliquant que ces tierces choses peuvent aussi bien être John

Keats, le Boston Symphony Orchestra, les *Intérieurs hollandais* ou les enfants.

Les nôtres (d'enfants) sont des lieux de ravissement commun essentiels pour Sarah et moi. Nous avons d'autres tierces choses – les mots croisés de l'édition dominicale du *New York Times*, les livres que nous lisons ensemble ou la série *The Americans*, pour ne citer que ceux-là.

Mais notre première tierce chose a été l'art.

Sarah et moi fréquentions le même lycée en Alabama. Nous nous connaissons donc depuis l'adolescence, mais notre première conversation remonte seulement à 2003, quand nous vivions tous deux à Chicago. Elle travaillait dans une galerie d'art. Nos chemins se sont croisés deux ou trois fois ; après quelques échanges d'e-mails, elle m'a invité au vernissage d'une expo de la sculptrice Ruby Chishti dans sa galerie.

Je n'avais jamais mis les pieds dans une galerie d'art, et j'aurais été bien incapable de citer à l'époque le nom d'un seul artiste vivant, mais j'ai été fasciné par les sculptures de Chishti. Quand Sarah a fait une pause durant la soirée pour prendre le temps de m'expliquer le travail de l'artiste, j'ai éprouvé pour la première fois l'une de mes sensations préférées au monde : son regard et le mien, réunis et entremêlés pendant que nous fixions une tierce chose.

Quelques mois plus tard, et après des dizaines d'e-mails, nous avons décidé de lancer notre club de lecture pour deux personnes. Sarah a choisi *La Tache* de Philip Roth comme premier livre. Quand nous nous sommes revus pour en discuter, nous avons constaté que nous avions souligné le même passage : « Le plaisir n'est pas de posséder la personne. Le plaisir, c'est cela. Avoir un autre concurrent dans la pièce avec vous. »

Quinze ans plus tard, nous étions à Wendover afin de filmer une séquence de *The Art Assignment*, une série coproduite par Sarah pour PBS Digital Studios[1]. Nous avons vu une installation de William Lamson ainsi que des œuvres de land art monumentales, notamment *Sun Tunnels* de Nancy Holt et *Spiral Jetty* de Robert Smithson. Le soir, nous avons dormi à l'hôtel d'un casino en ville, côté Nevada. Pendant la Seconde Guerre mondiale, l'équipe qui largua la bombe atomique sur Hiroshima s'était entraînée à la base aérienne de Wendover. L'US Air Force a quitté la région depuis longtemps. Aujourd'hui, les touristes viennent surtout pour les casinos ou le désert de sel.

Bizarrement, j'aime bien les casinos. Je sais qu'ils exploitent les personnes vulnérables et l'addiction aux jeux, que ce sont des lieux bruyants, pleins de fumée et vulgaires, en un mot : épouvantables. Mais c'est plus fort que moi. J'adore m'asseoir autour d'une table et jouer aux cartes avec de parfaits inconnus. Ce fameux soir, j'ai joué avec une Texane prénommée Marjorie qui m'a expliqué qu'elle était mariée depuis soixante et un ans. Quel était donc son secret? «Les comptes courants séparés», m'a-t-elle révélé.

Quand j'ai voulu savoir ce qui l'amenait à Wendover, elle m'a expliqué qu'elle venait voir le désert de sel. Et le casino, bien sûr. Son mari et elle jouaient un week-end par an. Je lui ai demandé si elle était en veine ce soir. «Vous posez beaucoup de questions», m'a-t-elle fait remarquer.

Elle avait raison : c'est une manie quand je joue. En n'importe quelle autre circonstance, je déteste engager la conversation avec

1. Cette série inspirerait à Sarah par la suite la rédaction de son merveilleux ouvrage *You Are an Artist*, qui associe des citations d'artistes contemporains à des chapitres sur l'histoire de l'art et des conseils pratiques pour se lancer dans la création.

des inconnus. Je ne discute jamais avec mes voisins de siège en avion ni avec les chauffeurs de taxi, et je n'ai pas le talent qu'il faut pour papoter. Mais mettez-moi à une table de black-jack avec Marjorie, et je me transforme tout à coup en Perry Mason.

L'autre joueuse assise avec nous, Anne, âgée de quatre-vingt-sept ans et originaire d'Oregon, n'était pas non plus du genre bavarde, si bien que je me suis tourné vers le croupier, qui était bien obligé de me parler de par sa profession. Il portait une moustache en guidon de vélo et un badge indiquant qu'il se prénommait James. Impossible de déterminer s'il avait vingt et un ou quarante et un ans. J'ai voulu savoir s'il était de Wendover.

– Depuis le jour de ma naissance, a-t-il déclaré.

Quand je lui ai demandé s'il s'y plaisait, il m'a répondu que c'était un coin sympa. Plein de balades à faire. Génial si on aime la pêche et la randonnée. Et le désert de sel était trop cool, bien sûr, si vous aimiez rouler vite en bagnole, ce qui était son cas.

Au bout d'un moment, il a ajouté :

– Mais c'est moins génial quand on a des enfants.

– Vous en avez ?

– Non. Mais j'en étais un.

J'ai ma façon bien à moi de parler des choses dont je ne parle pas, et cela est sans doute vrai pour chacun d'entre nous. Nous avons tous nos petits trucs pour mettre un terme à certaines conversations et éviter les questions auxquelles il nous serait insupportable de répondre. Le silence qui a suivi la réplique de James à propos de son enfance m'y a tout de suite fait penser, et m'a rappelé que j'avais moi aussi été un enfant. Si ça se trouve, bien sûr, James voulait seulement parler du manque d'aires de jeux à Wendover… mais mon petit doigt me disait que non. Je me suis mis à transpirer. Les bruits du casino – le tintement des machines à sous, les cris en provenance des tables de craps – m'ont soudain paru envahissants. J'ai repensé à cette vieille citation de Faulkner qui dit que le passé n'est pas mort ; il n'est même pas vraiment passé. L'une des bizarreries de l'âge adulte, c'est que vous êtes votre moi présent, mais aussi tous ceux que vous étiez avant, ceux que vous avez laissés derrière vous mais dont vous ne parvenez pas totalement à vous débarrasser. J'ai joué ma partie, laissé un pourboire au croupier, remercié mes partenaires de jeu, et je suis allé échanger les jetons qui me restaient à la caisse.

Le lendemain, je suis allé voir le désert de sel avec Sarah et quelques-uns de ses collègues. Quatorze mille cinq cents ans auparavant, ce qui est aujourd'hui le site de Wendover se trouvait englouti sous les eaux du lac Bonneville, un immense lac salé de 50 000 kilomètres carrés, soit presque la superficie actuelle du lac Michigan. Le lac Bonneville a disparu et s'est reformé une bonne vingtaine de fois depuis cinq cents millions d'années ; ce qu'il est en reste aujourd'hui s'appelle le Great Salt Lake – « le Grand Lac salé », bien que sa surface soit dix fois moins importante que celle du lac Bonneville d'autrefois. Sa plus récente phase d'assèchement nous a laissé ce désert de sel, une vaste étendue de 122 kilomètres carrés totalement vide et plate comme une crêpe.

Le sol, d'un blanc neigeux et aussi craquelé que des lèvres gercées, crissait sous mes pas. Je sentais l'odeur du sel. J'essayais de m'imaginer à quoi pouvait bien ressembler ce paysage auparavant, mais mon cerveau ne me suggérait que des comparaisons abstraites. Ça devait ressembler à conduire une voiture, seul, dans la nuit. À tout ce qu'on a peur de dire à voix haute. Au moment où l'eau se retire de la grève juste avant l'arrivée de la prochaine vague.

Herman Melville a qualifié le blanc de « couleur incolore, et de toutes les couleurs ». Il a écrit que la couleur blanche « projette les abîmes cruels de l'univers ». Or le désert de sel de Bonneville est très, très blanc.

Bien sûr, tout ce qui se trouve sur Terre est géologique. Mais dans le désert de sel, la géologie se ressent physiquement. On n'a aucun mal à croire que cette vaste plaine reposait jadis sous 150 mètres d'eau. On a l'impression que l'eau saumâtre et vert foncé peut rejaillir à tout instant et vous emporter avec vos traumatismes, la ville et le hangar où l'*Enola Gay* attendait sa bombe atomique.

Les yeux levés vers la cime des montagnes qui se dressaient au loin, j'ai repensé à ce que la nature me répète sans arrêt : les humains ne sont pas les protagonistes de l'histoire de cette planète. S'il existe un personnage principal, c'est la vie elle-même, celle qui transforme la terre et la lumière des étoiles en quelque chose de plus par rapport à la terre et à la lumière des étoiles. Mais à l'ère de l'Anthropocène, et en dépit de toutes les preuves du contraire, les humains ont tendance à croire que la Terre est là pour leur seul bénéfice. Le lac asséché de Bonneville doit donc servir la cause humaine : pour quelle autre raison existerait-il ? Si rien ne peut pousser sur cette croûte de sel, nous lui trouverons quand même une utilité. Depuis un siècle, le désert de sel de Bonneville est ainsi exploité pour ses gisements naturels de potasse, un minerai salin qui entre dans la composition des engrais. Une longue portion de la plaine est également devenue un circuit réputé de courses de dragsters ; un record de vitesse terrestre y a même été battu en 1965 lorsqu'un véhicule à turbopropulsion conduit par Craig Breedlove a franchi la barre des 900 km/h.

Ces compétitions automobiles attirent encore des milliers de spectateurs. Mais la plupart du temps, le désert salé de Bonneville sert surtout de décor – à des tournages de films comme *Independence Day* et *Le Dernier Jedi*, des shootings de mode ou des posts Instagram. Lors de ma visite sur place, j'avoue avoir fait partie de ceux qui s'échinaient à trouver le bon angle pour réaliser leurs selfies et faire croire qu'ils étaient seuls au milieu de ce vide immense.

Mais quand je me suis mis à marcher pour m'éloigner de la route, j'ai commencé à me sentir vraiment seul. À un moment donné, j'ai cru voir miroiter une flaque d'eau au loin, mais j'ai compris en m'approchant qu'il s'agissait d'un mirage – un vrai. Moi qui les avais toujours pris pour des artifices fictionnels. À mesure que je marchais, j'ai repensé à ce croupier de black-jack et à la terreur que l'on ressent, enfant, lorsqu'on sait qu'on n'a aucune influence sur ce que nous font les adultes.

Sarah m'a appelé. Je me suis retourné. Elle était si loin que je ne comprenais pas un mot de ce qu'elle me disait, mais elle n'arrêtait pas de me faire de grands gestes, alors je me suis rapproché jusqu'à ce que je l'entende enfin : je gênais un plan panoramique filmé par un drone, dont ils avaient besoin pour le tournage. Pouvais-je venir dans sa direction ? J'ai obtempéré. Je suis resté à côté d'elle, et j'ai regardé le drone survoler la plaine salée. Nos regards se sont entremêlés. Je me suis senti apaisé. J'ai pensé à tous les autres « moi » que j'avais été autrefois, et au fait qu'ils s'accrochaient, luttaient, survivaient pour des moments comme celui-ci. Quand j'ai observé le désert avec Sarah, il m'a semblé qu'il changeait – je n'y sentais plus peser la menace de l'indifférence.

Ma note pour le désert de sel de Bonneville est de 3,5 étoiles.

LES CERCLES DE HIROYUKI DOI

Si vous voulez une anecdote bizarre me concernant, sachez que j'ai signé mon nom plus de 500 000 fois. Cette entreprise a commencé bien innocemment en 2011, quand j'ai décidé de dédicacer tous les exemplaires de la première édition de mon quatrième roman, *Nos étoiles contraires*. Pour cela, j'ai signé des pages blanches qui ont été ensuite insérées dans les livres au moment de leur impression. Au fil des mois, j'en ai signé environ 150 000. Parfois, j'écoutais des podcasts ou des livres audio en même temps mais, le plus souvent, je restais juste assis à signer, seul, dans le silence de mon sous-sol. Et je ne m'ennuyais jamais parce que chaque fois, j'essayais de réaliser une version idéale de ma signature que je visualise dans ma tête, sans jamais y parvenir tout à fait[1].

---

1. En de rares occasions – disons, une fois toutes les vingt ou trente mille signatures – il m'arrive d'en réussir une dont je suis vraiment content, alors je remonte au rez-de-chaussée pour partager ce triomphe avec Sarah. Je lui montre comment le trait s'affine juste à l'endroit qu'il faut, et comment j'ai réussi à suggérer l'existence du *o* de «John» à l'aide d'une simple boucle. Sarah acquiesce poliment et examine la signature parfaite avant de me rétorquer, sans méchanceté aucune : «Elle ressemble exactement à toutes les autres.»

Le fait de me concentrer sur les variations infimes de gestes répétitifs m'apporte une satisfaction que je serais bien en peine d'expliquer. Comme si j'avais une démangeaison dans le cerveau que seule une action répétitive permettait de gratter. J'ai bien conscience qu'il y a sans doute un lien avec mes TOC mais, après tout, beaucoup de gens aiment crayonner ou gribouiller, ce qui rejoint finalement la fonction de ces séances de signature. Gribouiller fait du bien au cerveau – c'est efficace pour réduire le stress, de la même manière que faire les cent pas ou tripoter quelque chose, et cela contribue à l'amélioration de l'attention. Une étude publiée en 2009 dans la revue *Applied Cognitive Psychology* montrait que les gens autorisés à dessiner pendant qu'ils écoutaient quelque chose retenaient davantage d'informations que les autres, peut-être parce que le fait de gribouiller mobilisait juste assez leur cerveau pour l'empêcher de s'évader ailleurs.

Je ne dirais pas que *j'aime* les tâches répétitives. Pas vraiment. Mais il est indéniable qu'elles me font du bien. Parfois, quand je me sens épuisé, au bout du rouleau, que je ne sais plus comment je m'appelle, si mon travail a de l'intérêt ou si je ferai jamais quoi que ce soit d'utile pour quelqu'un, je demande à mon éditeur de m'envoyer dix ou vingt mille pages blanches et je m'attelle à les signer, histoire d'avoir une tâche précise et quantifiable à faire pour le restant de la semaine. Je ne sais même pas si ces pages atterriront dans mes livres. Je l'espère, bien sûr, et j'espère que cela fera plaisir aux lecteurs mais, en toute sincérité, c'est surtout pour moi que je le fais – parce que ça me rend… heureux ? N'exagérons pas. Mais disons que ça m'absorbe. Je crois que c'est ce qui définit le mieux ce que j'ai envie d'être, la plupart du temps : « absorbé ». Un mot bien laid pour décrire une expérience de béatitude absolue.

J'ai découvert Hiroyuki Doi en 2006, lors d'une exposition consacrée aux dessins obsessionnels à l'American Folk Art Museum. Les œuvres de Doi sont constituées d'incroyables assemblages de cercles, des milliers – voire des dizaines de milliers – de ronds minuscules, imbriqués ou serrés les uns contre les autres de manière à représenter d'immenses formes abstraites et d'une riche complexité. Certains y voient des masses de cellules agglutinées ou des nébuleuses galactiques. Celui qui m'a le plus marqué était un dessin sans titre de 2003 ressemblant vaguement à un œil humain en diagonale, et mesurant 44 centimètres de long sur 40 de large. Par moments, les imbrications de cercles évoquent des vaisseaux sanguins ; à d'autres, ils semblent tournoyer autour de divers centres de gravité. Plus je les observais, plus l'œuvre semblait s'ouvrir dans une troisième dimension, au point que j'avais l'impression de pouvoir pénétrer à l'intérieur, comme si les cercles n'étaient pas seulement devant mais également au-dessus, en dessous, derrière et en moi.

Doi n'avait pas prévu de devenir artiste. C'était un brillant chef cuisinier lorsque son jeune frère mourut d'une tumeur au cerveau en 1980. Fou de douleur, il commença à dessiner des cercles et s'aperçut qu'il ne pouvait plus s'arrêter, car cela le « soulageait de sa souffrance et de son chagrin ».

Ce qui me fascine, dans ces œuvres, c'est leur caractère éminemment obsessionnel. On dirait des pensées cycliques et récursives rendues visibles sur le papier. On se perd à l'intérieur – ce qui est peut-être le but, d'ailleurs. Mais elles traduisent aussi le désir de se soulager de la peine dévorante du deuil. Dans ses interviews, Doi emploie souvent ce mot : *soulagement.* Et c'est aussi ce à quoi j'aspire, désespérément, quand je me sens terrassé par la douleur. Le chagrin est quelque chose qui vous submerge, un travail au long cours qui vous mine chaque heure de chaque jour. On parle toujours des étapes du deuil – le déni, la négociation, l'acceptation, etc. Mais pour moi, en tout cas, c'est une série de petits cercles serrés les uns contre les autres et qui s'estompent au bout de plusieurs années, comme de l'encre exposée à la lumière.

Pourquoi ai-je signé mon nom un demi-million de fois ? Pourquoi Hiroyuki Doi dessine-t-il de minuscules cercles depuis quarante ans ? « Je me sens calme quand je dessine », a-t-il déclaré. Et j'ai beau ne pas être artiste, je comprends ce qu'il veut dire. Au-delà de la monotonie, il existe un état de suspension, une façon d'être en étant seulement, un moment présent juste ancré dans le présent.

Il y a aussi ce besoin humain de faire des choses, de peindre les parois des grottes ou de gribouiller dans la marge de son bloc-notes. Doi a dit un jour : « Je dois travailler sans relâche, sans quoi rien ne verra le jour. » Parfois, j'ai le sentiment que le papier est meilleur avant que nous mettions la main dessus, lorsqu'il n'est encore qu'à l'état de bois. À d'autres moments, j'aime les traces que nous laissons. Je les vois comme des cadeaux, des signes, comme des repères au milieu de la nature.

Je sais que nous avons laissé des cicatrices partout et que notre envie obsessionnelle de fabriquer (*make*), d'avoir (*have*), de faire (*do*), de dire (*say*), d'aller (*go*) et d'obtenir (*get*) – six des sept verbes les plus utilisés en anglais – risquent de nous priver au final de notre capacité à être (*be*), le verbe le plus utilisé dans la langue anglaise. Nous avons beau savoir qu'aucune des traces que nous laissons n'est vraiment éternelle et que le temps nous est compté, non seulement à nous mais à tout ce que nous *faisons*, nous ne pouvons pas nous empêcher de griffonner et de chercher le soulagement partout où nous le pouvons. Je me réjouis de savoir que Hiroyuki Doi travaille sans relâche et que des choses voient le jour grâce à lui. Je suis heureux de ne plus me sentir seul dans les cercles étroits de l'intranquillité permanente.

Ma note pour les cercles de Hiroyuki Doi est de 4 étoiles.

LE MURMURE

Mon ami Alex fait partie de ces gens hyper accommodants et imperturbables capables de se reconfigurer instantanément en cas d'imprévu. Mais parfois, lorsqu'il est pressé par le temps, Alex peut lui aussi devenir stressé et dire des choses comme : « Allez, on se dépêche. » Sa femme, Linda, dit que c'est son « mode aéroport ».

Hélas pour moi, je suis toujours en mode aéroport. J'ai toujours peur que les enfants soient en retard à l'école, que le restaurant annule notre réservation ou que mon psychiatre me vire parce que je ne suis pas à l'heure. Je considère la ponctualité comme une vertu, même si je reconnais qu'il n'y a rien de vertueux dans la mienne. Elle repose sur la peur, et se manifeste par des vociférations anxieuses.

Un matin, alors que Sarah était en déplacement pour son travail, je prenais le petit déjeuner avec ma fille âgée de trois ans à l'époque et qui était tout le contraire du mode aéroport. Pour les jeunes enfants, le temps ne se mesure pas d'après les aiguilles d'une horloge, si bien que j'éprouve le besoin constant d'être le gardien du chronomètre, grand chambellan de la ponctualité dans le royaume.

Il était 8 h 37. Dans vingt-trois minutes, nous serions en retard pour la crèche. Nous avions déjà déposé Henry à l'école et étions repassés à la maison pour avoir le temps de petit-déjeuner avant de repartir pour la crèche, mais ce petit déjeuner prenait des *siècles*. Ma fille marquait une pause entre chacune de ses méticuleuses bouchées de tartine pour consulter le livre d'images qu'elle avait descendu de sa chambre. Je n'arrêtais pas de la presser pour qu'elle finisse. « Tu n'as plus que huit minutes », lui disais-je, comme si ces huit minutes signifiaient quoi que ce soit pour elle.

Je me suis efforcé de tout préparer en prévision du départ : chaussures, manteau, sac à dos vide à l'exception de son repas du midi. *Clés de voiture ?* Oui. *Portefeuille ?* Oui. *Téléphone ?* Plus que six minutes. Mon angoisse était un fleuve en crue qui menaçait de déborder. La réaction de ma fille en cet instant critique fut de mordiller le coin de son pain grillé avec la circonspection d'une souris craignant de se faire empoisonner. Qu'aurais-je bien pu faire pour rendre son toast plus appétissant ? J'avais coupé la croûte, beurré le pain de mie et saupoudré le tout de sucre à la cannelle. *Pour l'amour du ciel mange ta tartine.* Plus que quatre minutes. *Bon ça suffit on est en retard maintenant tu mets tes chaussures.* Et soudain, alors que j'atteignais le pinacle de ma frénésie, Alice m'a demandé : « Papa, je peux te dire un secret ? »

J'ai penché la tête et, malgré le fait que nous étions seuls dans la maison, elle a mis la main autour de sa bouche pour me chuchoter à l'oreille. Je ne peux vous répéter ce qu'elle m'a dit, bien sûr, puisque c'est un secret, mais sachez que ça n'avait rien de grave ou de solennel. Ce qui m'a sidéré, c'est le fait qu'elle ait chuchoté. J'ignorais qu'elle en était capable, ou qu'elle avait conscience de ce qu'était un secret. L'important n'était pas tant le contenu de ce qu'elle avait à me dire. L'important, c'était de me rappeler que tout allait bien se passer et que je n'avais pas besoin de passer en mode aéroport. S'agiter est une façon de faire du bruit. Et ce dont ma fille avait besoin, c'était d'un peu de calme pour faire entendre sa petite voix.

Quand vous murmurez, les cordes vocales ne vibrent pas. L'air passe à travers le larynx avec assez de turbulence pour être audible – de près, en tout cas. Par définition, le murmure implique donc un échange intime. La parole repose sur le souffle mais quand quelqu'un chuchote, vous l'entendez respirer. Il arrive parfois aux gens de chuchoter parce qu'ils ont une laryngite ou d'autres problèmes médicaux, mais le plus souvent, nous le faisons pour parler à quelqu'un sans que les autres l'entendent. Nous échangeons ainsi des secrets, oui, mais aussi des rumeurs, des méchancetés, ou encore nos pires angoisses.

Notre espèce doit probablement chuchoter depuis qu'elle a découvert l'usage de la parole. Et d'ailleurs, nous ne sommes pas les seuls animaux à le faire. Certains spermophiles chuchotent, de même que certains singes, notamment le tamarin à tête blanche, espèce en voie critique d'extinction.

Je n'ai pourtant pas beaucoup murmuré, ces derniers temps. Au début du mois de mars 2020, mon frère et moi faisions un enregistrement en public de notre podcast à Columbus, Ohio. Juste avant que je monte sur scène, notre collègue Monica Gaspar m'a glissé quelques mots à l'oreille. Elle voulait me rappeler quel micro j'étais censé prendre, me semble-t-il. Quoi qu'il en soit, je me souviens de ce moment parce que cela a été la dernière fois que j'ai entendu quelqu'un me chuchoter quelque chose en dehors des membres de mon cercle familial restreint, avant… des années ? J'ai bien dû entendre, une ou deux fois, quelqu'un murmurer au téléphone ou en visio, durant la pandémie, mais pas davantage. Et les murmures me manquent. J'avais déjà la phobie des germes avant la pandémie, et je sais que le souffle d'une autre personne sur mon visage est la garantie d'une transmission de gouttelettes respiratoires. N'empêche, le murmure me manque.

Aujourd'hui, quand mes enfants me parlent en chuchotant, c'est généralement pour me faire part d'une angoisse qu'ils jugent embarrassante ou effrayante. Il leur faut du courage pour exprimer ces peurs, même à voix basse, et je suis heureux qu'ils se confient ainsi à moi, même si je ne sais pas toujours quoi leur répondre. J'aimerais pouvoir leur dire : « Tu n'as pas de raison de t'inquiéter », mais je sais qu'ils s'inquiètent pour une raison. J'aimerais pouvoir leur dire : « Il n'y a rien à craindre », mais je sais qu'il y a un tas de choses à craindre en ce bas monde. Quand j'étais gamin, je croyais que les parents étaient des gens qui avaient réponse à tout et savaient comment dire les choses. Mais je n'ai pas la moindre idée de ce que je suis censé dire, ni comment. Je me contente de me taire et d'écouter. Sans quoi, je risquerais de rater les bons trucs.

Ma note pour le murmure est de 4 étoiles.

LA MÉNINGITE VIRALE

J'ai du mal à concevoir la taille des virus. En tant qu'individus, ils sont riquiquis : un globule rouge est à peu près mille fois plus grand qu'un virus SARS-CoV-2. Mais en tant que groupe, les virus sont un nombre incalculable. Une seule goutte d'eau de mer en contient environ 10 millions. Pour chaque grain de sable présent sur la Terre, il existe 3 000 milliards de virus. Dans le livre de Philipp Dettmer intitulé *Immune* – « Immunisé » –, on lit qu'il y a tant de virus sur Terre que « s'ils étaient mis bout à bout, ils s'étendraient sur 100 millions d'années-lumière – soit 500 Voies lactées placées côte à côte[1] ».

Les virus ne sont guère que des brins d'ARN ou d'ADN en goguette. Ils ne peuvent se reproduire avant et à moins de trouver une cellule à pirater. Ils ne sont donc pas vivants, mais ils ne sont pas non plus *pas* vivants. Une fois qu'un virus contamine

1. Les bactériophages, autrement dit les virus qui parasitent les bactéries, comptent parmi les phénomènes les plus abondants et les plus vigoureux sur notre planète. Pour citer Nicola Twilley, « La bataille entre les virus et les bactéries est brutale : les scientifiques estiment que les bactériophages provoquent un billion de billions d'infections par seconde. »

une cellule, il fait ce que fait la vie : il pompe de l'énergie pour se développer. Les virus me rappellent que la vie s'inscrit davantage dans la continuité que dans la dualité. Certes, les virus ne sont pas des êtres vivants puisqu'ils ont besoin de cellules pour se reproduire. Mais de nombreuses bactéries ne peuvent survivre sans hôtes et, plus curieux encore, de nombreux hôtes ne peuvent survivre sans les bactéries. Le bétail, par exemple, mourrait sans les microbes intestinaux qui l'aident à digérer ce qu'il mange. Toute forme de vie dépend d'une autre. Plus nous nous penchons en détail sur ce qui constitue la vie, plus nous avons de mal à la définir.

En 2014, un brin d'ARN appelé « entérovirus » a contaminé mes méninges, les membranes qui enveloppent le cerveau et la moelle épinière. Le virus a exploité le mécanisme de mes cellules pour se développer, et ces nouvelles particules virales ont envahi d'autres cellules à leur tour. Je suis vite tombé très malade. Les symptômes de la méningite virale peuvent varier, mais ils comportent le plus souvent nuque raide, fièvre, nausées, et la certitude que les virus ne sont pas simplement non vivants.

Sans parler des migraines.

Dans son essai intitulé *De la maladie*, Virginia Woolf a écrit qu'il est « pour le moins étrange que la maladie ne figure pas à côté de l'amour, de la bataille et de la jalousie parmi les thèmes majeurs de la littérature. On aurait pu penser les romans dévolus à la grippe ; les poèmes épiques à la typhoïde ; les odes à la pneumonie, les chants lyriques aux rages de dents. Mais non. » Elle poursuit : « Parmi les points faibles de la maladie en tant que matériau littéraire figure la pauvreté de la langue. L'anglais, qui sait exprimer les pensées d'Hamlet et la tragédie de Lear, n'a pas de mots pour les frissons et les maux de tête. »

Woolf était migraineuse et parle donc en connaissance de cause, mais tous ceux qui ont déjà fait l'expérience de la douleur savent à quel point elle vous isole – en partie parce que vous êtes le seul à souffrir, mais aussi parce que la douleur est atrocement et simplement impossible à décrire. Comme le constate Elaine Scarry dans son ouvrage *The Body in Pain* – « Le Corps qui souffre » –, la douleur physique n'échappe pas seulement au langage. Elle le détruit. La preuve, c'est que quand nous avons vraiment très mal quelque part, nous ne pouvons même plus parler. Juste gémir et pleurer.

« Ce que la douleur accomplit, explique Scarry, elle l'accomplit en partie parce qu'elle est impartageable, et elle consolide cette impartageabilité par le biais de sa résistance au langage. » Si je vous explique, par exemple, que la méningite entraîne des céphalées, cela ne traduit en rien l'omniprésence écrasante de ces céphalées. Tout ce que je peux dire, c'est que quand j'ai eu ma méningite virale, j'ai eu des migraines qui m'ont empêché d'avoir quoi que ce soit d'autre. Ce n'était pas tant mon crâne qui souffrait que ma personne tout entière qui était rendue inerte par la douleur qui habitait mon crâne.

Je crois qu'il est impossible de communiquer la nature et la sévérité de ce type de douleur. Pour en revenir à Elaine Scarry, « Éprouver une grande douleur, c'est avoir une certitude. Entendre qu'une autre personne souffre, c'est avoir un doute. » Entendre parler d'une douleur qu'on ne ressent pas soi-même nous amène aux limites de l'empathie, l'endroit où tout s'écroule. Je ne peux jamais connaître que ma douleur, et vous ne pouvez jamais connaître que la vôtre. Nous avons inventé mille et une méthodes pour contourner cet axiome de la conscience. Nous demandons aux patients de noter leur douleur sur une échelle de un à dix, ou de désigner le visage qui exprime le mieux ce qu'ils ressentent. Nous leur demandons si leur douleur est vive ou sourde, brûlante ou perforante – mais ce ne sont que des métaphores, et non la chose elle-même. Nous nous tournons vers de piètres ersatz et comparons notre douleur à l'action d'un marteau-piqueur à la base du crâne ou à une aiguille brûlante plantée dans notre œil. Nous pouvons parler des heures pour dire à quoi notre douleur *ressemble*, mais nous ne parvenons jamais à exprimer ce qu'elle *est*.

Contrairement à la méningite engendrée par des bactéries, la méningite virale est rarement mortelle et se guérit le plus souvent d'elle-même en sept à dix jours. Cela vous apparaît peut-être comme un délai raisonnable pour être malade, jusqu'à ce que vous le viviez de l'intérieur. Les jours de maladie ne s'écoulent pas comme les jours normaux, comme de l'eau vive entre vos mains. Les jours de maladie sont longs. Quand j'avais mes céphalées, j'étais certain qu'elles dureraient toujours. Chaque seconde était une douleur atroce, mais ce qui me mettait au désespoir, c'était le fait de savoir que la douleur serait encore là l'instant d'après, et celui d'encore après. Elle est si entière que vous commencez à croire qu'elle ne s'arrêtera jamais, qu'il est impossible qu'elle s'arrête. Les psychologues appellent cela « catastrophisation ». Mais ce terme échoue à reconnaître que la douleur est une catastrophe. La Catastrophe avec un C majuscule, même.

Pour beaucoup de gens, moi y compris, la phase initiale de

méningite virale est prolongée par plusieurs mois de migraines occasionnelles, à l'image des répliques d'un séisme. Pendant une année, mes maux de tête sont devenus de plus en plus irréguliers, jusqu'à disparaître presque totalement aujourd'hui. À peine si je me souviens de leur sensation. Je me souviens qu'elles étaient atroces, et qu'elles régissaient ma vie, mais je ne peux plus retourner au cœur viscéral de cette expérience. Alors que j'ai moi-même subi cette souffrance, je ne peux plus la partager avec la personne que j'étais alors et qui a vécu cette expérience, car je suis une personne différente, avec des maux et des problèmes différents. Je suis heureux de ne plus avoir mal à la tête, mais comme j'aurais été heureux si, en pleine crise de céphalée, ma douleur s'était soudain arrêtée. Peut-être oublions-nous pour pouvoir aller de l'avant.

Je suis tombé malade à Indianapolis, au retour d'un voyage qui m'avait conduit à la fois en Éthiopie et à Orlando, en Floride. Mon neurologue m'a expliqué que je l'avais sans doute contractée à Orlando, parce que – et je le cite verbatim : « La Floride, quoi. »

J'ai passé une semaine à l'hôpital, même s'il n'y avait en réalité pas grand-chose d'autre à faire que de me maintenir hydraté et soulager ma douleur. J'ai beaucoup dormi. Quand je me réveillais, je n'étais que souffrance.

Hormis le fait qu'elle ne vous tue pas, je n'ai rien de positif à dire à propos de la méningite virale. Comme l'a écrit Susan Sontag : « Il n'y a rien de plus punitif que de donner du sens à une maladie. » Le virus qui s'est répandu dans mon liquide rachidien n'a aucune signification ; il ne s'est pas multiplié pour me donner une leçon, et tout ce que j'ai tiré de mon impartageable douleur aurait pu m'être enseigné ailleurs, de façon moins douloureuse. Ma méningite, comme le virus qui l'a engendré, n'était ni une métaphore ni un procédé narratif. C'était juste une maladie.

Mais nous sommes programmés pour chercher des explications, pour tracer des constellations dans le ciel. Il doit y avoir une logique derrière, une raison à l'origine du malheur. Quand j'étais malade, les gens me disaient : « Au moins, ça te fait un break de ton boulot », comme si j'avais envie de faire un break de mon boulot. Ou bien ils me disaient : « Au moins, tu connaîtras une renaissance totale », comme si ma douleur m'autorisait à vivre ailleurs que dans l'instant présent. Je sais que ces gens essayaient de me raconter (et de se raconter à eux-mêmes) une histoire cohérente et bien ficelée, mais cela ne vous apporte aucun réconfort lorsque vous savez que tout est faux.

Quand nous racontons ce genre d'histoires aux gens qui souffrent de manière chronique, ou qui sont atteints de maladies incurables, nous finissons le plus souvent par minimiser leur expérience. Nous nous retrouvons à exprimer nos doutes face à leurs certitudes, ce qui ne fait que prouver à quel point la douleur isole la personne qui la ressent du reste de la société. Le défi et la responsabilité de chaque individu, me semble-t-il, est de reconnaître l'individu en chacun – d'être à l'écoute de sa souffrance et de la prendre au sérieux, même si on ne la ressent pas soi-même. Cette capacité d'écoute est, je crois, ce qui sépare absolument la vie humaine de la quasi-vie d'un entérovirus.

Ma note pour la méningite virale est de 1 étoile.

LA PESTE

L'autre jour, au beau milieu d'une pandémie mondiale, j'ai appelé ma pharmacie pour renouveler mon ordonnance de mirtazapine. La mirtazapine est un antidépresseur tétracyclique également utilisé pour traiter les troubles obsessionnels compulsifs. Pour moi, c'est rien de moins qu'une bouée de sauvetage. Bref. J'ai téléphoné à ma pharmacie pour apprendre que celle-ci avait fermé.

J'en ai donc appelé une autre, où une personne très compréhensive m'a répondu. Quand je lui ai expliqué ma situation, elle m'a dit qu'il n'y avait aucun problème, mais qu'ils devraient quand même téléphoner à mon généraliste pour avoir son feu vert. Elle m'a ensuite demandé quand j'avais besoin de récupérer mon traitement. « Dans un monde idéal, lui ai-je répondu, j'aurais aimé passer le prendre cet après-midi. »

Il y a eu un silence à l'autre bout du fil. Puis, réprimant un petit rire, mon interlocutrice m'a rétorqué : « Hélas, trésor, on ne vit pas dans un monde idéal. » Elle m'a mis en attente pendant qu'elle s'entretenait avec le pharmacien, sauf qu'elle ne m'a pas vraiment mis en attente. Elle a juste posé le combiné. Et je l'ai entendue dire à son collègue : « Tu sais ce qu'il m'a sorti ? Non mais tiens-toi bien… que dans un monde idéal, il aimerait passer aujourd'hui ! »

Au final, j'ai pu récupérer mon traitement le lendemain après-midi, et la femme derrière le comptoir m'a pointé du doigt en disant : « C'est le monsieur qui vit dans un monde idéal ! » Voilà. C'est tout moi, ça : le monsieur qui vit dans un monde idéal, et qui va maintenant vous parler de la peste – c'est bien le seul genre d'histoire que je me sens capable de raconter ces temps-ci.

En 2020, je n'ai lu quasiment que des histoires de pandémie. On dit partout que nous vivons une époque sans précédent. J'ai l'impression que nous vivons au contraire une époque riche en précédents, et ce sont bien eux qui m'inquiètent. Pour les humains, marcher en terre inconnue est plutôt une bonne nouvelle : nos territoires familiers sont infestés de maladie, d'injustice et de violence.

Il suffit de s'informer sur l'épidémie de choléra au XIXe siècle, par exemple, pour trouver de nombreux précédents à notre époque. La peur de la maladie côtoyait déjà la désinformation : des émeutes ont éclaté dans les rues de Londres à la suite de rumeurs affirmant que les médecins tuaient les patients hospitalisés pour se constituer un stock de cadavres à disséquer.

À l'époque, comme en 2020, l'opposition aux mesures de santé publique allait bon train. Un observateur américain avait déclaré que les mesures d'isolement faisaient « peser d'inutiles restrictions sur le commerce et l'industrie du pays ».

À l'époque, comme en 2020, les riches quittèrent les villes en masse ; pour décrire l'hémorragie des beaux quartiers de New York lors de l'épidémie cholérique de 1832, un journaliste écrivit : « Les rues, dans toutes les directions, étaient encombrées de diligences bien pourvues [...] fuyant la ville, en pleine panique. »

À l'époque, comme en 2020, les étrangers et les groupes marginalisés furent accusés d'avoir répandu la maladie. « À cause des vagabonds irlandais du Sunderland, le choléra est venu frapper par deux fois chez nous », pouvait-on lire sous la plume d'un Britannique.

À l'époque, comme en 2020, les pauvres avaient le taux de mortalité le plus élevé. Dans la ville de Hambourg, les communautés les plus démunies avaient dix-neuf fois plus de risques de mourir que les habitants des quartiers aisés. Cette statistique n'a fait que se renforcer : au XXIe siècle, les pauvres ont mille fois plus de risques de mourir du choléra que les riches. Le choléra tue au moins 90 000 personnes chaque année, alors qu'il existe un vaccin sûr et efficace, et qu'il est presque toujours possible de survivre à la maladie à condition de lutter contre la déshydratation sévère qu'elle entraîne. Le choléra continue de se répandre et de tuer, non parce que nous manquons d'outils pour comprendre ou traiter la maladie comme c'était le cas il y a deux siècles, mais parce que tous les jours, en tant que communauté humaine, nous décidons de ne pas donner la priorité à la santé des personnes vivant dans la pauvreté. Comme la tuberculose[1], la malaria et de nombreuses autres maladies infectieuses, le choléra

1. La tuberculose était la deuxième maladie la plus mortelle pour les humains en 2020, juste derrière le Covid-19. Plus de 1,3 million de personnes en sont mortes cette année-là. La différence entre la tuberculose et le Covid est que plus de 1 million de gens sont aussi morts de la tuberculose en 2019, et en 2018, et en 2017, et ainsi de suite en remontant les siècles. Comme le choléra, la tuberculose est presque toujours guérissable dans les communautés s'appuyant sur de bons systèmes de santé.

continue uniquement à sévir au XXIe siècle parce que le monde riche ne se sent pas menacé par lui. Pour citer Tina Rosenberg : « La pire chose qui soit arrivée à la malaria dans les pays pauvres est sans doute son éradication dans les pays riches. »

La maladie ne traite les humains de façon équitable que quand l'ordre social le fait déjà. Cela aussi a des précédents. Après que la peste, causée par la bactérie *Yersinia pestis*, avait ravagé l'Angleterre au XIVe siècle, un chroniqueur de l'époque fit observer : « Presque aucun des lords et des grands hommes n'a succombé à cette pestilence. »

On estime que la moitié des êtres humains d'Europe sont morts de la peste entre 1347 et 1351. Ce qui avait alors pour nom « pestilence » ou « mortalité » est connu aujourd'hui sous le nom de « peste noire », et ce torrent a aussi ravagé l'Asie, l'Afrique du Nord et le Moyen-Orient. Comme l'a souligné l'historien égyptien al-Maqrizi, la peste « n'a pas fait de distinction entre une région et une autre ».

Le Caire, où est né al-Maqrizi, était en 1340 la plus grande ville située hors de Chine, avec une population d'environ 600 000 personnes. Mais un tiers au moins des Cairotes périrent en l'espace de huit mois à compter de l'été 1348. Le célèbre voyageur Ibn Battuta raconta qu'au pic de l'épidémie de peste, dans la ville de Damas, 2 400 malades mouraient chaque jour.

Beaucoup considéraient alors que la fin de l'humanité était proche. Pour l'historien Ibn Khaldoun, c'était comme si « la voix de l'existence dans le monde avait appelé à sa disparition ». Au sein des communautés chrétiennes, la dévastation était perçue comme une chose encore pire que le Déluge. Les chroniqueurs de Padoue écrivirent qu'au moins, « du temps de Noé, Dieu n'avait pas détruit *tous* les êtres vivants, et la race humaine avait une chance de s'en sortir ».

L'étendue de ces pertes humaines est difficile à concevoir. Des villes comme Paris, Londres et Hambourg virent la majeure partie de leur population mourir de la peste et des effondrements systémiques qui en résultèrent. À Dubrovnik, les gens mouraient à une telle cadence que le gouvernement ordonna à chaque citoyen de rédiger son testament. À Florence, cité abritant plus de 100 000 âmes, il a été récemment estimé que près de 80 % des habitants étaient morts en l'espace de quatorze mois. En Irlande, un moine franciscain du nom de John Clyn décrivit l'existence comme « l'attente de la mort au milieu des morts ».

Vers la fin de son journal de la peste, Clyn précisa : « Afin que les écrits point ne périssent avec leur auteur, ou que le travail point ne disparaisse avec le travailleur, je laisse du parchemin (supplémentaire) pour continuer l'ouvrage, au cas où quelqu'un serait encore vivant à l'avenir. » En dessous de ce paragraphe, un bref épilogue a été ajouté d'une autre main : « Ici, il semble que l'auteur soit décédé. »

À Florence, Giovanni Villani écrivit : « Nombre de terres et de villes ont été vaincues par la désolation. Et la peste a duré jusqu'en… » Il laissa un blanc qui ne fut jamais rempli, puisqu'il mourut de la peste avant que l'épidémie s'achève.

Lire sur l'épidémie de peste noire offre un aperçu de la manière dont notre espèce pourrait s'éteindre : dans la langueur, la détresse et la panique, mais aussi avec un fol espoir chevillé au corps, le genre d'espoir qui vous permet de laisser un blanc à la fin de vos phrases et du parchemin supplémentaire à la fin de votre livre, au cas où il resterait encore une personne vivante après vous. Comme l'a résumé un jour William Faulkner : « Il est aisé de dire que l'homme est immortel parce qu'il survivra, que lorsque l'ultime glas de l'apocalypse aura fini de résonner contre le dernier morceau de roche inutile surplombant une mer morte dans la dernière lueur pourpre du jour agonisant, que même alors un dernier son subsistera : celui de la voix chétive et irrépressible de l'homme, qui toujours s'exprimera. » Faulkner poursuivait en affirmant que les hommes n'allaient pas seulement survivre, mais dominer, ce qui me semble une prédiction quelque peu optimiste à notre époque. En ce qui me concerne, je serais déjà bien content de survivre.

L'historienne Rosemary Horrox a dit ceci de la peste noire : « L'énormité même de ce désastre a incité les chroniqueurs à s'abriter derrière les clichés. [...] Les mêmes commentaires reviennent, d'un récit à l'autre. » En effet, à travers le monde de la peste, les histoires ont tendance à se répéter. Nous lisons par exemple que les cadavres s'entassaient dans les rues de Florence, débordaient des cimetières de France et bouchaient les eaux du Nil en Égypte. Tous les contemporains de l'épidémie s'attachent aussi à décrire la soudaineté des événements. Un jour, une religieuse est malade ; en l'espace d'une semaine, toute sa communauté est morte. Et les rituels funéraires sont eux aussi bouleversés. On ne sonne plus le glas pour les morts, sans quoi il ne s'arrêterait jamais de sonner. Un écrivain l'a résumé en ces termes : « Les malades ne supportaient plus de l'entendre et ce son décourageait aussi les bien-portants. »

Mais pour moi, le détail le plus déchirant qui revient dans tous les textes sur la peste est l'abandon des malades, souvent laissés seuls à l'agonie par peur de la contagion. Au décès de la poétesse Joy Davidman en 1960, son veuf, C. S. Lewis, écrivit : «Personne ne m'avait dit que le deuil s'apparentait autant à la peur.» Pleurer ses morts en temps de pandémie, c'est faire l'expérience du deuil et de la peur. «Par peur de l'infection, racontait un écrivain de l'époque, aucun médecin ne se rend au chevet des malades, pas plus que le père ne se rend au chevet du fils, la mère au chevet de la fille, ou le frère au chevet du frère... Et c'est ainsi qu'un nombre incalculable de gens périrent sans la moindre marque d'affection, de piété ou de charité.» À Constantinople, capitale de l'Empire byzantin, Demetrios Kydones constata : «Les pères n'osent pas enterrer leurs propres fils.»

Poussés à la fois par la peur de la mort et l'espoir de la survie, beaucoup abandonnèrent les malades à leur triste sort. Faire autrement, c'était mettre sa vie en danger, ainsi que celle des derniers proches qui vous restaient encore. La peste noire était très différente de la pandémie que nous connaissons aujourd'hui – elle fut bien plus mortelle, et beaucoup moins bien comprise. Mais les maladies infectieuses continuent de nous séparer dans nos moments de grande vulnérabilité. Trop d'entre nous, malades ou bien-portants, ont été contraints de s'isoler. Trop de gens sont morts éloignés de ceux qu'ils aimaient, obligés de se contenter d'un adieu par téléphone ou en visio. Dans le *New England Journal of Medecine*, un physicien a évoqué le cas d'une femme ayant assisté à l'agonie de son mari sur FaceTime.

Je crois que c'est la raison pour laquelle je ne peux pas m'empêcher de lire sur les pandémies. Cette séparation me hante. Quand j'avais seize ans, une de mes connaissances est morte.

Cette personne est morte seule, ce que j'ai eu beaucoup de mal à accepter. Je ne pouvais m'empêcher de penser à ses derniers instants, à ces minutes de solitude et d'impuissance. Il m'arrive encore d'en faire des cauchemars – je vois cette personne, je lis la peur dans ses yeux, mais je ne peux rien faire pour l'atteindre avant qu'elle meure.

Je sais qu'être présent au chevet d'un mourant n'allège pas ses souffrances, et que cela peut même les aggraver, mais mon esprit tourne en rond, tel un vautour, et ressasse cette tragédie riche en précédents à travers l'histoire : celle de ne pas pouvoir tenir la main de ceux qu'on aime et leur dire adieu.

Quand j'étais aumônier à l'hôpital pédiatrique, je n'étais moi-même qu'un gamin – tellement maigre sous ma blouse bleue que je ressemblais à un petit garçon affublé de la veste de son père. Ces quelques mois sont l'axe autour duquel pivote mon existence. Je tenais énormément à mon travail, mais je le trouvais impossible. Trop de souffrances que je ne pouvais rien faire pour soulager.

Aujourd'hui, avec le recul, je m'efforce de juger moins sévèrement ce petit jeune de vingt-deux ans. Et je m'aperçois que j'ai parfois pu me rendre utile, ne serait-ce qu'en tenant la main de quelqu'un qui aurait été seul sans moi. Cette expérience m'a laissé une gratitude éternelle envers tous ceux qui choisissent d'accompagner les mourants le plus possible lors de l'ultime voyage que nous sommes certains d'accomplir.

Au moment de la peste noire, ces personnes étaient nombreuses : moines, religieuses, physiciens et infirmières restèrent au chevet des malades, récitant des prières et leur apportant du réconfort, conscients qu'ils le faisaient au péril de leur vie. Idem durant les épidémies de choléra au XIXe siècle : dans *The Cholera Years*, l'historien de la médecine Charles Rosenberg raconte que, en 1832, « l'hôpital de Greenwich Village, à New York, vit quatorze de ses seize religieuses mourir du choléra, contracté alors qu'elles s'occupaient des malades ». À l'époque, comme aujourd'hui, le personnel hospitalier était souvent applaudi pour son héroïsme, mais on attendait de lui qu'il accomplisse son travail sans le soutien logistique approprié, avec notamment un manque criant de blouses propres et de gants.

La plupart des noms de ces accompagnants sont perdus pour l'histoire, mais citons parmi eux le physicien Guy de Chauliac, qui resta à Avignon contre vents et marées alors que la peste faisait rage dans la ville ; il continua à s'occuper de ses patients alors qu'il vivait « dans la peur permanente », comme il l'écrirait plus tard. Certes, les horreurs actuelles ont connu des précédents. Mais cela est vrai aussi de notre capacité à prendre soin des autres.

L'historien du XVIIIe siècle Barthold Georg Niebuhr écrivit en son temps : « Les périodes de peste sont toujours celles au cours desquelles ressort le côté bestial et diabolique de la nature humaine. » En Europe, durant la peste noire, la maladie a été très largement mise sur le dos des Juifs. Les théories complotistes les plus folles affirmaient que les Juifs empoisonnaient les puits et les rivières, et des milliers d'entre eux furent assassinés au terme de pseudo-aveux arrachés sous la torture. Des communautés entières périrent dans les flammes, et les récits froids et prosaïques de ces meurtres sont glaçants. Heinrich Truchsess a ainsi écrit : « Les premiers Juifs furent tués ou brûlés à Solden en novembre, puis à Zofingen ils furent arrêtés et certains condamnés à la roue, puis à Stuttgart ils furent tous brûlés. La même chose s'est produite en novembre à Lansberg… »

Et ainsi de suite, sur des paragraphes entiers.

Beaucoup de gens, parmi lesquels Guy de Chauliac, savaient qu'il était impossible que les Juifs aient répandu la peste en empoisonnant les puits. Mais les faits sont souvent impuissants face aux idées complotistes, et la longue histoire de l'antisémitisme en Europe avait prédisposé les gens à croire même aux théories les plus folles. Le pape Clément VI déclara : « Il n'est pas vrai que les Juifs […] aient causé ou occasionné la peste, parce que dans de nombreuses parties du monde la même peste […] affecte les Juifs eux-mêmes ainsi que d'autres races qui n'ont jamais vécu à leurs côtés. » Cela n'a pas empêché les tortures et les meurtres de se poursuivre dans de nombreuses communautés, et les théories antisémites concernant de soi-disant complots internationaux ont continué à se répandre.

Ceci est une histoire humaine. Il est humain, dans une crise, non seulement de faire porter le chapeau aux communautés marginalisées, mais aussi de les tuer.

Pour autant, affirmer que les périodes de peste font seulement ressortir l'aspect bestial et diabolique de la nature humaine est par trop simpliste. Il me semble que nous inventons le concept de « nature humaine » au fur et à mesure. « Très peu de choses sont inévitables dans l'histoire», comme l'a dit Margaret Atwood. Accepter la diabolisation des marginalisés comme un fait inévitable, c'est renoncer à l'entreprise humaine dans son ensemble. Ce qui est arrivé aux résidents juifs de Stuttgart, de Lansberg et de tant d'autres villes n'avait rien d'inévitable. C'était un choix.

Au milieu des horreurs de la peste noire, Ibn Battuta relate un grand rassemblement dans la ville de Damas. Les gens jeûnèrent pendant trois jours, puis «se réunirent dans la Grande Mosquée jusqu'à ce qu'elle soit comble [...] et y passèrent la nuit à prier. [...] Après la prière de l'aube, le lendemain matin, ils ressortirent tous à pied, en brandissant leurs corans, les émirs marchant pieds nus. La procession fut rejointe par toute la population de la ville, femmes et homme, petits et grands; les juifs vinrent avec leur Torah et les chrétiens avec leur Évangile, tous accompagnés de leurs femmes et de leurs enfants. Tout ce cortège, pleurant et cherchant la faveur de Dieu par le biais de Son livre et de Ses prophètes, se rendit jusqu'à la mosquée al-Aqsa, et y resta à implorer et supplier jusqu'à midi. Ils regagnèrent ensuite la ville, où ils observèrent la grande prière du vendredi, et Dieu illumina leur malheur».

Dans le récit d'Ibn Battuta, même les puissants marchent pieds nus dans une grande affirmation d'égalité, et tous les habitants de la ville s'unissent dans la prière, quel que soit leur profil religieux. Il est bien sûr compliqué d'affirmer que cette célébration a réellement freiné la propagation de la peste à Damas, mais cette histoire montre en tout cas que les crises ne font pas toujours ressortir le pire en nous. Elle nous incite également à partager nos souffrances, nos espoirs et nos prières, et à nous traiter les uns les autres en égaux. C'est quand nous réagissons de cette manière que nos malheurs s'éclairent. S'il est dans la nature humaine d'accuser et de diaboliser les autres dans les moments tragiques, il est tout aussi humain de marcher ensemble, les seigneurs comme le peuple tous pieds nus.

Les habitants de Damas nous ont donné un modèle à suivre pour vivre notre époque si riche en précédents. Pour reprendre un vers du poète Robert Frost : « La seule issue passe par le milieu. » Et le meilleur moyen de passer par le milieu est d'avancer ensemble. Même quand les circonstances nous séparent (et surtout lorsqu'elles nous séparent, d'ailleurs), le meilleur moyen de s'en sortir est d'avancer ensemble.

Je me méfie toujours de la tendance à vouloir exalter les souffrances humaines, notamment – comme dans le cas de presque toutes les maladies infectieuses – lorsqu'elles sont injustement réparties. Loin de moi l'idée de critiquer l'espoir des gens mais personnellement, chaque fois que j'entends quelqu'un s'extasier sur les enseignements positifs du malheur, je repense à ce merveilleux poème de Clint Smith intitulé « When People Say, 'We Have Made It Through Worse Before » – « Quand les gens disent, "nous avons connu pire avant" ». Le poème commence par ces vers : « Tout ce que j'entends, c'est le vent cingler les tombes / de ceux qui n'ont pas réussi ». Comme dans la Damas d'Ibn Battuta, la seule issue est l'union – pas seulement dans l'espoir, mais aussi dans les pleurs.

Ma fille a récemment observé qu'en hiver, on a l'impression qu'on n'aura plus jamais chaud, et qu'en été, on se dit qu'on n'aura plus jamais froid. Pourtant, les saisons se succèdent et rien de ce que nous vivons ne dure toujours – pas même ceci.

La peste mérite 1 étoile, pas plus, mais notre façon d'y réagir peut valoir un bien meilleur score.

LA NEIGE MOUILLÉE

Il y a un poème de Kaveh Akbar qui commence par ces mots : « Nous sommes en janvier depuis des mois dans les deux sens », et c'est vraiment l'impression que j'ai en ce moment. Je me souviens, sur le papier, quel effet cela fait de porter un tee-shirt ou de sentir la sueur me couler du bout du nez pendant que je m'occupe des mauvaises herbes du jardin. Mais impossible de me remémorer la sensation du soleil sur ma peau, là maintenant, pendant que j'arrache les plants de tomates et de poivrons morts en m'efforçant de rester dos au vent glacé. J'aurais dû le faire depuis des mois, quand les températures étaient plus douces et que mes plants étaient déjà tout aussi morts. Mais je remets toujours tout à plus tard, y compris le soi-disant plaisir du jardinage.

Pendant une longue période, ici à Indianapolis, la seule réponse à la question « Pourquoi le ciel est bleu ? » a été qu'il ne l'était pas. Je n'arrête pas de penser à cet extrait d'une chanson des Mountain Goats qui dit : « *The gray sky was vast and real cryptic above me* » – « Le ciel gris était immense et vraiment cryptique au-dessus de moi. »

Notre manie d'assigner des émotions humaines aux choses inanimées porte un nom : il s'agit de l'erreur pathétique, une figure de style souvent employée pour décrire la vie intérieure des personnages à travers les éléments du monde extérieur, comme quand Keats décrit un « nuage en sanglots » dans son « Ode à la Mélancolie », par exemple, ou quand Shakespeare évoque de « menaçants nuages » dans *Jules César*. Wordsworth raconte qu'il erre « solitaire tel un nuage ». Dans la poésie d'Emily Dickinson, les nuages sont tour à tour étranges ou méchants. Les nuages nous protègent du soleil quand nous avons besoin d'ombre, mais ils nous privent aussi du soleil quand nous avons besoin de lumière. Comme nous, en vérité, ils varient selon le contexte.

Je me suis mis au jardinage sur les conseils de ma psy. Elle m'a dit que ça me ferait du bien, et elle avait raison. J'ai beau ne pas vraiment avoir la main verte (la simple tomate que j'arrive à récolter me coûte 17 dollars), j'aime toucher la terre et voir pousser les graines. Mais surtout, moi qui avais toujours rêvé d'avoir un ennemi juré, ce souhait s'est exaucé depuis que je fais pousser mes légumes. Ma némésis est une marmotte – un spécimen particulièrement replet qui vient gambader dans mon potager quand ça lui chante et s'empiffre de tout ce que je plante, de mes poivrons à mes pousses de soja. Wikipedia a beau m'affirmer que les marmottes ont six ans d'espérance de vie grand maximum, cela doit bien faire huit ans que la mienne squatte gaiement mon jardin.

Elle vit à sept mètres de l'extrémité du potager, sous un petit abri dans lequel je range mes outils. Parfois, installé sur la terrasse qui borde l'arrière de mon bureau, je la vois creuser sous la clôture que mon père et moi avons plantée pour l'empêcher d'approcher. Je lui hurle alors dessus depuis la chaise de jardin en bois vert citron sur laquelle je me suis assis pour essayer d'écrire. Je me lève, m'avance vers elle, et elle me jette un regard de mépris absolu avant de repasser sous la clôture pour regagner son terrier.

Mais cinq ou dix minutes plus tard, lorsque je lève incidemment les yeux, je la surprends en train de se régaler de mes graines de soja. Elle sait que je n'ai aucune envie de la tuer et que je ne suis pas assez intelligent pour protéger efficacement mon potager contre ses intrusions. Si elle vit encore en pleine forme à son grand âge, c'est grâce au vaste choix de légumes et de fruits frais dont elle dispose.

Il faut avoir un objectif pour avancer dans la vie. La marmotte m'en a fourni un. Mais à présent, c'est l'hiver, au début de l'année 2020, et elle hiberne. Nous sommes en janvier depuis des mois, dans les deux sens, et j'ignore évidemment ce que l'avenir nous réserve.

Tout en traînant – pas trop tôt – mes cages à tomates et mes tuteurs à travers le jardin en direction du cabanon, je marche exprès d'un pas lourd dans l'espoir de perturber le sommeil de la marmotte. Je mets un temps fou à tout ranger dans l'abri à cause de mes doigts gourds, et je pousse des jurons en me maudissant moi-même parce que je n'en serais pas là si j'avais fait le boulot en novembre.

Pourquoi ne pas remettre ça à plus tard, au point où tu en es ? me dis-je. *Pourquoi ne pas rentrer, te faire un bon café et regarder un truc débile et délicieux à la télé pendant que les gamins courent dans la maison comme un troupeau d'éléphants?* Parce que j'ai besoin de passer un peu de temps seul et qu'à mon âge, c'est la seule façon de faire.

Une fois mon matériel rangé, je regagne le jardin. Il se met alors à tomber une pluie glacée – enfin, pas tout à fait. Ici, à Indianapolis, il existe un phénomène météorologique particulier appelé «neige mouillée». Les précipitations passent de la neige fondue à la neige, puis à la pluie, avant de reprendre tout ce cycle à zéro. Parfois, nous avons aussi droit à d'étranges particules de glace baptisées en anglais *graupel*[1], ou «neige roulée».

La neige est belle, presque trop cinégénique, à mesure qu'elle tourbillonne et recouvre le paysage de son doux silence feutré. La neige mouillée n'a pas une once de romantisme en elle, comme l'exprime on ne peut mieux le doux mot de *graupel.* C'est une forme de précipitation typique du Midwest américain : factuelle, déplaisante et sans prétention.

Je me trouve donc maintenant en train d'entasser mes plants de haricots morts dans la brouette quand j'ai l'impression que le ciel me crache dessus. Je pense à Wilson Bentley, ce photographe amateur du Vermont devenu la première personne à immortaliser un flocon de neige en gros plan en 1865. Bentley photographiera plus de 5000 de ces «fleurs de glace» et de ces «miracles minuscules de la nature», comme il les appelait.

1. Le mot anglais *graupel* provient du mot allemand pour désigner la neige fondue. Les météorologues anglophones appelaient ce type de précipitation «grêle molle», avant d'abandonner ce terme pour la bonne raison que la neige roulée n'est ni de la grêle ni molle.

Personne n'a jamais qualifié la neige roulée de miracle minuscule de la nature. Et de toute évidence, je déteste être bombardé par de miniboulettes de pluie glacée ou sentir de la neige fondue me fouetter le visage de biais tandis qu'elle balaie les mornes étendues de l'Indiana. Et pourtant... bizarrement, j'aime bien la neige mouillée. Ça fait partie de ces choses qui m'indiquent que je suis chez moi.

J'aime Indianapolis précisément parce que ce n'est pas une ville facile à aimer. Il faut y rester un moment pour comprendre sa beauté. Il faut apprendre à lire autre chose dans les nuages que de la menace ou l'ennui. L'expression « erreur pathétique » semble désobligeante, et c'était le but de son inventeur, le critique d'art John Ruskin. À propos des poètes romantiques tels que sir Walter Scott et John Wordsworth, il écrivit : « L'amour de la nature est plus ou moins associé à leur faiblesse. » Il affirma également que prêter des émotions à la nature « est toujours le signe d'un état d'esprit morbide, et relativement faible »[1].

Peut-être est-ce le fruit de mon état d'esprit relativement faible et morbide, mais j'avoue que l'erreur pathétique marche assez bien avec moi. J'aime quand Wordsworth erre solitaire comme un nuage, ou quand Scott dit de la nature qu'elle dégage « une lueur cordiale ». Beaucoup de gens se sentent profondément affectés par le temps, surtout lors des sombres journées

1. Son obsession pour les notions de force et de faiblesse en poésie (et son présupposé que la première est par essence supérieure à la seconde, ce qui constitue, à mon sens, une erreur d'interprétation fondamentale de la condition humaine) nous rappelle que les forces de la pensée coloniale sont si profondément enracinées dans la littérature anglaise qu'il est impossible de séparer – ici ou ailleurs – l'art de l'idéologie.

d'hiver. La météo est peut-être dénuée d'émotions, mais elle en provoque. Enfin, nous ne pouvons pas nous empêcher de voir le monde qui nous entoure à travers le prisme de nous-mêmes, surtout de nos émotions intimes. Ce n'est pas un défaut de la conscience humaine, mais l'un de ses traits distinctifs.

Et donc, oui, bien sûr que la pluie se moque de notre existence. Comme dans ce poème de E. E. Cummings, «la neige, autant qu'elle est douce et blanche / se fiche bien de savoir qui elle touche». Et oui, nous remercions les modernistes de venir frapper à nos portes pour nous expliquer que les nuages ne menacent personne, pas plus qu'ils ne pleurent, et que le verbe *être* est le seul à avoir jamais été verbalisé par un nuage. Mais nous, contrairement à la neige, on ne se fiche pas de savoir qui elle touche.

En poussant la brouette remplie de plantes mortes et arrachées en direction de notre tas de compost, il me revient un fragment de poème d'Anne Carson. «Les premières neiges de l'hiver / se posaient sur ses cils et recouvraient les branches alentours, réduisant au silence / toute trace du monde.» Mais ici, au pays de la neige mouillée, point de silence – seul le bruit du fond du *graupel* bombardant le sol en un discordant clapotis.

Pendant tout ce temps, la marmotte hiberne. Quand elle se réveillera, vers la fin mars, elle se sentira comme d'habitude alors que je me sentirai très différent. La tournée promotionnelle de Sarah pour son nouveau livre sera annulée. Les écoles de nos enfants fermeront. Nous serons séparés de nos amis et de notre famille pendant ce que nous croirons être, au début, une période d'un ou deux mois.

Je me découvrirai soudain un intérêt nouveau pour le jardin. Ce printemps-là, je trouverai une solution à mon fameux problème de marmotte en regardant, je vous le donne en mille, une vidéo sur YouTube. Il s'avère que je ne suis pas la seule personne embourbée dans un conflit sans pitié avec une marmotte, et un autre jardinier suggère une méthode qui marche à merveille. Je prépare un carré de terre à côté de l'abri, et quand j'ai fini de planter des graines de soja dans mon potager, je vais en planter quelques-unes dans le potager de la marmotte. Idem pour les poivrons et les haricots.

Ce même mois de mars, je serai dehors tout le temps, tous les jours, avide de la normalité que je ne ressens qu'à l'extérieur, où la nature poursuit tranquillement son cours. Je commencerai à comprendre pour la première fois de mon existence que je ne suis pas seulement fait pour vivre sur Terre, mais aussi fait par elle.

Mais nous n'en sommes pas encore là. Le printemps et ses menaces n'ont pas encore jailli. Je déverse mes plants morts sur la pile de compost, et repars ranger la brouette dans le cabanon. Ce soir-là, Sarah et moi nous rendrons à une lecture de la poète Paige Lewis. J'adore son recueil, *Space Struck*, pour plusieurs raisons, entre autres parce que sa poésie donne une voix et une forme à l'angoisse qui domine tant d'aspects de ma vie, la panique que m'inspirent les nuages menaçants et les marmottes dédaigneuses. Dans l'un de ses poèmes, le narrateur se sent

comme si j'étais sur la Lune et que j'entendais l'air
sortir de ma combinaison spatiale, sans voir le trou. Je suis

le vice-président de la panique, et le président a disparu.

En mars 1965, le cosmonaute Alexei Leonov sortit de la capsule spatiale Mir et devint le premier être humain à voler en liberté[1] dans l'espace. À la fin de cette première promenade spatiale, Leonov s'aperçut que sa combinaison avait gonflé et qu'il ne rentrait plus dans la capsule. Sa seule option était d'ouvrir une valve afin que sa combinaison dégonfle juste assez pour lui permettre de se glisser à l'intérieur avant que sa réserve d'oxygène s'amenuise. Si la nature est indifférente à notre sort, Alexei Leonov ne devait sans doute pas ressentir les choses ainsi à mesure qu'il sentait l'air s'échapper pour ne laisser place qu'au vide.

Je ne crois pas que le fait d'attribuer un sens aux choses du monde soit un choix de notre part. Nous sommes telles de petites fées, répandant de la poudre significatrice partout où nous allons. Cette montagne représentera Dieu, et ce déluge sera annonciateur de malheurs. Le vide intersidéral symbolisera la mort, et la marmotte incarnera le mépris de la nature envers l'absurdité humaine. Nous inventerons du sens où que nous allions, avec tout ce que nous trouverons. Mais si nous ne choisissons pas d'inventer du sens, selon moi, nous pouvons en revanche choisir lequel.

---

1. On ne rêve tous que de liberté, jusqu'à ce qu'on se retrouve à flotter en liberté absolue dans l'espace avec quarante-cinq minutes de réserve d'oxygène dans sa combinaison.

Je suis revenu du jardin. J'ai pris une douche, et l'eau a picoté ma peau glacée. J'ai enfilé des vêtements, peigné mes cheveux sur le côté, et pris la voiture avec Sarah en cette perfide soirée de neige mouillée pour aller assister à la lecture de poésie. Nous avons parlé de son livre, de nos enfants. Au bout d'un moment, elle a allumé la radio. Un autre soir, la météo nous aurait semblé inquiétante, menaçante ou déprimante. Mais pas ce soir-là. Les choses que vous regardez comptent, mais pas autant que la manière dont vous les regardez, ou avec qui. Ce soir-là, j'étais juste au bon endroit avec la bonne personne, et je vous jure que le *graupel* était magnifique.

Ma note pour la neige mouillée est de 4 étoiles.

LES HOT-DOGS DU BÆJARINS BEZTU PYLSUR

À l'été 2008, Sarah et moi avons voyagé en Europe avec un couple d'amis, Laura et Ryan. Je les aime beaucoup, tous les deux, mais il faut savoir une chose à leur propos : ils font partie de ces gens qui veulent croquer la vie à pleines dents, vivre à fond le moment présent et tout ce qui s'ensuit. Rien à voir avec ma propre conception du voyage : je passe mes journées à me préparer psychologiquement en vue d'une sortie précise – une visite au musée, par exemple – et à me remettre ensuite de mes émotions.

Notre voyage nous a conduits du Danemark à la Suède, puis en Islande, une petite île rocheuse située dans l'Atlantique Nord et qui attire principalement les touristes en offrant des escales gratuites à toute personne voyageant avec Icelandair, la compagnie aérienne nationale. J'avais envie de visiter l'Islande pour deux raisons : 1/ parce que sa population s'élève à moins de 400 000 personnes et que je suis fasciné par les tout petits pays et leur fonctionnement et 2/ parce que mon éditrice de toujours, Julie Strauss-Gabel, se rend souvent dans ce pays et qu'elle m'avait chaudement recommandé un certain vendeur de hot-dogs à Reykjavik[1].

Nos séjours au Danemark et en Suède s'étaient déroulés à merveille. Ils avaient été ponctués de buffets scandinaves et de visites dans les musées, mais le clou du voyage avait été la soirée passée en compagnie de la famille suédoise de Ryan, qui vivait en pleine nature au bord d'un lac immense. Ils nous ont accueillis chez eux à bras ouverts et se sont appliqués à nous infliger la plus inouïe et la plus cinglante cuite de notre existence à coups de brännvin, une eau-de-vie typique du pays. Je bois rarement en quantités excessives, ayant une phobie absolue de la gueule de bois, mais je fis une exception ce soir-là. Nos hôtes nous ont appris des chansons à boire en suédois, ainsi que la façon de manger les harengs marinés, et mon verre ne cessait de se remplir de brännvin, jusqu'à ce que le patriarche octogénaire se lève et prononce ses premiers mots en anglais de la soirée : « ET MAINTENANT C'EST SAUNA ! »

Nous sommes donc allés faire un tour dans le sauna, où j'étais tellement ivre que je me versais de la bière sur la tête pour me rafraîchir. Puis Sarah et moi sommes partis nous tremper dans le lac jusqu'aux genoux. Le patriarche (qui se prénommait Lasse, je crois) est venu nous rejoindre et est resté planté là, complètement nu, à côté de ces Américains, si pudibonds et ridicules dans leurs maillots de bain. Lasse m'a alors donné une bonne claque

---

1. Julie est mon éditrice aux États-Unis depuis près de vingt ans. C'est elle qui a publié tous mes livres, y compris celui-ci. C'est aussi l'une de mes plus proches amies. La raison pour laquelle elle avait si souvent eu l'occasion de se rendre en Islande est que son mari, le marionnettiste David Feldman, jouait un rôle récurrent dans l'émission pour enfants *Lazy Town*, qui était tournée là-bas.

dans le dos, en un geste qui se voulait de franche camaraderie. Surpris par sa force, je suis tombé dans l'eau la tête la première. Je ne me suis pas blessé, mais mes lunettes, elles, sont ressorties irrémédiablement amochées de leur rencontre avec les galets qui tapissaient le fond du lac. Le lendemain matin, au réveil, je me suis souvenu pourquoi j'avais la phobie des cuites. Et aussi, je voyais un peu trouble derrière mes verres de lunettes rayés.

Lors de notre arrivée à Reykjavik, deux jours plus tard, j'avais encore la gueule de bois, c'est-à-dire l'estomac barbouillé du côté gauche associé à une envie plus générale de disparaître sous terre. C'est le principal problème des lendemains de beuverie, en ce qui me concerne – la consommation d'alcool me rend (encore plus) vulnérable au désespoir. Je savais que c'était la gueule de bois qui parlait. Mais il faut dire qu'elle a tendance à parler fort.

Ce genre d'état me rend aussi très sensible à la lumière, ce qui aurait pu être problématique si le ciel n'avait pas été d'une hideuse lumière grise au moment de notre atterrissage à Reykjavik – pas seulement couvert, mais carrément brumeux. C'était l'un de ces moments où l'on comprend que « le ciel » n'est guère qu'une énième construction humaine, et qu'il commence en réalité là où le sol s'arrête. Ce n'est pas juste un truc lointain au-dessus de nos têtes. Nous baignons dedans en permanence.

Nous avons pris un taxi depuis l'aéroport jusqu'au centre de Reykjavik, la plus grande (et en réalité, la seule) ville d'Islande. Notre chauffeur écoutait une espèce d'émission de radio locale à un volume sonore que je qualifierais de très élevé, et j'étais coincé entre Sarah et Laura sur la banquette arrière. À notre arrivée en centre-ville, j'ai été frappé par le silence de mort qui régnait. Il n'y avait pas un chat dans les rues. La météo n'était pourtant pas si mauvaise. Nous étions vendredi, en plein été, et je m'étais imaginé une bourgade où les gens se rendaient à pied chez leur boucher, leur boulanger, leur fabricant de bougies ou je ne sais quoi. Mais non. On entendait presque les mouches voler.

À quatre ou cinq rues de notre hôtel, le chauffeur de taxi a déclaré : « Ici c'est bien. » Il s'est arrêté et nous a demandé de le payer. Nous lui avons expliqué qu'on préférait nettement qu'il nous dépose plutôt devant notre hôtel, mais il a répondu : « Non, c'est trop. Trop, comment vous dites, trop de stress. »

Personnellement, je ne voyais pas ce qu'il y avait de si stressant à rouler dans ces rues désertes mais, après tout, qui suis-je pour juger de la conduite automobile islandaise ? Nous sommes descendus de la voiture et avons tiré nos valises sur le trottoir pavé en faisant un boucan de tous les diables au milieu de ce silence.

Soudain, de nulle part et partout à la fois en même temps, un cri s'est élevé, suivi d'un grondement. C'était comme si la ville entière, cachée derrière les façades qui nous entouraient, avait émis le même bruit au même moment.

« Bizarre », a commenté Ryan. Nous nous sommes lancés dans toutes sortes d'hypothèses pour expliquer le fait que la ville semblait entièrement bouclée. Y avait-il eu une alerte météo dont les touristes n'étaient pas informés ? Ou était-ce une sorte de fête nationale du confinement ?

« Peut-être, a hasardé Laura, regardent-ils tous la même chose à la télé ? »

Au même instant, le silence général s'est brisé. Une gigantesque clameur a éclaté autour de nous. Des gens ont surgi de toutes les portes – hors des maisons, des magasins et des bars – pour se répandre dans les rues en bramant d'exaltation, « YYYAAAAAAAA ! », tous ensemble. Beaucoup avaient le visage peint aux couleurs du drapeau islandais, et beaucoup étaient en larmes. Un grand gaillard qui devait avoir mon âge m'a soulevé de terre comme si j'étais Simba dans *Le Roi lion*, avant de m'étreindre en sanglotant. Quelqu'un a drapé un foulard autour du cou de Ryan.

« Qu'est-ce qui se passe ? » a demandé Sarah, avec son légendaire sens de l'à-propos.

Des bières passaient de main en main. Nous en avons accepté au passage. Le chaos initial des hurlements s'est peu à peu transformé en chants, et c'étaient des chants très émouvants, apparemment, car tout le monde – excepté nous – pleurait en entonnant les paroles. Certains durent s'asseoir sur le trottoir, trop émus pour rester debout. La foule ne cessait d'enfler. Reykjavik comporte 120 000 habitants et ils semblaient tous s'être donné rendez-vous dehors, voire dans cette rue en particulier. Rejoindre notre hôtel était désormais mission impossible. Nous étions pris dans cette vague humaine immense où nous pouvions tout juste espérer ne pas perdre nos valises. Lorsqu'une chanson s'est achevée et que la clameur est repartie de plus belle, j'ai décidé de m'y essayer à mon tour. J'ai brandi ma cannette de bière encore intacte et j'ai crié : « YAAAAA ! » Je n'avais pas la moindre idée de ce qu'ils fêtaient mais je me suis senti rempli de joie. J'adorais ce pays. J'adorais Reykjavik. J'adorais ces gens avec leurs visages peints en rouge, blanc et bleu barbouillés de sueur et de larmes.

Au bout d'un moment, nous avons fini par comprendre que l'Islande venait de décrocher la toute première victoire olympique par équipe de son histoire en hand-ball masculin. Je me suis demandé quel type d'événement pourrait bien provoquer de telles scènes de liesse aux États-Unis. Les villes célèbrent la victoire de leurs équipes au Super Bowl ou en série finale de la Ligue majeure de base-ball, mais la seule fois où j'avais assisté à de grandes célébrations publiques lors d'un événement national, c'était en 1999, quand l'équipe féminine de football avait gagné la coupe du monde. Je vivais alors dans la bourgade de Moose Pass, en Alaska, où j'avais un petit job d'été dans un café. Mes collègues et moi regardions le match sur une télé minuscule dans un coin de la salle. Quand Brandi Chastain avait marqué le pénalty gagnant, j'avais entendu des coups de klaxon, puis, quelques instants plus tard, une voix s'était élevée de quelque part au milieu de Moose Pass pour crier : « USA, OUAIS PUTAIN ! »

Je ne connais pas grand-chose au hand-ball masculin[1], mais je suis prêt à m'enthousiasmer pour presque n'importe quel type de sport. Le temps que nous parvenions enfin à notre hôtel, près de deux heures plus tard, je me considérais comme un fan inconditionnel des handballeurs islandais. J'avais envie de me reposer à l'hôtel et peut-être même de revoir les moments forts du match – l'excitation liée au triomphe olympique de mes chouchous m'avait éreinté – mais mes compagnons de voyage insistèrent pour que nous ressortions prendre un bain de culture islandaise.

La foule dehors avait considérablement diminué, et la journée était loin d'être terminée. Nous avons donc visité un musée où nous avons appris que la langue islandaise avait si peu changé au fil des siècles que les grandes sagas de la littérature classique se lisaient avec autant de facilité que les auteurs contemporains. Nous avons vu la table et l'échiquier où Bobby Fischer a battu

1. C'est l'une des rares disciplines olympiques à laquelle les États-Unis ne participent pas régulièrement (nous n'avons pas envoyé d'équipe depuis 1996). Elle est donc rarement retransmise à la télé américaine.

Boris Spassky en 1972. Plus tard, nous sommes montés à bord d'un bus touristique pour visiter l'intérieur du pays, où le paysage constitué d'interminables plaines de roche volcanique vous donnait l'impression d'être sur une autre planète. Notre guide nous vantait les mille et une qualités du pays. « Au Groenland, tout est gelé en permanence, nous disait-elle, mais ici, en Islande, le climat est beaucoup plus doux. On devrait appeler l'Islande, Groenland, et vice versa[1] ! » Nous sommes ensuite descendus du bus pour aller admirer une chute d'eau. Il faisait 10 °C en plein mois d'août et une pluie glaciale nous cinglait à l'horizontale, rendant par avance inutile toute velléité de s'abriter sous un parapluie.

D'une voix forte pour se faire entendre malgré les rafales de vent, notre guide a poursuivi : « L'ISLANDE POSSÈDE DE NOMBREUSES MERVEILLES NATURELLES, COMME VOUS POUVEZ LE VOIR CETTE CASCADE EST TRÈS HISTORIQUE. » Aujourd'hui encore, je ne peux pas voir une cascade sans penser : « Très historique. »

Quand nous sommes rentrés, vers dix-huit heures, transis et trempés jusqu'aux os, j'ai supplié mes camarades de rester passer une soirée tranquille à l'hôtel. Pourquoi ne pas appeler le *room service*, regarder un récap du match et nous mettre au dodo ? Non. Il fallait absolument croquer la vie à pleines dents, et c'est donc à contrecœur que je suis ressorti avec notre petite troupe dans ce qui aurait dû être le soir, sauf que l'été, à Reykjavik, le soleil se couche bien après vingt-deux heures.

1. *Le nom du Groenland (*Greenland *en anglais) signifie littéralement « Terre verte ». Le nom de l'Islande (en anglais* Iceland*) signifie littéralement « Terre de glace ».*

Nous avons marché jusqu'au Bæjarins Beztu Pylsur, le vendeur de hot-dogs recommandé par Julie, et nous sommes joints à la file d'attente étonnamment courte qui s'était formée devant l'échoppe, ornée d'une saucisse anthropomorphique coiffée d'une toque de chef. Julie m'avait conseillé de prendre « la totale », et c'est ce que j'ai fait : accompagnement sauce rémoulade, moutarde sucrée et oignons frits. Les hot-dogs du Bæjarins Beztu Pylsur sont très réputés, cités dans les guides et les émissions de voyage. L'établissement a été noté sur une échelle de cinq étoiles par des milliers d'utilisateurs de Google et, comme toujours quand quelque chose est dépassé par sa notoriété, le retour de bâton est brutal. De nombreux internautes font remarquer que ce sont juste des hot-dogs. « Rien d'extraordinaire », estimait l'un d'eux. « Peut mieux faire, jugeait pour sa part un certain Doug. J'ai connu mieux dans une station-service. »

Comme Doug, je suis souvent déçu par les expériences culinaires surcotées – sans doute parce que cela suscite chez moi des attentes irréalistes, mais aussi et surtout parce que je ne m'intéresse pas tant que ça à la gastronomie. Pourtant, j'ai trouvé que les hot-dogs du Bæjarins Beztu Pylsur étaient non seulement à la hauteur de leur propre mythe, mais injustement sous-évalués. Moi qui n'aime pas particulièrement les hot-dogs, j'ai vécu là l'une des plus joyeuses expériences gustatives de toute ma vie.

Quelques mois plus tard, à l'automne 2008, le monde fut secoué par une vaste crise économique et l'Islande, l'un des pays les plus touchés, vit sa monnaie chuter de 35 %. À mesure que nous entrions en récession et que le marché du crédit se bloquait, les experts affirmaient que nous vivions un repli économique

« unique à l'échelle d'une vie humaine ». Il se trouve pourtant que le suivant se produirait à peine douze ans plus tard. Nous ferions bien d'éviter ce genre de formules creuses. Nous ferions bien de ne pas chercher à définir ce qu'est l'échelle normale d'une vie ou les événements qu'elle est censée connaître.

Pourtant, j'ai le sentiment que notre longue journée en Islande était vraiment un événement unique à l'échelle de ma petite vie. En ce jour d'été glacial où l'Islande a décroché sa première médaille olympique par équipe, j'ai savouré un hot-dog, emmitouflé au milieu de mes amis. C'était le meilleur hot-dog que j'aie jamais mangé. Il m'a guéri d'une interminable gueule de bois, m'a dessillé les yeux et m'a projeté dans le crépuscule de Reykjavik avec ce genre de joie indicible qui s'accroche à votre cœur mais ne dure jamais bien longtemps – parce qu'au fond, c'est inutile.

Ma note pour le Bæjarins Beztu Pylsur est de 5 étoiles.

L'APPLI NOTES

L'appli Notes sur iOS est apparue avec le premier iPhone en 2007. À l'époque, la police de caractères par défaut avait de vagues allures d'écriture cursive, et la couleur de fond était jaune avec des lignes horizontales afin de ressembler à une page de bloc-notes traditionnel[1]. Aujourd'hui encore, l'appli Notes a un fond légèrement texturé qui imite le papier, illustration parfaite de ce qu'on appelle le design skeuomorphique, lorsqu'un objet dérivé (une appli, par exemple) conserve certains éléments esthétiques obsolètes de l'objet d'origine qu'elle remplace. Les machines à sous des casinos, par exemple, n'ont plus besoin de poignée à actionner, mais la plupart d'entre elles l'ont pourtant conservée. De nombreuses applis mobiles ont également un design skeuomorphique : nos applis de calcul arborent des claviers de calculatrice, nos montres digitales ont des aiguilles, etc. Peut-être pour nous empêcher de remarquer la vitesse à laquelle les choses changent.

Depuis toujours ou presque, je griffonne dans la marge des

1. *Les blocs-notes sont traditionnellement de couleur jaune aux États-Unis. Pourquoi ? Les théories abondent pour en expliquer la raison, mais la plus courante est que le jaune est moins fatigant pour les yeux.*

livres que je lis. Ça n'a jamais été mon truc de me trimballer avec un carnet. J'adorerais être le genre de personne qui tient un journal, qui s'assoit dans un parc sur un banc et pense à un tas de choses extraordinaires qui exigent d'être couchées par écrit sur-le-champ. Mais j'ai toujours eu le sentiment que mes pensées pouvaient attendre et si, pour une raison ou une autre, j'avais absolument besoin de noter quelque chose, j'avais toujours un bouquin sous la main et un stylo dans ma poche.

Mon exemplaire du *Chant de Salomon* contient une liste de courses, et les indications pour me rendre chez ma grand-tante sont détaillées dans *Les Extraordinaires Aventures de Kavalier et Clay*. À la page 241 des *Fous du roi*, j'ai inscrit tout en bas : « Il pleut durant deux jours d'affilée », une idée que j'avais eue pour l'intrigue de *Qui es-tu Alaska ?*, mon premier roman. On trouve toutes sortes de références à mes projets d'écriture dans mes lectures du moment. Parfois, il s'agit juste de quelques mots : la mention « CHASSE AU COCHON SAUVAGE », notée dans la marge d'*Our Southern Highlanders*, est devenue la scène d'apothéose de mon roman *Le Théorème des Katherine*.

Mais le plus souvent, je suis interloqué quand je retombe sur mes vieilles notes. Pourquoi diable ai-je écrit, à la page 84 de mon exemplaire de *Jane Eyre* : « Tu ne t'es jamais senti aussi seul » ? Ces mots m'étaient-ils adressés ? Ils dépendent d'un contexte qui m'échappe aujourd'hui. Quand je repense au moment où j'ai lu *Jane Eyre* à la fac, je ne me souviens pas d'un sentiment de solitude particulier ni des événements qui ponctuaient mon quotidien. Je me souviens surtout du personnage de Jane, de la manière dont l'appelait Rochester (« ma sympathie »), et aussi qu'elle disait que la meilleure façon d'éviter l'enfer était « de rester en bonne santé et de ne pas mourir ».

J'ai eu mon premier iPhone en 2008, mais je n'ai pas tout de suite renoncé à mon habitude de griffonner dans la marge de mes livres. Je n'ai pas utilisé l'appli Notes avant 2010. Peu de temps après, je me suis aperçu que je sortais souvent de chez moi sans un stylo en poche, et j'ai même fini par sortir de chez moi sans emporter de livre. Le problème de n'avoir ni stylo ni livre sous la main avait été causé et résolu par l'iPhone[1].

Pour autant, le fait de me déplacer partout avec une bibliothèque digitale et un pense-bête électronique n'a pas rendu mes notes moins énigmatiques. Pourquoi, par exemple, ai-je tapé en 2011 : « Ils repeignent le plafond du Rijksmuseum » ? Était-on réellement en train de repeindre le plafond du Rijksmuseum, ou voyais-je là une bonne phrase à placer dans un roman ? Aucune idée. Heureusement, je peux tout de même analyser certaines de ces notes. L'une à la suite de l'autre, elles forment une sorte de récit autobiographique étrange, comme une clé d'accès à ma personnalité au fil de mes pensées. Depuis 2020, j'utilise une autre application pour prendre des notes. À l'image des marges de mon vieil exemplaire de *Jane Eyre,* mon ancienne appli Notes sur Apple ne comporte plus qu'une série de reliques. Je vous en propose des extraits choisis pour chaque année de ma vie.

2019 : « Envoyer citation Manguso à Sarah. » Mes notes sont souvent des rappels de trucs que je suis censé envoyer à Sarah

1. En fin de compte, la technologie se vante souvent de résoudre les problèmes qu'elle a elle-même créés.

– un essai de Donald Hall, le catalogue de l'expo Kerry James au MoCA, ou une plaisanterie de Henry James à propos des adverbes («la seule qualification que je respecte vraiment»). J'ignore si je lui ai vraiment envoyé tous ces trucs, au final, parce que les choses que je notais dans mon appli avaient une fâcheuse tendance à ne jamais s'accomplir. Je ne sais pas non plus à quelle citation de Sarah Manguso je fais ici allusion, mais il aurait pu s'agir d'un passage sur la vie dans un hôpital psychiatrique tiré de son récit autobiographique, *The Two Kinds of Decay* : «Le pavillon constituait la seule véritable communauté de pairs que j'eusse jamais connue. J'entends par là que nous avions conscience d'avoir déjà traversé l'enfer, que nos vies étaient déjà foutues, et que nous abordions la descente finale. La seule chose à faire le long de cette pente était d'irradier la clémence.»

2018 : «La discontinuité de temps et de perspective est la marque de ton existence.» Je n'ai pas la moindre idée de ce que ces mots signifient, mais ils sont pourtant bien là, tapés par mes soins en mars 2018, sans plus de contexte.

2017 : «Conduire seul la nuit, c'est comme avoir le cœur brisé sans souffrir.» Cette pensée m'avait traversé l'esprit pendant que je roulais seul en voiture, un soir, et je m'étais arrêté pour la noter, ce qui avait ruiné la magie de l'instant.

2016 : « Pas de ligne de démarcation claire entre l'imagination et la mémoire. » D'après mon calendrier Google, j'ai écrit ceci alors que je me trouvais chez mes meilleurs amis, Chris et Marina Waters. J'imagine que Sarah a dû sortir cette phrase au cours de la conversation et que je la lui ai piquée. En tout cas, elle a atterri dans *Tortues à l'infini*, dont l'héroïne est une ado qui se souvient de tout ce qu'elle imagine et imagine ce dont elle se souvient.

2015 : « Il y a de la lumière partout dans ce bar mais on ne voit pas un seul visage. » J'ai parfois le sentiment que je suis incapable de prendre part aux conversations parce que tout ce que je dis et entends doit d'abord passer à travers le filtre de mon angoisse et, le temps que je comprenne ce qu'on vient de me dire et la manière dont je suis censé réagir, mon rire ou ma réponse (quelle qu'elle soit) arrive toujours trop tard. La conscience de cette fatalité ne fait qu'accroître mon angoisse en société, ce qui ne fait qu'aggraver le problème. Je m'en tire parfois en m'imaginant non pas comme un participant lambda mais plutôt comme le chroniqueur des conversations auxquelles j'assiste, si bien que je sors mon téléphone pour prendre des notes. « Il y a de la lumière partout dans ce bar mais on ne voit pas un seul visage » est une remarque faite par l'attaché de presse d'une star de cinéma à l'intention de ma collègue Elyse Marshall alors que nous nous trouvions dans un bar d'hôtel à Cleveland, dans l'Ohio. Cette phrase m'avait beaucoup plu. J'essaierai sans doute de la caser dans un roman, un jour.

2014 : « Le Strawberry Hill n'a rien de l'alcool de luxe de mes souvenirs. » J'ai écrit ces mots après avoir bu une bouteille de Strawberry Hill, un genre de simili-vin rose vif produit par la marque Boone's Farm et vendu quatorze dollars. J'en buvais souvent au lycée, et j'adorais ça, mais il s'est passé quelque chose dans l'intervalle : soit la boisson a changé, soit c'est moi[1].

2013 : « Combattre le feu par le feu. » Cette expression devait beaucoup compter à mes yeux, étant donné que je l'ai entrée dans l'appli Notes à trois reprises au cours du mois d'avril 2013, mais je n'ai pas la moindre idée de ce qu'elle signifie. Cela nous rappelle que la mémoire n'opère pas tant comme un appareil photo que comme un filtre. Les particules auxquelles elle se rattache ne sont rien comparées à ce qui passe au travers.

2012 : « Seule phrase voulue au sens littéral. » Un jour, à l'église, j'ai entendu lire ce célèbre extrait de l'Évangile selon Matthieu, verset 19:24 : « À nouveau, je vous le dis, il est plus facile à un chameau de passer par le trou d'une aiguille qu'à un homme riche d'entrer au royaume de Dieu. » Le pasteur a alors

1. L'une de mes phrases préférées dans la langue anglaise provient d'un avis client publié sur le site Internet des amateurs de Strawberry Hill, boonesfarm.net : « Strawberry Hill distille un goût de fraise [*strawberry*] riche et éclatant, avec à peine un soupçon de colline [*hill*].

expliqué que les gens prenaient toutes les phrases de la Bible au pied de la lettre à l'exception de celle-ci, alors que c'était la seule qui était voulue au sens littéral.

2011 : « C'était plutôt une belle journée – seule phrase à sauver. » Ça, je m'en souviens très bien. Je venais de passer près d'un an à travailler sur un roman qui parlait de six lycéens coincés sur une île déserte. Frappé par une panne d'inspiration subite, j'avais décidé de faire une pause de deux semaines avant de relire mon manuscrit. Quand je l'ai repris avec un regard neuf, je n'ai absolument rien trouvé dedans – ni âme, ni style, ni joie. Tout méritait de partir à la poubelle, à l'exception de cette phrase : « C'était plutôt une belle journée. » Elle me plaît toujours, cela dit. Elle a atterri dans *Nos étoiles contraires*.

2010 : « *Her eyes on His eyes on.* » D'après mon téléphone, il s'agit de ma toute première entrée dans mon appli de notes. J'ai dû l'écrire après avoir remarqué le jeu de mots caché – « *her eyes on* » sonne comme le mot « *horizon* » – dans l'un des morceaux des Mountain Goats, mon groupe préféré. Cette chanson, « Jenny », parle d'une fille qui vient de s'acheter une moto Kawasaki jaune et noir, et du garçon qui est amoureux d'elle. L'un des couplets dit : « *And you pointed your handlamp toward the horizon / We were the only thing in the galaxy God didn't have His eyes on*[1]. » Chaque

1. « *Et tu as pointé ta lampe de poche vers l'horizon / On était le seul truc dans la galaxie que Dieu ne regardait pas* ».

fois que je l'entends, je repense à une nuit, en classe de première, couché dans un pré avec trois potes que j'adorais de toutes mes tripes, à boire de la liqueur de malt tiédasse et à contempler le ciel étoilé.

Être le seul truc dans la galaxie qui échappe au regard de Dieu mérite bien la note maximale, à mon sens, mais s'agissant de l'appli Notes, ma note est de 3,5 étoiles.

LES MOUNTAIN GOATS

Je ne sais comment expliquer mon amour pour les Mountain Goats, sauf en disant qu'il est littéralement inconditionnel. Je n'ai pas de morceau ou d'album préféré : je les préfère tous. Je vis avec leur musique depuis que mon amie Lindsay Robertson m'a fait écouter « The Best Ever Death Metal Band in Denton » quand j'avais près de la moitié de l'âge que j'ai aujourd'hui. Lindsay, qui est la personne au goût le plus sûr que je connaisse, m'a conseillé de commencer mon exploration des Mountain Goats par l'album qu'ils venaient juste de sortir à l'époque, *Tallahassee*. (Lindsay, comme moi, a grandi en Floride.)

En l'espace de quelques semaines, je connaissais le disque par cœur. John Darnielle, leur chanteur, est, pour reprendre l'expression du critique musical Sasha Frere-Jones, « le meilleur parolier de non-hip-hop d'Amérique ». Sur *Tallahassee*, il parle de l'amour tel que je le vivais à l'époque : « *Our Love is like the border between Greece and Albania* » – « Notre amour est comme la frontière entre la Grèce et l'Albanie », dit-il dans « International Small Arms Traffic Blues ». Dans un autre morceau, il parle d'une relation « *like a Louisiana graveyard / Where nothing stays buried* » – « comme un cimetière en Louisiane / où rien ne reste enterré ».

Au fil des années, le groupe a évolué avec moi. Ses chansons m'ont accompagné à la naissance de mes enfants (« *I saw his little face contract as his eyes met light* » – « J'ai vu son petit visage se contracter quand ses yeux ont vu la lumière »). Elles étaient là aussi quand le chagrin m'a fait partir en vrille (« *I am an airplane tumbling wing over wing / Try to listen to my instruments / They don't say anything* » – « Je suis un avion en chute libre / J'essaie d'écouter mes instruments / Ils ne me disent rien »). Parfois, j'ai besoin de l'art pour me donner du courage, comme le refrain de « This Year » où John Darnielle répète : « *I am going to make it through this year if it kills me* » – « Je vais survivre à cette année même si ça me tue ». À d'autres moments, j'ai seulement besoin de l'art pour m'accompagner.

Les Mountain Goats ont si profondément façonné ma manière de penser et d'écouter que j'ignore qui je serais sans eux. En tout cas, je ne serais pas moi. Sans exagérer, certains passages de leurs chansons ont presque valeur de texte sacré à mes yeux, dans le sens où ils me guident vers le genre de vie que j'ai envie de vivre, et le genre de personne que j'aimerais être quand je serai grand. Prenez ce couplet, par exemple : « *You were a presence full of light upon this Earth / And I am a witness to your life and to its worth* » – « Tu étais une présence pleine de lumière sur cette Terre / Et je suis le témoin de ta vie et de sa valeur ». Pour moi, c'est un appel à émettre davantage de lumière et à être plus sensible à celle des autres.

Ma note pour les Mountain Goats est de 5 étoiles.

LE CLAVIER QWERTY

Sur la plupart des claviers de langue anglaise, les trois rangées de touches ne sont classées ni par ordre alphabétique ni selon leur fréquence d'utilisation. En effet, les deux lettres les plus courantes en anglais – *e* et *t* – ne font pas partie de ce qu'on appelle les « touches de repos », qui servent de repère pour le positionnement des doigts au cours de la saisie. Elles se situent sur la rangée supérieure, celle où les lettres, partant de la gauche, commencent par Q W E R T Y[1]. Les raisons à cela sont liées au mécanisme des machines à écrire, à un végétarien militant, et à un politicien du Wisconsin ayant appartenu à trois partis différents en l'espace de huit ans.

J'adore les belles histoires simples à propos des inventions et de leurs inventeurs. En CM2, j'ai écrit mon tout premier texte de non-fiction sur la vie de Thomas Edison. Il commençait ainsi : « Thomas Alva Edison était une personne très intéressante qui a créé de nombreuses inventions intéressantes, comme

1. *La norme qwerty est utilisée dans tous les pays de langue anglaise et les pays scandinaves. Seules la France et la Belgique utilisent le clavier azerty.*

l'ampoule électrique et la très intéressante caméra cinématographique. » J'aimais bien ce mot, « intéressant », parce que ma rédaction devait faire cinq pages entièrement rédigées à la main et qu'avec mon écriture maladroite, « intéressant » remplissait déjà une ligne à lui tout seul.

Bien sûr, l'une des choses les plus intéressantes à propos d'Edison est qu'il n'a inventé ni l'ampoule ni la caméra cinématographique. Dans les deux cas, il a travaillé avec des collaborateurs afin de développer des inventions déjà existantes – l'un des superpouvoirs humains. Ce qui me fascine le plus à propos de l'humanité, ce n'est pas ce que font ses représentants à titre individuel, mais plutôt les systèmes que nous érigeons et améliorons ensemble. Inventer l'ampoule, c'est cool, mais ce qu'il y a d'encore plus cool, c'est le réseau électrique qui sert à l'alimenter.

Les premières machines à écrire ont été élaborées au XVIIIe siècle, mais elles étaient à la fois trop lentes et trop coûteuses pour être produites en masse. Quelques décennies plus tard, l'avènement de la révolution industrielle a permis la fabrication de pièces métalliques de précision et à moindre coût. Dans les années 1860, Christopher Latham Sholes, un homme politique et éditeur de presse originaire du Wisconsin qui ambitionnait de construire un appareil capable d'imprimer automatiquement les numéros de page sur les livres, s'aperçut qu'une telle machine pouvait aussi servir à taper les lettres.

Sholes était un vétéran de la scène politique du Wisconsin : il avait d'abord siégé en tant que sénateur démocrate avant de rejoindre le Free Soil Party, lequel cherchait à mettre un terme aux discriminations contre les Afro-Américains et à empêcher l'expansion de l'esclavage aux États-Unis. Sholes finit par se ranger du côté des républicains et marqua surtout les esprits en tant qu'opposant acharné à la peine de mort, contribuant à son abolition dans l'État du Wisconsin en 1853.

Avec l'aide de ses amis Samuel Soule et Carlos Glidden, Sholes se lança dans l'élaboration d'une machine à écrire semblable à celle dont il avait lu la description dans le magazine *Scientific American*, qui parlait d'un « piano littéraire ». Ils la conçurent d'abord avec deux rangées de touches – noires et blanches, comme celles d'un piano – et des lettres classées principalement par ordre alphabétique.

À l'époque, il existait de nombreuses machines à écrire utilisant des agencements de clavier et des stratégies esthétiques très diverses, ce qui illustre bien l'un des plus grands défis de nos collaborations humaines tous azimuts : la standardisation. Devoir s'adapter à une nouvelle disposition de clavier chaque fois qu'on tape sur une machine à écrire différente est pour le moins contre-productif[1].

La machine à écrire de Sholes était ce qu'on appelle une « machine aveugle », parce que l'utilisateur ne pouvait pas voir ce qu'il tapait au fur et à mesure. Cela signifie aussi qu'il était impossible de savoir quand la machine s'était enrayée, or l'agencement alphabétique des touches provoquait de nombreux blocages. On ignore toutefois si c'est la raison qui motiva le changement de l'ordre des touches sur le clavier. Dans leur article intitulé « On the Prehistory of QWERTY » – « Sur la préhistoire du qwerty », Koichi et Motoko Yasuoka défendent magistralement la thèse

1. L'absence de standardisation est souvent une entrave à la productivité. La valeur de l'écartement des rails sur les voies ferrées est une illustration évidente de ce problème, mais celui qui affecte le plus souvent mon quotidien est la question des chargeurs pour les appareils électroniques portables. Certains de mes appareils utilisent des câbles de chargement USB-C ; d'autres utilisent des chargeurs USB-A, des mini-USB ou des micro-USB. Sans parler des chargeurs Apple, qui changent à peu près toutes les cinq minutes. Apple a tellement imposé ses propres standards depuis une décennie que c'est un miracle que leurs ordinateurs soient encore équipés de claviers qwerty.

selon laquelle le nouvel agencement du clavier n'était pas lié à l'enrayement des touches, mais plutôt à la nécessité pour les télégraphistes de traduire le morse.

Néanmoins, télégraphistes et sténographes jouèrent une part importante dans l'élaboration de la version définitive du clavier, ainsi qu'un grand nombre de collaborateurs, dont Thomas Edison, qui vint apporter ses conseils. Sholes, Soule et Glidden s'appuyèrent également sur des investisseurs extérieurs, parmi lesquels James Densmore, un vieil ami de Sholes. Densmore était un végétarien endurci qui se nourrissait presque exclusivement de pommes et provoquait des esclandres dans les restaurants chaque fois qu'il entendait un client commander un plat à base de viande. Il découpait le bas de ses pantalons au-dessus de ses chevilles pour être plus à l'aise et il avait par ailleurs un frère, Amos, qui étudiait la fréquence et la combinaison des lettres en anglais. D'après certaines sources, Amos donna des conseils sur la disposition du clavier aux trois concepteurs de la machine à écrire.

James Densmore donna pour instruction à ses bêta-testeurs, tous sténographes et opérateurs du téléphone, de « brutaliser [la machine]. Trouvez ses points faibles ». Les intéressés ne se firent pas prier, et Sholes et ses collègues affinèrent progressivement leurs prototypes ; en novembre 1868, la machine avait quatre rangées de touches, dont la première commençait par A E I . ?. En 1873, l'ordre des lettres fut modifié pour Q W E . T Y. La même année, Remington and Sons, célèbre fabricant d'armes à feu, racheta le brevet de la machine à écrire de Sholes et Glidden : depuis la fin de la guerre de Sécession, la firme cherchait à élargir son champ d'activité. Ses ingénieurs déplacèrent la lettre R vers la rangée supérieure, donnant peu ou prou au clavier l'aspect que nous lui connaissons encore aujourd'hui aux États-Unis.

Le clavier qwerty n'a donc pas germé dans le cerveau de tel ou untel : il est le fruit d'un effort collectif. Pour l'anecdote, Sholes trouvait ce dispositif peu satisfaisant et s'échina à lui trouver des améliorations jusqu'à la fin de ses jours. Quelques mois avant sa mort, il faisait encore breveter un énième prototype de clavier dont la rangée supérieure commençait par X P M C H.

C'est pourtant le clavier qwerty qui l'emporta sur le long terme : d'abord parce que la machine à écrire Remington n° 2 se vendit comme des petits pains, mais aussi et surtout parce que c'est un dispositif très bien pensé. Nombreuses furent les tentatives d'amélioration du qwerty depuis son lancement sur le marché, mais aucune d'elles ne se montra assez convaincante pour s'imposer. La plus connue d'entre toutes, et réputée plus simple d'utilisation, est la Disposition Dvorak, créée en 1932 par August Dvorak et proposant de placer les lettres A O E U sur les touches de repos du côté gauche. Des études avaient démontré que cet agencement permettait d'augmenter la vitesse de frappe et de diminuer le taux d'erreurs, mais la plupart d'entre elles étaient financées par Dvorak lui-même, et des recherches plus récentes n'ont en rien démontré la supériorité du clavier dvorak, ni de quelque autre disposition de clavier prétendument optimisée.

Le clavier qwerty permet – en partie par accident – une excellente alternance des deux mains au sein d'un même mot, ce qui signifie qu'une main peut frapper une touche pendant que l'autre va déjà chercher la suivante. Son efficacité n'est pas parfaite à 100 % – les lettres les plus fréquentes sont frappées par les doigts de la main gauche alors que la plupart des gens sont droitiers –, mais disons que pour la majorité d'entre nous, en général, le clavier qwerty est un truc qui fonctionne.

En tout cas, ça a toujours bien fonctionné pour moi. À l'école primaire, j'avais une écriture abominable (d'où le fait que le mot « intéressant » remplissait une ligne entière de mon cahier). J'avais beau faire tous les efforts du monde pour bien tenir mon crayon, j'écrivais terriblement mal. Par contre, déjà à cet âge, je savais très bien me servir d'un clavier. Taper sur un clavier qwerty est l'un des premiers talents que je me suis découverts : à l'origine, c'était juste pour jouer aux jeux vidéo en mode textuel des années 1980, mais j'ai finalement été rattrapé par mon perfectionnisme. En sixième, j'étais capable de taper quatre-vingts mots à la minute. Aujourd'hui, je tape aussi vite que je pense. Peut-être parce que j'ai habitué mon cerveau à penser à la vitesse de ma frappe, de même qu'il a appris à considérer Q W E R T Y comme les premières lettres de l'alphabet.

Le clavier est le chemin qu'empruntent mes pensées, et c'est aussi le chemin que j'emprunte pour les partager. Je ne sais jouer d'aucun instrument, mais je suis un virtuose de ce piano littéraire et quand les choses avancent bien, un certain rythme se dégage au fur et à mesure de ma saisie. Parfois – pas tous les jours, certes, mais de temps en temps –, le fait de savoir où sont les touches me donne l'impression de savoir où sont les mots. J'adore le son que produisent les touches sur un bon clavier (le terme technique est « mécanique des touches ») mais ce que j'aime par-dessus tout, quand je tape, c'est qu'à l'écran ou sur le papier, mon écriture est visuellement indifférenciable de celle de quelqu'un d'autre.

Quand j'étais adolescent, au tout début d'Internet, j'adorais écrire sur le clavier de l'ordinateur parce que personne ne savait à quel point mes mains étaient petites, à quel point je vivais dans la peur ou j'avais du mal à faire entendre ma voix. Quand je me connectais, en 1991, je n'étais plus un tas de chair angoissée et d'os fragiles ; j'étais constitué de l'ensemble des touches de mon clavier. Quand je ne supportais plus d'être moi-même, je pouvais, le temps d'un instant, devenir une série de touches frappées en une succession rapide. Et d'une certaine manière, c'est la raison pour laquelle je continue à taper, aujourd'hui encore.

C'est pourquoi, bien qu'il soit loin d'être parfait, ma note pour le clavier qwerty est de 4 étoiles.

LA PLUS GROSSE BOULE DE PEINTURE DU MONDE

Je ne considère pas du tout les États-Unis comme une nation exemplaire, ni même exceptionnelle, mais le fait est que nous abritons un nombre record de plus grosses boules du monde. La plus grosse boule de fils barbelés du monde se trouve sur le sol américain, de même que la plus grosse boule de popcorn, la plus grosse boule d'autocollants et la plus grosse boule d'élastiques, pour ne citer qu'elles. La plus grosse boule de timbres se trouve à Omaha, dans le Nebraska : elle a été fabriquée par les résidents d'un orphelinat connu sous le nom de Boys Town.

J'ai eu l'occasion de la voir, il y a vingt ans, alors que je faisais un *road trip* avec ma copine de l'époque sur le thème des attractions touristiques d'autoroute. Notre couple était mal en point, et nous avions entrepris une petite thérapie géographique. Nous nous sommes rendus sur le site de Carhenge, dans le Nebraska, une réplique exacte de Stonehenge conçue avec des carcasses de voitures, et au Corn Palace dans le Dakota du Sud, une énorme structure dotée d'une façade constituée principalement d'épis de maïs. Nous avons pu voir un certain nombre de plus grosses boules du monde, dont la plus grosse boule de ficelle enroulée par une seule personne à Darwin, dans le Minnesota, et la plus grosse boule de ficelle enroulée par une communauté entière à Cawker City, au Kansas[1]. Nous avons rompu peu de temps après, mais Cawker City restera à jamais dans nos cœurs.

Un poème d'Emily Dickinson commence par ces mots : «J'ai senti un Enterrement, dans mon Cerveau.» C'est l'un des seuls poèmes que j'ai réussi à apprendre par cœur. Il se termine ainsi :

Et puis une Planche de ma Raison, cassa,
Et je tombai, tombai encore –
Cognant un Monde, à chaque plongée,
Et alors – je Perdis connaissance –

Il y a plusieurs années de cela, une planche de ma raison a cédé et j'ai sombré, de plus en plus bas, heurtant un monde d'une chute à l'autre. Ce n'était pas la première fois que je vivais une chose pareille, mais l'expérience ne vous est d'aucun réconfort quand vous sentez un enterrement dans votre cerveau. Tandis que je me débattais pour m'en sortir, ou du moins pour ralentir ma chute, j'ai repensé à mes *road trips* d'antan, et décidé

1. Ce détail résume sans doute tous les États-Unis à lui seul, mais ces deux villes ne sont pas les seules à rivaliser pour le titre officiel de Plus Impressionnante Boule de ficelle du monde. Il y a aussi la plus grosse boule de ficelle en nylon, actuellement exposée à Branson, dans le Missouri, et la plus lourde boule de ficelle du monde, dans le Wisconsin.

d'entreprendre une thérapie géographique. Je suis allé voir la plus grosse boule de peinture, ce qui m'a en fin de compte sauvé la vie, du moins provisoirement.

Je suis fasciné par les attractions des bords d'autoroute parce qu'elles rassemblent en un seul endroit l'œuvre de vastes systèmes et le travail de minuscules individus. Si nous avons autant d'attractions touristiques sur les autoroutes, c'est parce que nous avons beaucoup d'autoroutes – notre réseau autoroutier a été conçu pour permettre le déplacement d'un grand nombre de gens à travers de larges territoires[1]. Quand vous êtes sur une autoroute, il n'y a rien de plus simple que de continuer à rouler, tant que vous n'avez pas besoin de faire le plein d'essence ou de manger un morceau. Pour détourner le conducteur de la ligne droite et de la vitesse de croisière de l'autoroute américaine, il faut vraiment quelque chose d'extraordinaire. Quelque chose qu'il n'a jamais vu ailleurs. Le record mondial du plus gros ______.

C'est le système qui rend ces attractions indispensables, mais ce sont les individus qui choisissent ce qu'ils en font et pourquoi. Prenez Joel Waul, par exemple, le créateur du Megaton, la plus grosse boule d'élastiques du monde. Pendant le processus de fabrication de sa boule, Waul écrivit sur sa page Myspace : « Premièrement, avoir une idée claire, simple et pratique, un projet, un objectif. Deuxièmement, avoir les moyens d'atteindre son objectif. Troisièmement, tendre tous ces moyens en direction

1. Il est intéressant de noter qu'aux États-Unis, les plus grosses boules du monde ne sont apparues qu'avec l'émergence du réseau autoroutier au début des années 1950.

de cet objectif – Aristote[1]. » L'objectif clair, simple et pratique de Waul était de fabriquer la plus grosse boule d'élastiques en caoutchouc du monde, pour un poids total de plus de 4 000 kilos. J'ignore pourquoi je vois de la beauté dans le fait de s'atteler de manière obsessionnelle à la fabrication de quelque chose qui ne sert à rien, mais c'est comme ça.

La plus grosse boule de peinture se trouve dans la bourgade d'Alexandria, dans l'Indiana. Un jour de 1977, Mike Carmichael s'est mis à peindre une balle de base-ball avec son fils de trois ans. Puis ils ont décidé de continuer. Le père de famille a expliqué au site Internet Roadside America, qui recense toutes les attractions touristiques des bords d'autoroute : « Mon intention était d'ajouter un millier de couches de peinture, peut-être, puis de couper la balle en deux et de voir ce que ça donnait. Mais ma famille m'a dit de ne pas m'arrêter. » Carmichael a invité ses amis et d'autres membres de sa famille à peindre la balle. Quand des visiteurs inconnus ont commencé à débarquer chez lui, Mike les a fait peindre eux aussi.

Aujourd'hui, plus de quarante ans après, on compte plus de vingt-six mille couches de peinture sur cette balle de base-ball. Son poids atteint deux tonnes et demie. Elle est logée dans sa propre maisonnette, et plus d'un millier de visiteurs viennent la repeindre chaque année. C'est gratuit. Mike fournit même la peinture. Son fils et lui ajoutent toujours une couche de temps à autre, mais ce sont surtout les visiteurs qui s'en chargent.

---

1. Aristote n'a jamais écrit ces mots. C'est un résumé très concentré de sa pensée.

Enfant, de même que je m'imaginais que les avancées technologiques naissaient du brillant cerveau d'êtres héroïques œuvrant seuls dans leur coin, je voyais l'histoire de l'art comme une succession de génies solitaires. Shakespeare, Léonard de Vinci, ou quiconque utilisant son talent inné pour élargir le paysage humain : en étudiant la vie et l'œuvre de ces hommes, j'étais sûr de tout comprendre à la création de l'art. À l'école, qu'il s'agisse des cours d'histoire, de maths ou de littérature, on m'expliquait presque systématiquement que des personnages terribles ou hors du commun étaient au centre de tout. Michel-Ange et son plafond. Newton et la pomme. César franchissant le Rubicon.

Pour être honnête, on nous disait aussi que parfois, les circonstances jouaient un rôle dans l'émergence du génie. Quand j'étudiais *Les Aventures de Huckleberry Finn* au lycée, un de mes profs nous a fait remarquer que pour devenir Mark Twain, Mark Twain avait dû grandir au bord du fleuve qui divisait l'Amérique au XXe siècle durant la guerre qui avait divisé l'Amérique au XIXe siècle. Mais le plus souvent, on m'enseignait – et je croyais – que les travaux importants étaient le fruit non pas d'une époque ou de la collaboration entre humains, mais du génie de héros à l'intelligence supérieure.

Je crois encore au génie. De John Milton à Toni Morrison en passant par Jane Austen, certains artistes sont juste… meilleurs. Mais de nos jours, je vois plutôt le génie comme un processus évolutif que comme un trait individuel. Plus exactement, je crois que le culte voué au génie solitaire nous induit toujours en erreur. Isaac Newton n'a pas découvert la gravité ; il a, comme beaucoup d'autres à son époque, élargi la conscience que nous en avions déjà, en un temps et en un lieu où le savoir était façonné et partagé de manière plus efficace. Jules César n'est pas devenu un dictateur parce qu'il a choisi de franchir le Rubicon avec son armée ; il est devenu un dictateur parce qu'au fil des siècles, la République romaine s'appuyait de plus en plus sur les succès de ses généraux pour faire entrer de l'argent dans les caisses de l'État, et parce que la loyauté des soldats de l'empire penchait de plus en plus vers leurs chefs militaires que vers leurs dirigeants civils. Michel-Ange a certes profité d'une meilleure compréhension de l'anatomie humaine et de son statut de Florentin à une époque où Florence était une ville riche, mais il a aussi bénéficié du travail de ses nombreux assistants qui l'ont aidé à peindre certaines parties de la chapelle Sixtine.

Les individus dont nous chantons les louanges dans le contexte de révolutions plus récentes se sont eux aussi retrouvés au bon endroit et au bon moment pour être en mesure de contribuer à l'élaboration de puces électroniques plus rapides, de meilleurs systèmes d'exploitation ou d'agencements de clavier plus efficaces. Même les plus extraordinaires des génies accomplissent bien peu de choses tout seuls.

J'aurais aimé – surtout quand j'étais plus jeune – que mon travail soit meilleur, qu'il se hisse au niveau du génie, et que mes écrits soient assez bons pour s'inscrire dans la postérité. Mais je crois que cette façon d'appréhender l'art laisse trop de place aux individus. Au final, l'art et la vie sont peut-être comparables à la plus grosse boule de peinture du monde. On choisit ses couleurs avec soin avant de superposer les couches du mieux possible. Avec le temps, elles s'accumulent. Puis d'autres viennent ajouter les leurs, jusqu'à effacer les traces de votre peinture. Et plus personne ne sait où tout cela a commencé, excepté vous.

Mais ça ne veut pas dire que votre couche de peinture est ratée ou sans intérêt. Votre modeste contribution a modifié la sphère élargie pour toujours. Vous l'avez rendue plus belle, plus intéressante. La plus grosse boule de peinture du monde n'a plus rien à voir avec la balle de base-ball qu'elle était à l'origine, et vous y avez participé.

Voilà ce que représente l'art, pour moi. On repeint une balle de base-ball, on inspire quelqu'un d'autre en le faisant à sa manière, et ainsi de suite jusqu'à ce qu'un type miné par l'angoisse et la dépression se rende à Alexandria, dans l'Indiana, pour admirer un truc absurde et magnifique élaboré par des milliers de gens, et ressente en lui un frisson d'espoir impossible à expliquer ou à partager autrement qu'en peignant. Ce type ajoute sa propre couche de peinture : elle ne durera pas, mais elle compte quand même. L'art, ce n'est pas seulement un génie qui trace son chemin, comme disait James Joyce, « pour façonner dans la forge de mon âme la conscience incréée de ma race ». C'est aussi choisir un bleu pâle pour peindre la plus grosse boule de peinture du monde, tout en sachant qu'elle sera bientôt repeinte par quelqu'un d'autre, mais en le faisant quand même.

Ma note pour la plus grosse boule de peinture du monde est de 4 étoiles.

LES SYCOMORES

Mes enfants adorent me défier à une sorte de jeu ancestral baptisé : « Pourquoi ? » Si je leur dis, par exemple, que j'aimerais qu'ils finissent leur petit déjeuner, ils me demandent : « Pourquoi ? » Je leur réponds que c'est parce qu'ils ont besoin de se nourrir et de s'hydrater, et ils me demandent : « Pourquoi ? » Je leur réponds qu'en tant que parent, je me sens dans l'obligation de protéger leur santé, et ils me demandent : « Pourquoi ? » Je leur réponds que c'est en partie parce que je les aime, et en partie à cause des impératifs évolutionnistes inscrits dans mon ADN, et ils me demandent : « Pourquoi ? » Je leur réponds que c'est parce que toute espèce œuvre à sa survie. « Pourquoi ? »

Cette fois, je prends le temps de réfléchir avant de répondre : « Je ne sais pas. Je veux croire, en dépit de tout le reste, que l'entreprise humaine vaut quelque chose. »

Nouvelle pause. Un silence merveilleux et salutaire s'installe autour de la table du petit déjeuner. Il me semble même voir une petite main soulever une fourchette. Et là, pile au moment où le silence paraissait disposé à enlever son manteau pour s'installer, l'un de mes enfants réplique : « Pourquoi ? »

Adolescent, je pratiquais moi aussi ce jeu, histoire de prouver qu'à force de creuser, on s'apercevait que rien n'avait de sens. J'étais un adepte du nihilisme. Surtout, j'aimais m'en convaincre. Je voulais être certain que ceux qui croyaient au sens inhérent de l'existence étaient des imbéciles. Que c'était un mensonge qu'on se racontait à soi-même pour supporter l'horrible absurdité de la condition humaine.

Il y a quelque temps, mon propre cerveau s'est mis à me jouer le même tour. Cette fois, c'était une variante intitulée : « À quoi bon ? »

Il y a un poème d'Edna St Vincent Millay que j'ai repris dans deux de mes romans et que je vais vous citer ici à nouveau, parce que je n'ai jamais rien lu qui décrive aussi parfaitement mes blizzards de dépression. « Ce frisson glacé dans l'air / Que les sages connaissent bien, et ont même appris à supporter. / Cette joie, je sais / Sera bientôt ensevelie sous la neige. »

Je me trouve à l'aéroport, fin 2018, quand je sens soudain ce frisson glacé envahir l'air. À quoi bon ? Je m'apprête à m'envoler pour Milwaukee un mardi après-midi, à m'engouffrer en compagnie d'autres grands singes modérément savants dans un tube qui rejettera un volume ahurissant de dioxyde de carbone dans l'atmosphère pour nous transporter d'un centre de population à un autre. Rien de ce que ces gens ont à faire à Milwaukee n'a d'importance, parce que rien n'a vraiment d'importance.

Quand mon cerveau décide de jouer à « À quoi bon ? », je ne vois pas l'intérêt de faire de l'art, puisque c'est un pillage des ressources limitées de notre planète à des seules fins décoratives. Je ne vois pas l'intérêt de faire du jardinage, puisque cela consiste à produire péniblement de la nourriture qui servira juste à alimenter nos organismes inutiles un peu plus longtemps. Et je ne vois pas non plus l'intérêt de tomber amoureux, puisqu'il s'agit d'une tentative désespérée de conjurer la solitude qui sera toujours la nôtre étant donné qu'on est toujours seul « au fond de cette pénombre qui n'est autre que soi », comme l'a écrit Robert Penn Warren.

Sauf que ce n'est pas de la pénombre. C'est pire que ça. Quand mon cerveau joue à « À quoi bon ? », la chose qui s'abat sur moi est un blizzard de lumière glacée et aveuglante. L'obscurité n'est pas une expérience douloureuse ; ça, oui. C'est comme de regarder fixement le soleil. Un poème de Millay fait référence au « trouble étincelant de l'œil ». Il me semble que ce trouble étincelant est la lumière que l'on voit lorsqu'on ouvre les yeux juste après sa naissance, celle qui vous fait pleurer vos premières larmes et constitue votre première peur.

À quoi bon ? Tant de tâtonnements et de labeur réduits à néant, tôt ou tard. Assis dans cet aéroport, je suis écœuré par mes propres excès, mes échecs, mes tentatives pathétiques pour trouver un semblant de sens ou d'espoir aux matériaux de ce monde absurde. Je me suis bercé d'illusions en pensant qu'il y avait une signification derrière tout ça, que la conscience était un miracle alors que c'est surtout un fardeau, que c'était merveilleux d'être vivant alors qu'en réalité, c'est terrifiant. En fait, me souffle mon cerveau quand il se lance dans ce petit jeu, c'est que l'univers se fout pas mal que je sois là.

« La nuit tombe vite, a écrit Millay. Aujourd'hui appartient au passé. »

Le problème de ce jeu, c'est que je ne sais jamais comment l'arrêter. Toutes les stratégies de défense que je m'efforce d'échafauder sont aussitôt détruites par la lumière blanche aveuglante, et je me dis que le seul moyen de survivre à la vie est de cultiver un détachement ironique à son égard. Si je ne peux pas être heureux, autant avoir l'air cool. Quand mon cerveau joue à « À quoi bon ? », l'espoir me semble une chose bien fragile et naïve, surtout face au cortège infini d'atrocités et d'horreurs qui accompagne la vie humaine. Quel genre d'imbécile heureux peut regarder la vie en face et réagir autrement que par un désespoir absolu ?

Je cesse de croire en l'avenir. Dans le roman de Jacqueline Woodson intitulé *Mon bel amour...*, un personnage explique qu'il ne voit rien d'autre qu'un « grand vide à l'endroit où je devrais être » lorsqu'il se projette dans le futur. L'avenir m'évoque aussi ce grand vide et cette terreur aveuglante dénuée de sens. Quant au présent, il me fait souffrir. Tout me fait souffrir. La douleur ondule sous ma peau, me perce jusqu'aux os. À quoi bon tant de souffrances et d'aspirations ? *Pourquoi ?*

Le désespoir n'est pas une activité très productive. C'est bien le problème. À l'image d'un virus qui se multiplie, il ne fait que produire de plus grosses quantités de lui-même. Si jouer à « À quoi bon ? » faisait de moi un plus fervent défenseur de la justice ou de l'environnement, je serais à fond pour. Mais la lumière blanche du désespoir me rend inerte et apathique. J'ai beaucoup de mal à faire quoi que ce soit. Je n'arrive plus à dormir, et je n'arrive plus à rien sans dormir.

Je n'ai pas envie de céder au désespoir. De me réfugier dans un détachement ridicule. Je n'ai pas envie d'avoir l'air cool si cela signifie devenir froid ou se tenir à distance des choses.

La dépression, c'est épuisant. On en a vite marre d'écouter la prose élaborée de notre cerveau nous seriner qu'on est un imbécile de vouloir s'accrocher. Quand ce jeu commence, j'ai l'impression qu'il ne s'arrêtera jamais. Mais c'est un mensonge, comme toutes les certitudes. Le moment présent semble toujours infini, or il ne l'est jamais. J'avais tort de considérer que la vie n'avait aucun sens quand j'étais adolescent, et j'ai tort de le penser maintenant. La vérité est bien plus complexe que le simple désespoir.

Croire – en anglais, *to believe*. C'est mon amie Amy Krouse Rosenthal qui m'a ouvert les yeux sur la beauté de ce verbe. Il contient à la fois *be* (« être ») et *live* (« vivre »). Un jour que nous étions en train de déjeuner, elle m'a confié à quel point elle aimait ce mot. La conversation a ensuite dérivé sur la famille et le travail, lorsqu'elle a soudain déclaré : « *Believe ! Be, Live !* Quel mot extraordinaire ! »

Les dictionnaires d'étymologie me disent que le mot anglais *believe* a des racines proto-germaniques signifiant « avoir à cœur » ou « s'attacher à ». J'aime cette explication autant que celle d'Amy. Je dois choisir de croire, de prendre les choses à cœur, de m'y attacher. Je vais de l'avant. Je fais une thérapie. J'essaie un traitement différent. Je médite, même si j'ai horreur de la méditation. Je fais du sport. J'attends. Je m'entraîne à croire, à prendre les choses à cœur, à m'attacher.

Un jour, l'air semble un peu plus doux, et le ciel n'est plus aussi aveuglant. Je me promène dans un parc forestier avec mes enfants. Mon fils montre deux écureuils en train d'escalader le tronc d'un sycomore dont l'écorce se détache par plaques et dont les feuilles sont plus larges que des assiettes. « Voilà un arbre magnifique, me dis-je. Il doit être centenaire, voire plus âgé encore. »

Plus tard, en rentrant chez moi, je chercherai des infos sur les sycomores et apprendrai que certains d'entre eux ont plus de 300 ans, soit qu'ils sont encore plus vieux que la nation à laquelle ils sont censés appartenir. J'apprendrai que George Washington mesura jadis un sycomore faisant presque 12 mètres de circonférence. Et aussi qu'après avoir déserté l'armée britannique au XVIIIe, les frères John et Samuel Pringle vécurent pendant plus de deux ans dans le tronc creux d'un sycomore aujourd'hui situé en Virginie-Occidentale.

J'apprendrai qu'il y a deux mille quatre cents ans, Hérodote raconta que Xerxès, le roi des Perses, traversait un jour une forêt de sycomores avec son armée lorsqu'il tomba sur un arbre « d'une telle beauté qu'il décida d'y accrocher un ornement en or et laissa un de ses soldats sur place pour le garder ».

Mais pour le moment, j'observe juste cet arbre en songeant qu'il a transformé l'eau, l'air et la lumière du soleil en bois, en écorce et en feuilles, et je comprends que je me tiens dans son ombre immense et profonde. Je ressens l'apaisement que m'apporte cette zone d'ombre, le soulagement qu'elle m'inspire. Et enfin, quelque chose a du bon.

Mon fils me prend par le poignet, détourne mon regard de ce colosse végétal en direction de sa petite main aux doigts fins. Je lui dis que je l'aime. J'ai du mal à articuler.

Ma note pour les sycomores est de 5 étoiles.

« NEW PARTNER »

Avoir le cœur brisé n'est pas vraiment si différent de tomber amoureux. Ce sont deux types d'expériences qui emportent tout sur leur passage, et qui ont le don de me mettre à genoux. Elles sont autant chargées de désir et d'attente. Elles consument autant l'âme. Et je crois bien que c'est le sujet d'une chanson de Palace Music intitulée « New Partner », même si je n'en jurerais pas.

« New Partner » est depuis plus de vingt ans ma chanson préférée qui ne soit pas des Mountain Goats, bien que le sens des paroles m'échappe un peu. Un couplet dit : « *And the loons on the moor, the fish in the flow / and my friends, my friends still will whisper hello.* » – « Et les fous dans la lande, les poisons dans l'eau / et mes amis, mes amis qui me diront encore bonjour tout bas. » Je sais que ça veut dire quelque chose – mais quoi, au juste ? Mystère. Ce passage est suivi par un autre, tout aussi beau et déroutant : « *When you think like a hermit, you forget what you know.* » – « Quand on pense comme un ermite, on oublie ce qu'on sait. »

Palace Music est l'une des nombreuses incarnations de Will Oldhman, qui enregistre parfois sous son vrai nom, et parfois sous celui du très dandy Bonnie « Prince » Billy. J'aime beaucoup ses chansons ; sa façon d'évoquer la religion, la nostalgie et l'espoir résonne particulièrement chez moi, et j'aime surtout sa voix, qui semble toujours à deux doigts de vaciller.

Mais « New Partner » n'est pas qu'une simple chanson pour moi. Elle a un pouvoir magique, dans le sens où elle accomplit le prodige de me remémorer toutes les fois où je l'ai écoutée. L'espace de trois minutes et cinquante-quatre secondes, elle refait de moi les personnes que j'étais autrefois. À travers elle, je revis mes peines de cœur et mes coups de foudre avec assez de recul pour ne pas y voir que des phénomènes opposés. Dans son poème « The Palace », Kaveh Akbar écrit : « L'art est le lieu où survit ce à quoi nous survivons. » Et je crois que cela concerne non seulement l'art que nous créons, mais aussi celui que nous aimons.

Comme pour tout sortilège, il faut se montrer prudent avec le pouvoir magique d'une chanson : écoutez-la trop souvent, et elle deviendra banale. Vous entendrez les changements d'accords avant qu'ils arrivent, et la chanson perdra sa capacité à vous surprendre et à vous transporter. Mais si vous en faites un usage modéré, la chanson magique saura vous faire voyager dans le temps plus efficacement que n'importe quel souvenir.

J'ai vingt et un ans. Je suis amoureux, et j'effectue un long trajet en voiture pour aller rendre visite à de lointains parents qui vivent près de la petite ville où a grandi ma grand-mère. Je m'arrête avec ma copine sur le parking d'un McDonald's à Milan, dans le Tennessee, et nous restons quelques instants dans la voiture pour écouter la fin de « New Partner ».

C'est le printemps, et nous roulons vers le sud. Quand la chanson se termine et que nous sortons de la voiture, nous nous apercevons que nous n'avons plus besoin de nos tee-shirts à manches longues. Je remonte les miennes et sens le soleil sur mes avant-bras pour la première fois depuis des mois. À l'intérieur du McDo, j'utilise la cabine téléphonique pour appeler le numéro que m'a donné ma mère, et j'entends une petite voix chevrotante me dire : « Allô ? »

J'explique à mon interlocutrice que sa cousine, Billie Grace, est ma grand-mère. « La fille de Roy ? » me demande-t-elle. Je lui réponds par l'affirmative. « Vous êtes en train de me dire que vous êtes de la famille de Billie Grace Walker ? » Je lui réponds de nouveau par l'affirmative. « Donc vous êtes en train de me dire que vous êtes de ma famille ? » Pour la troisième fois, je lui réponds que oui, et ma lointaine parente, Bernice, s'exclame alors : « Eh bien, venez ! »

J'ai vingt-deux ans. Je suis apprenti aumônier dans un hôpital pédiatrique, fraîchement célibataire et malheureux comme les pierres. Je sors d'une longue astreinte de quarante-huit heures. Ces deux journées ont été rudes. En quittant l'hôpital, je n'en reviens pas de la lumière du dehors et de la vitalité de l'air. Je monte dans ma voiture et reste sans bouger, à observer les enfants et les parents qui entrent et sortent. Je passe « New Partner » sur le lecteur cassette de mon autoradio.

Un enfant était décédé sans raison la nuit précédente – mort subite du nourrisson, un syndrome dont le seul nom atteste de notre ignorance et de notre impuissance face à lui. C'était un très beau bébé, et il n'était plus de ce monde. Sa mère m'avait demandé de le baptiser. Selon les préceptes de ma foi, les morts ne sont pas censés être baptisés, mais après tout, les bébés ne sont pas censés mourir non plus. C'était la première fois que je baptisais quelqu'un. Il s'appelait Zachary. Son prénom, inspiré de l'hébreu, signifie : « Dieu se souvient ».

J'ai vingt-huit ans, et je viens de me marier. Je vis à Chicago dans un sous-sol largement dépourvu de mobilier. J'ai une série interminable de rendez-vous de chirurgie dentaire pour réparer ma bouche à la suite d'un accident de vélo, et je souffre en permanence. La douleur est à se taper la tête contre les murs – j'essaie de commencer un nouveau roman, mais je ne parviens à écrire que des histoires dans lesquelles un jeune homme tente de s'arracher les dents par tous les moyens.

Je me revois dans cet appartement, allongé sur mon lit d'emprunt en train d'écouter « New Partner » pour me calmer, les yeux rivés aux carreaux antédiluviens du plafond avec leurs taches d'humidité couleur de thé qui évoquaient la forme de continents sur la carte d'un monde parallèle. Parfois, la chanson me ramène à cette période de ma vie avec une force viscérale au point que je sens encore l'odeur du bain de bouche antibiotique avec lequel je rinçais ma plaie. Je peux même encore sentir la douleur dans ma mâchoire, mais d'une manière qui me paraît surmontable, comme seules le font les choses auxquelles on a survécu.

J'ai trente-deux ans. Je viens d'avoir un enfant. Je savais, bien sûr, que le fait de devenir père ne vous rendait pas qualifié pour le job d'un coup de baguette magique, mais je n'en reviens pas que ce bébé soit sous ma responsabilité. Henry n'a que deux mois, et je me sens encore terrifié à l'idée d'être le père de quelqu'un, ou de sa dépendance totale envers moi, alors que je sais à quel point je ne suis pas fiable.

Je retourne le mot « père » sans arrêt dans ma tête. Père. Un mot comme une bombe à retardement. J'aimerais être doux et patient, sans inquiétude et sans stress. J'aimerais qu'il se sente à l'abri dans mes bras. Mais je n'ai pas la moindre idée de ce que je suis censé faire. J'ai lu plus de livres sur *Hamlet* que sur la parentalité. Il continue à pleurer même après que je lui ai changé sa couche et proposé un biberon. J'ai essayé de l'emmailloter, de le calmer, de le bercer, de chanter, mais rien n'y fait.

Pourquoi pleure-t-il ? Il n'y a peut-être pas d'explication, mais mon cerveau a besoin d'en avoir une. Je suis si incompétent, si prompt à m'énerver, si peu préparé aux mille et un aspects de tout cela. Les pleurs d'un bébé sont perçants – c'est parfois comme s'ils vous perforaient le corps. Au final, incapable d'arrêter ses vagissements, j'installe son siège dans la voiture et le berce doucement, mes écouteurs enfoncés dans les oreilles, en écoutant « New Partner » le plus fort possible pour entendre les lamentations de Will Oldham au lieu de celles de mon fils.

J'ai quarante et un ans. Pour Sarah et moi, cette chanson évoque l'époque lointaine où nous étions tombés amoureux, quand nous étions de « nouveaux partenaires » l'un pour l'autre, et elle évoque aussi notre amour d'aujourd'hui. C'est un pont entre ces deux vies. Nous faisons écouter « New Partner » à notre fils de neuf ans pour la première fois, et nous ne pouvons pas nous empêcher d'échanger un petit sourire idiot. Nous nous mettons à danser lentement dans la cuisine malgré les bruits de dégoût de Henry, et nous chantons les paroles – Sarah d'une voix juste, moi comme une casserole. À la fin, quand je demande à mon fils s'il a aimé, il me répond : « Un peu. »

Ça ne fait rien. Il trouvera lui-même sa chanson. Et vous avez sans doute la vôtre. J'espère qu'elle vous transporte dans des lieux où vous avez parfois envie d'aller sans vous imposer d'y rester.

Ma note pour « New Partner » est de 5 étoiles.

August Sander, *Jeunes fermiers*, 1914.
De gauche à droite : Otto Krieger, August Klein et Ewald Klein.

« TROIS FERMIERS S'EN VONT AU BAL »

Je passe régulièrement devant une bandelette verticale de quatre photos nous représentant, Sarah et moi. Elles ont été prises à Chicago en 2005, deux semaines après nos fiançailles. C'est un tirage Photomaton tout ce qu'il y a de plus ordinaire – pose sourires, pose grimaces, etc. –, mais la lumière était belle, et nous étions jeunes.

À mesure que je vieillis, ces images changent. En 2005, je me disais : *C'est vraiment nous*. Ces jours-ci, je me dis : *Qu'est-ce qu'on était jeunes !* Le fait de voir ces photos tous les jours me rappelle que dans quinze ans, je verrai des photos de nous datant de 2020 en me disant : *Regarde tout ce que ces deux-là étaient loin de s'imaginer*.

Il y a une autre photo que je vois presque tous les jours : c'est un tirage d'un célèbre cliché du photographe August Sander, intitulé à l'origine *Jeunes fermiers* mais plus connu par la suite sous le nom de *Trois fermiers s'en vont au bal*.

Sander a pris quantité de photos baptisées *Jeunes fermiers* dans le cadre d'un vaste projet inachevé, *Hommes du XXe siècle*, visant à montrer tous les visages du peuple allemand, qu'ils soient aristocrates, soldats ou artistes de cirque. Mais cette image est sans doute la plus connue d'entre toutes. Je l'ai découverte grâce au roman du même nom de Richard Powers, que j'ai lu à la fac. Powers écrirait plus tard un roman autobiographique dans lequel un jeune programmeur informatique se prend d'une telle obsession pour cette photo qu'il renonce à sa carrière pour écrire un livre sur elle. Moi aussi, je suis devenu obsédé par cette image. J'ai passé des années à traquer d'autres photos des trois protagonistes et à essayer d'enquêter sur leur vie[1].

Il y a plein de raisons d'aimer cette photo. J'adore la façon dont les jeunes gens se retournent vers le photographe, comme s'ils avaient à peine le temps de prendre la pose avant de filer profiter du bal et du reste de leur vie. Ils ont les pieds dans la boue mais la tête dans les étoiles, ce qui n'est pas une mauvaise métaphore pour décrire la vie à vingt ans. Et leurs visages expriment bien ce qu'on ressent quand on se met sur son trente et un en compagnie de ses meilleurs amis.

Leurs vêtements sont d'ailleurs fascinants, eux aussi. Le critique d'art John Berger a écrit : « Ces trois jeunes gens appartiennent, au mieux, à la deuxième génération ayant porté ce genre de costumes dans la campagne européenne. Vingt ou trente ans auparavant, aucun jeune fermier n'aurait pu se permettre de s'habiller ainsi. » L'industrialisation, associée aux

1. Au final, comme souvent en ce bas monde, je ne suis arrivé à rien tout seul et j'ai dû m'associer à d'autres gens pour atteindre le résultat escompté. Un groupe d'internautes bienveillants et talentueux baptisé Tuataria ont uni leurs efforts pour retrouver la trace de Reinhard Pabst, l'universitaire et journaliste allemand dont les recherches ont permis d'établir le nom et l'histoire des trois jeunes gens.

médias de masse comme le cinéma et les magazines, avait rendu la mode urbaine attrayante et accessible aux jeunes gens des zones rurales d'Europe.

Mais on sent aussi une certaine tension, dans cette image. Les poses de dandy, avec cigarettes et cannes élégantes, jurent étrangement avec le paysage champêtre visible à l'arrière-plan. Leurs têtes semblent également coupées par la ligne d'horizon, détail tragiquement prémonitoire pour ces jeunes gens qui ignoraient alors que la Première Guerre mondiale les attendait au tournant. L'image a été prise peu de temps avant l'assassinat de l'archiduc François-Ferdinand. Bientôt, l'Allemagne entrerait en guerre, et l'industrialisation qui avait permis la confection de ces costumes produirait en masse des armes bien plus meurtrières que tout ce que le monde avait connu jusqu'alors.

Pour moi, cette photo est donc une allégorie des choses que l'on sait et de celles qu'on ignore. Vous savez que vous vous rendez à un bal, mais vous ignorez que vous marchez aussi vers la guerre. C'est une image qui nous rappelle qu'on ne peut jamais savoir ce que l'avenir nous réserve, ainsi qu'à nos amis ou à notre pays. Philip Roth a défini l'histoire comme « l'imprévisible impitoyable ». Selon lui, l'histoire réside là où « tout ce qui est imprévisible en son temps est décrit noir sur blanc comme inévitable ». Sur les visages de ces trois jeunes fermiers, nous voyons à quel point les horreurs à venir étaient inattendues. Et nous nous remémorons qu'il y a aussi un horizon au-delà duquel nous ne voyons rien.

Je possède une photo de janvier 2020, prise à l'intérieur d'une maison. Je me tiens bras dessus, bras dessous avec quatre amis. Juste devant nous, nos enfants – huit au total – forment un tas joyeusement désordonné : ils se tenaient enlacés par les épaules, et s'étaient écroulés les uns sur les autres au moment précis où la photo avait été saisie. Personne ne porte de masque. En janvier 2020, cette image me faisait rire. En juillet, plus vraiment. « L'histoire n'est qu'une liste de surprises, a écrit Kurt Vonnegut. Elle ne peut que nous préparer à être de nouveau surpris. »

C'est donc de cette manière que je lis cette photo : les trois fermiers comme le symbole d'un moment historique fragile. Ils me rappellent que moi aussi, je me ferai surprendre par l'histoire, et qu'une image, statique par définition, change en même temps que ceux qui la regardent. Pour citer Anaïs Nin : « Nous ne voyons pas les choses comme elles sont, nous les voyons tels que nous sommes. »

Jeunes fermiers n'est pas seulement une œuvre d'art ; c'est aussi un document historique, qui montre de vraies gens. Le garçon à gauche est Otto Krieger, né en 1894. Il connaissait August Sander parce que ce dernier l'avait photographié, avec sa famille, trois ans auparavant. Celui du milieu, August Klein, était lui aussi déjà passé devant l'objectif de Sander, mais les négatifs de ces images, ainsi que trente mille autres, furent détruits durant la Seconde Guerre mondiale.

Il existe cependant une photo d'Otto Krieger et d'August Klein datant d'avant celle-ci.

Sur ce cliché, immortalisé en 1913, Otto (premier rang, troisième en partant de la gauche) tient une paire de baguettes de tambour croisées, tandis qu'August (premier rang, premier en partant de la gauche) tient une canne ressemblant fortement à celle qu'il arborera l'année suivante pour se rendre au bal. Selon le journaliste Reinhard Pabst, lui aussi fasciné par la photo des *Trois fermiers* et à qui l'on doit d'avoir retrouvé et conservé ce portrait de groupe, il s'agit d'une image prise lors de la fête du «Jour de la Fleur» au printemps 1913, soit un an avant la célèbre photo de Sander.

Comme ce dernier le savait sans doute, Otto Krieger et August Klein n'étaient pas fermiers. Ils travaillaient tous deux dans une mine d'extraction de fer et de minerai. Ewald Klein, le jeune cousin d'August situé à droite sur la photo prise avant le bal, travaillait dans les bureaux de la société minière. Son filleul dirait plus tard qu'Ewald préférait s'occuper de la paperasse parce qu'il détestait se salir les mains.

Nos trois jeunes fermiers étaient donc en réalité deux jeunes mineurs et un employé de bureau, ce qui signifie qu'ils contribuaient à l'économie industrielle. Le fer de la mine où ils travaillaient servirait à fabriquer des armes pour la guerre à venir.

Ayant lui-même travaillé dans une mine d'extraction de fer et de minerai à l'âge de treize ans, Sander devait se sentir proche de ces trois garçons. La photographe Maggie Steber a écrit un jour : « Le respect est la chose la plus importante qu'on puisse mettre dans son appareil », et le respect de Sander envers ses sujets est évident. Ewald dirait plus tard : « On le connaissait tous, à l'époque, parce qu'il avait déjà pris des photos dans le coin et qu'il venait toujours à la taverne. »

C'est d'ailleurs le respect profond de Sander envers ses sujets qui lui vaudrait plus tard l'ire du Troisième Reich. Sander photographiait des Roms et des Juifs (une section entière d'*Hommes du XX*^{e} *siècle* s'appelle « Les Persécutés »). En 1934, les nazis détruisirent les plaques d'impression d'un recueil de ses photographies, ainsi que tous les ouvrages déjà imprimés. L'année suivante, le fils de Sander, Erich, fut jeté en prison pour sympathies communistes. Il y mourut une décennie plus tard, quelques mois avant la fin de la Seconde Guerre mondiale.

Mais pas si vite : la Première n'est même pas encore arrivée, nous sommes à l'été 1914 et Erich Sander n'a pas encore quinze ans.

Les trois jeunes fermiers (qui n'étaient pas fermiers) vivaient à Dünebusch, un village d'environ 150 âmes niché dans le massif du Westerwald, dans l'ouest de l'Allemagne. En ce temps-là, le village n'était pas accessible en voiture. Pour s'y rendre, Sander dut laisser son véhicule au bout de la route et finir le trajet à pied sur des kilomètres dans la montagne avec son équipement.

Otto, August et Ewald se rendaient vraiment à un bal organisé dans une petite bourgade située à quarante-cinq minutes de marche. Sander, qui connaissait sans doute leur itinéraire à l'avance, avait déjà tout installé lorsqu'ils passèrent à sa hauteur. Ils s'immobilisèrent devant lui, tournèrent la tête en direction de l'objectif, et gardèrent la pose un instant.

Otto, le chapeau un peu penché, cigarette aux lèvres, avait tout du mauvais gars irrésistible. August était beau garçon, l'air sûr de lui et un peu assoupi. Quant à Ewald, avec sa bouche pincée et sa canne droite comme un piquet, il semble indubitablement nerveux.

C'est idiot de conclure des généralités sur de parfaits inconnus d'après une simple photo. Sander lui-même écrivit de ses sujets : «Je fige le moment dans son mouvement, en un cinq-centième de seconde de la vie de cette personne. C'est un fragment bien maigre de la vie d'un être.»

Pourtant, je ne peux m'empêcher d'imaginer l'instant d'avant et d'après. Je me demande de quoi ils parlaient en chemin. Je me demande s'ils se sont bien amusés, s'ils sont rentrés tard, ou avec qui ils ont dansé. Nous savons que c'était un samedi d'été. Nous savons qu'ils étaient hors de la mine, à la lumière. Et aussi que ce fut sans doute l'un des derniers bals auxquels ils se rendirent ensemble, car la guerre éclaterait quelques semaines plus tard.

Bientôt, les trois garçons furent appelés pour servir dans l'armée allemande. Otto et August furent placés dans le même régiment et envoyés sur le front belge. Au mois de janvier 1915, quelques mois seulement après la prise de la photo, August Klein envoya à ses parents ce cliché de la Belgique sous la neige : il est le cinquième en partant de la droite, Krieger se tient un genou à terre juste devant lui.

Les garçons ont changé. L'avenir qui les attendait au-delà de l'horizon s'est enfin révélé à eux. Mais même à ce moment-là, August et Otto ne connaissaient pas encore la suite. Ils ignoraient qu'August Klein serait tué au mois de mars, à l'âge de vingt-deux ans. Otto fut blessé à trois reprises – dont une fois, grièvement, en mai 1918 – mais survécut à la guerre. Ewald fut lui aussi blessé, mais il parvint à rentrer à Dünebusch, où il vécut jusqu'à sa mort, à un âge vénérable.

Alice Walker a écrit : « Toute l'histoire est actuelle », et je crois que c'est très vrai à plus d'un titre. L'histoire s'impose à nous et façonne notre expérience contemporaine. Elle change à mesure que nous regardons le passé depuis différents présents. Mais c'est aussi du courant électrique – elle est chargée, et elle circule. Elle prend son pouvoir à une source et l'apporte à d'autres. Sander a dit un jour de la photographie qu'elle pouvait contribuer à

« retenir l'histoire du monde », mais l'histoire ne se retient pas. Elle ne cesse de s'éloigner, de se dissoudre, pas seulement dans le passé inconnu, mais aussi dans l'avenir instable.

Je ne me souviens plus très bien de ce que m'inspirait cette photo des enfants écroulés en tas les uns sur les autres, celle prise juste avant qu'une pandémie la rende si étrangement voltaïque. Et je n'imagine même pas ce qu'elle inspirera à mes « moi » futurs. Tout ce que je vois, c'est cette image, qui change à mesure que le temps s'en éloigne.

August Klein avait vingt-deux ans lorsqu'il mourut. Il lui restait encore un an à vivre au moment de poser pour cette célèbre photographie. Il aurait pu lui arriver toutes sortes de choses, mais une seule s'est réalisée.

Ma note pour *Trois fermiers s'en vont au bal* est de 4,5 étoiles.

POSTFACE

L'édition allemande de ce livre est intitulée *Wie hat Ihnen das Anthropozän bis jetzt gefallen?* Je ne lis pas l'allemand, mais je trouve ce titre fabuleux rien qu'à le regarder. D'après ce que j'ai compris, il peut se traduire par *Comment trouvez-vous l'Anthropocène jusqu'à présent?*

Comment, c'est le mot.

Depuis que nous sommes enfants, je demande à mon frère, Hank, de m'expliquer le sens de la vie. C'est devenu une blague entre nous : on parle de nos vies, de nos projets, de nos familles ou de notre travail, et je profite d'une courte pause dans la conversation pour glisser : «Quel *est* le sens de la vie, de toute manière?»

Hank adapte systématiquement sa réponse au contexte de nos échanges, ou à ce qu'il pense que j'ai envie d'entendre. Parfois, il me dit que le sens de la vie est de prendre soin des autres. À d'autres moments, il m'explique que nous sommes là pour servir de témoins, être attentifs. Dans une chanson qu'il a écrite il y a des années, intitulée « The Universe is Weird » – « L'Univers est bizarre » –, Hank dit que le truc le plus bizarre, c'est qu'à travers nous « l'univers a créé un outil pour mieux se connaître lui-même ».

Hank aime me rappeler de temps à autre que je suis fait à partir des mêmes matériaux que ceux de l'univers, et que je ne contiens rien d'autre. « En fait, m'a-t-il affirmé un jour, tu n'es qu'un morceau de terre qui s'efforce de provoquer une rupture chimique. »

Dans son poème « Autoportrait dans un miroir convexe », John Ashbery écrit ces mots :

Le secret est trop banal. Sa médiocrité est urticante,
Fait couler de brûlantes larmes : que l'âme n'est pas une âme,
N'a pas de secrets, est petite, et s'adapte
Parfaitement à sa cavité : son antre, notre moment d'attention.

Je me répète ces mots tout bas, de temps en temps, pour essayer de me calmer, de recentrer mon attention et de remarquer les cavités d'âme parfaitement remplies tout autour de moi.

Je réalise que ce livre est truffé de citations – il en déborde, même. Moi aussi, je suis rempli de citations. Je considère le fait de lire et relire comme un apprentissage permanent. Je veux apprendre ce qu'Ashbery a déjà compris : comment ouvrir l'antre de l'attention qui contient l'âme. Je veux apprendre ce que mon frère a déjà compris : comment trouver du sens, et lequel. J'aimerais savoir quoi faire de mon tout petit morceau de la plus grosse boule de peinture du monde.

Le printemps est là, enfin, et je plante de longues rangées de graines de carottes. Elles sont si minuscules que je ne peux m'empêcher d'en planter trop, dix ou douze graines pour deux centimètres carrés de terre. Je me sens comme un être humain en train de planter des graines de carottes dans la Terre ; mais, en réalité, comme me le dirait mon frère, je suis la Terre en train de planter la Terre dans la Terre.

« Remplissez la Terre et assujettissez-la », nous ordonne Dieu dans le premier chapitre de la Bible. Mais nous sommes aussi la Terre que nous remplissons et assujettissons.

Comment est-ce que je trouve l'Anthropocène, jusqu'à présent ? Absolument génial ! Au lycée, mon meilleur ami, Todd, et moi allions tous les mercredis dans un vieux cinéma à 1 dollar la place. Quel que soit le film au programme dans l'unique salle pas chauffée, on y allait. Une fois, un film de loup-garou avec Jack Nicholson et Michelle Pfeiffer est resté à l'affiche huit mercredis de suite, et nous l'avons donc vu huit fois d'affilée. C'était un nanar, mais il nous paraissait de mieux en mieux à chaque projection. La huitième fois, nous étions seuls dans la salle, et nous avons hurlé à la mort avec Jack Nicholson tout en sirotant du Mountain Dew arrosé de bourbon.

Comment est-ce que je trouve l'Anthropocène jusqu'à présent ? Absolument atroce ! Je crois que je ne suis pas fait pour ça. Je n'existe pas depuis très longtemps, mais je vois déjà mon espèce s'évertuer à en détruire quantité d'autres – des oiseaux comme le moho de Kauai, vu pour la dernière fois quand j'avais dix ans, aux arbres comme l'olivier de Sainte-Hélène, dont le dernier spécimen est mort quand j'en avais vingt-six.

« Je sens l'odeur de la blessure et c'est moi qu'elle sent », écrit Terry Tempest Williams dans son recueil intitulé *Erosion*. Je vis dans un monde blessé, et je sais que je suis la blessure : la Terre détruisant la Terre au moyen de la Terre.

Quel sens cela a-t-il de vivre dans un monde où vous avez le pouvoir d'annihiler des espèces vivantes par milliers, mais où vous pouvez être mis à genoux, voire terrassé, par un seul brin d'ARN ? J'ai essayé au fil de ces chroniques de recenser certains des lieux où ma petite vie frôle les forces puissantes qui façonnent l'expérience humaine contemporaine, mais la seule conclusion que j'en tire est très simple : nous sommes tout petits, très fragiles, merveilleusement et horriblement éphémères.

Quand je me demande comment je trouve l'Anthropocène jusqu'à présent, je pense à ces mots de Robert Frost : « Comme un morceau de glace sur un poêle brûlant, le poème doit voguer sur sa propre dissolution. » Il en va ainsi de la poésie, et il en va ainsi de nous-mêmes. Tels des glaçons sur un poêle brûlant, nous devons voguer sur une Terre en train de fondre, tout en sachant qui est responsable de sa dissolution. Une espèce qui n'a toujours su aller que vers davantage doit désormais trouver le moyen d'aller vers moins.

Parfois, je me demande comment survivre dans ce monde où, pour reprendre une citation de Mary Oliver, « tout / Tôt ou tard / Fait partie de tout le reste ». À d'autres moments, je me souviens que je ne survivrai pas, bien évidemment. Je deviendrai, tôt ou tard, le tout qui fera partie de tout le reste. Mais d'ici là : quelle stupéfaction de respirer sur cette planète qui respire. Quelle bénédiction d'être la Terre qui aime la Terre.

NOTES

La plupart de ces chroniques ont été diffusées pour la première fois, avec quelques variantes, dans le cadre du podcast *The Anthropocene Reviewed*, une coproduction WNYC Studios et Complexly. Des fragments d'autres chroniques sont apparus dans la série *The Art Assignment,* créée et produite par Sarah Urist Green pour PBS Digital, ou encore sur la chaîne YouTube vlogbrothers. Les notes ci-dessous, loin d'être exhaustives, proposent de modestes pistes à tous ceux qui souhaiteraient poursuivre leurs recherches ou en savoir un peu plus sur la genèse de ces textes.

Ce livre est un ouvrage de non-fiction, mais il est évident que ma mémoire m'a souvent joué des tours. J'ai également modifié certains détails ou certaines descriptions afin de protéger l'anonymat des personnes citées.

Ces notes et ces sources ont été compilées avec l'aide de Niki Hua et de Rosianna Halse Rojas, sans qui ce livre aurait été impossible. Toute erreur éventuelle est de mon seul fait.

« You'll Never Walk Alone »

L'un des nombreux avantages d'être fan du Liverpool Football Club, c'est qu'avec le temps, toutes les anecdotes et les choses à savoir sur cette chanson viennent à vous comme par osmose. La citation sur le refus de Molnár de voir *Liliom* adapté à l'opéra par Puccini provient du livre de Frederick Nolan, *The Sound of Their Music*, ainsi que la plupart des éléments concernant le rapport de Molnár au music-hall. Niki Hua m'a expliqué quels étaient les changements apportés par Gerry and the Pacemakers à la chanson. Gerry Marsden, qui est mort au début de l'année 2021, racontait souvent l'histoire de sa rencontre avec Shankly, et l'a notamment confiée au journaliste Simon Hart lors d'un entretien publié dans *The Independent* en 2013. Aucune existence humaine ne peut être complète sans chanter au moins une fois « You'll Never Walk Alone » au milieu de 60 000 personnes, et j'espère que vous aurez l'occasion d'en faire l'expérience, un jour ou l'autre, de même que j'espère pouvoir revivre ça le plus tôt possible.

La portée temporelle de l'humanité

L'idée de cet essai est née d'une conversation avec mon ami et collaborateur de longue date Stan Muller. Il existe de multiples versions du thème « l'histoire de la Terre à l'échelle d'une année », mais je me suis inspiré essentiellement du calendrier mis au point par le Kentucky Geological Survey. Le sondage sur les peuples du monde et leurs certitudes sur notre proximité avec l'Apocalypse a été effectué par l'agence Ipsos Global Affairs. La plupart des informations sur l'extinction permienne sont tirées d'un reportage de Christine Dell'Amore paru en 2012 dans *National Geographic* et intitulé « "Lethally Hot" Earth was Devoid of Life. Could It Happen Again ? » – « Notre Terre "chaud bouillante" s'est déjà retrouvée sans vie. Cela pourrait-il recommencer ? » (Spoiler : la réponse est oui. C'est même une certitude.) Les citations d'Octovia E. Butler proviennent de *La Parabole des talents*. L'idée de voir des choses qu'on ne verra jamais m'a été inspirée par le travail de l'artiste David Brooks et l'œuvre qu'il avait réalisée dans le cadre du livre de Sarah Urist Green, *You Are an Artist*. Les données sur l'augmentation de la température mondiale moyenne depuis la révolution industrielle proviennent du National Climatic Data Center du National Oceanic and Atmospheric Administration (NOAA).

La comète de Halley

Comme je le précise dans la chronique, la plupart des informations concernant Edmond Halley et ses calculs sur la comète proviennent de deux ouvrages très agréables à lire : *Halley's Quest*, de Julie Wakefield, sur la vie de Halley en tant que capitaine de navire et explorateur, et *Out of the Shadow of a Giant* de John et Mary Gribbin. J'ai découvert Fred Whipple et sa théorie de la « boule de neige sale » grâce au Smithsonian Astrophysical Observatory. Pour en savoir plus sur l'apparition de la comète en 1910, se référer à l'article de Chris Riddell paru en 2012 dans le *Guardian* et intitulé « Apocalypse Postponed ? » – « Apocalypse reportée ? » (Quelle arlésienne, cette Apocalypse !)

Notre capacité d'émerveillement

Je dois beaucoup au livre de Matthew J. Bruccoli sur F. Scott Fitzgerald, *Some Sort of Epic Grandeur*, ainsi qu'au *Zelda* de Nancy Mitford. J'ai appris beaucoup de choses sur les éditions spéciales publiées en livres de poche par l'armée américaine en lisant un article publié en 2015 dans le magazine *Mental Floss* et intitulé « How WWII Saved *The Great Gatsby* from Obscurity ». J'ai eu la chance de séjourner à l'Hôtel Plaza grâce à la générosité de Fox 2000, une société de production cinématographique aujourd'hui défunte. « La Fêlure » a été publiée en anglais pour la première fois dans le magazine *Esquire* en 1936 et est désormais lisible en ligne. Plusieurs des manuscrits de *Gatsby le Magnifique* sont consultables en ligne sur le site de la bibliothèque de Princeton University, et c'est fascinant de voir ce qui a changé (ou pas) au gré des révisions. La citation de David Denby est extraite d'une critique parue dans le *New Yorker* le 13 mai 2013.

L'art rupestre de Lascaux

J'ai découvert l'existence de la grotte de Lascaux et l'histoire de notre séparation de ses peintures grâce au documentaire de Werner Herzog, *La Grotte des rêves perdus*. J'ai approfondi mes connaissances en lisant l'essai de Judith Thurman, « First Impressions », paru dans le *New Yorker* du 16 juin 2008. Simon Coencas a enregistré pour l'United States Holocaust Memorial Museum une histoire orale, à écouter sur le site Internet du musée. Sa citation à propos de sa « petite bande » provient d'un entretien qu'il avait accordé en 2016 à l'AFP. L'essai de Barbara Ehrenreich, « The Humanoid Stain » a été publié pour la première fois dans *The Baffler* en novembre 2019. Le site Internet sur Lascaux, sur archeologie.culture.fr, m'a été particulièrement précieux, et comporte notamment des descriptions des outils manuels utilisés par les artistes de la grotte. J'ai découvert le travail de Genevieve von Petzinger dans un article de *New Scientist* signé par Alison George en 2016 et intitulé « Code Hidden in Stone Age Art May Be the Root of Human Writing ». Enfin, je n'aurais jamais pu écrire cette chronique sans le travail inlassable de Thierry Felix pour la préservation de la grotte et de l'histoire de ses découvreurs.

Les stickers odorants à gratter

La citation de Helen Keller sur l'odeur provient de son fabuleux ouvrage, *The World I Live In*. La débâcle de la société Baltimore Gas and Electric est relatée dans un article de l'agence Associated Press daté du 4 septembre 1987.

Quand j'étais au collège, l'une de mes profs m'a un jour pris à part après les cours. Elle savait que j'avais beaucoup de mal en classe, aussi bien sur le plan académique que sur le plan personnel, et elle tenait absolument à me dire qu'elle avait beaucoup aimé un texte que j'avais écrit. Elle a ajouté : « Tout finira par s'arranger, tu sais. Peut-être pas à court terme... » Elle a alors marqué une pause, avant de poursuivre : « Ni à long terme, d'ailleurs. Mais à moyen terme. » Je n'ai jamais oublié ce moment de gentillesse. Il m'a aidé à garder le moral les jours difficiles, et j'ignore si ce livre aurait pu exister sans lui. J'ai oublié le nom de cette enseignante, comme j'oublie presque tout, mais je lui dois une reconnaissance éternelle.

Le Diet Dr Pepper

L'histoire du Dr Pepper est racontée succinctement (quoique un tantinet exagérément) au Dr Pepper Museum and Free Enterprise Institute de Waco, Texas. (Foots Clements, fervent opposant au communisme, a insisté pour que le musée rende hommage non seulement à la boisson, mais aussi au marché libre.) Charles Alderton était franc-maçon et, à ma connaissance, la biographie la plus complète jamais écrite sur lui est celle publiée par la loge maçonnique de Waco, disponible sur leur site Internet. Je dois également beaucoup à deux articles consacrés au Dr Pepper : « The Legend of Dr Pepper / 7-Up » par Jeffrey L. Rodengen, et « The Road to Dr Pepper, Texas » par Karen Wright, qui se plonge dans l'histoire stupéfiante de l'usine d'embouteillage du Dr Pepper à Dublin, laquelle produisit jusqu'en 2012 une version unique du Dr Pepper à base de sucre de canne.

Les vélociraptors

Lors de la rédaction de *Jurassic Park*, Michael Crichton s'est entretenu avec le paléontologue John Ostrom, dont les recherches ont révolutionné notre connaissance des dinosaures. Dans une interview avec Fred Musante parue dans le *New York Times* du 29 juin 1997, Ostrom parle de sa rencontre avec Crichton et raconte que ce dernier a choisi le nom « vélociraptor » sous prétexte qu'il était « plus impressionnant ». Comme on peut le lire dans un article de *Yale News* datant de 2015, l'équipe de Steven Spielberg demanda à Ostrom une copie de tous ses travaux sur le déinonychus afin de s'en inspirer pour créer les vélociraptors du film. J'ai découvert le pot-aux-roses sur les vélociraptors grâce à mon fils, Henry, et aux explications de l'American Museum of National History, où j'ai également appris l'histoire du vélociraptor retrouvé mort entre les griffes d'un protocératops. Mon texte préféré sur la résurrection du brontosaure est un article de Charles Choi, « The *Brontosaurus* Is Back », publié par la revue *Scientific American* le 7 avril 2015.

L'oie bernache du Canada

J'ai beau la détester de tout mon cœur, c'était un régal de lire autant de choses sur cette oie. L'essentiel des informations présentées dans cet essai provient du Cornell Lab of Ornithology (allaboutbirds.org), un site si complet et accessible que le reste d'Internet pourrait en prendre de la graine. Le livre de Harold C. Hanson *The Giant Canada Goose* fait partie de ces ouvrages ultraspécialisés mais très sympas à lire. Celui de Joe Van Wormer *The World of the Canada Goose*, publié en 1968, est tout aussi plaisant. La citation de Philip Habermann provenait du livre *History Afield*, de Robert C. Willging. Si vous souhaitez en savoir plus sur l'histoire des pelouses, je recommande l'article de Krystal D'Costa « The American Obsession with Lawns » paru dans *Scientific American*.

Les ours en peluche

J'ai entendu pour la première fois l'histoire de l'ours épargné par Teddy Roosevelt et qui a quand même été tué lors d'un TED Talk présenté par Jon Mooallem, dont le livre *Wild Ones: A Sometimes Dismaying, Weirdly Reassuring Story About Looking at People Looking at Animals in America* – « Sauvages : une histoire parfois troublante, mais étrangement rassurante, de l'observation des gens qui observent les animaux aux États-Unis » – est une lecture aussi réjouissante qu'on peut l'espérer avec un sous-titre pareil. Le tabou autour de l'emploi du mot *ours* est finement expliqué sur l'indispensable dictionnaire étymologique anglais en ligne (etymonline.com). L'histoire de l'ours en peluche racontée par le Smithsonian Institute m'a aussi été très utile ; c'est ainsi que j'ai appris l'existence de l'article du *Washington Post* de 1902 racontant comment Roosevelt avait épargné (si l'on peut dire) l'animal. Les chiffres concernant la distribution de la biomasse terrestre proviennent de

« The Biomass Distribution on Earth », de Yinon M. Bar-On, publié pour la première fois le 21 mai 2018 dans la revue *Proceedings of the National Academy of Sciences of the United States of America.* J'ai découvert le concept de biomasse en lisant *Sapiens*, le best-seller de Yuval Noah Harari. La citation de Sarah Dessen est tirée de son merveilleux roman, *Te revoir un jour.*

Le Hall of Presidents

Un grand merci à mes enfants, Henry et Alice, d'avoir sacrifié une demi-heure de leur séjour chez Disney afin de me permettre de retourner visiter le Hall of Presidents pour les besoins de cette chronique. Quand j'ai demandé à mon fils ce qu'il en avait pensé, il a marqué une pause avant de me répondre : « J'aimerais dire que j'ai aimé, mais non. »

La climatisation

L'idée de cette chronique m'est venue de mon ami Ryan Sandahl, qui m'a raconté l'histoire de Willis Carrier. Je me suis aussi appuyé sur le livre de Margaret Ingels *Willis Haviland Carrier : Father of Air Conditioning.* Les informations concernant l'impact de la clim et des ventilateurs électriques sur le réchauffement climatique proviennent du rapport de l'Agence internationale de l'énergie publié en 2018 et intitulé : « The Future of Cooling ». Les données sur la canicule de 2003 proviennent d'un rapport publié en France en 2008 dans la revue *Comptes Rendus – Biologies.* Le récit de la canicule de 1757 en Europe par John Huxham a été publié pour la première fois dans la revue *Philosophical Transactions of the Royal Society* ; j'ai découvert son existence par le biais de Wikipedia. Ma compréhension de la manière dont la climatisation a transformé l'architecture doit beaucoup à un épisode du podcast *99% Invisible.*

Le staphylocoque doré

Je voulais écrire sur *Staphylococcus aureus* depuis que mon médecin m'avait parlé de la colonie à l'agressivité fascinante qui avait élu domicile dans mon organisme. Je prenais tellement d'antibiotiques pour tenter de contrôler l'infection qu'à un moment donné, mon médecin devait s'assurer que je n'avais pas déjà essayé les traitements qu'il s'apprêtait à me prescrire. « Cette pilule est jaune, m'a-t-il déclaré. Avez-vous déjà pris des pilules jaunes ? » « Peut-être », lui ai-je répondu. « Celle-ci est ronde. Avez-vous déjà pris des pilules rondes ? » Pareil, peut-être. « Ce médicament coûte 700 dollars par cachet. Avez-vous déjà… » « Non », lui ai-je répondu. Le traitement me coûtait 2 000 dollars, alors que nous avions une mutuelle, mais nous ne sommes pas là pour débattre du système de santé américain (pour lequel ma note est de 1,5 étoile). Les citations de – et à propos de – Alexander Ogston sont tirées de l'ouvrage *Alexander Ogston, K. C. V. O. : Memories and Tributes of Relatives, Colleagues ans Students, With Some Autobiographical Writings*, établi par son fils Walter. J'ai trouvé particulièrement intéressants les textes écrits par les filles d'Ogston, Helen et Constance, et ceux rédigés par ses collègues. Les statistiques concernant le Boston City Hospital en 1941 proviennent d'un article de 2010 du *Journal of the Association of Basic Medical Sciences*, « Methicillin-Resistant Staphylococcus Auerus (MRSA) as a Cause of Nosocomial Wound Infections », coécrit par Maida Šiširak, Amra Zvizdić, et Mirsada Hukić. Ce texte m'a aussi permis de comprendre le fléau contemporain des infections staphylococciques. J'ai découvert la vie d'Albert Alexander et de sa fille Sheila (aujourd'hui Sheila LeBlanc) dans un article de *Press-Enterprise* paru en 2012 sous la plume de Penny Schwartz, « Local Artists Share Childhood Bond », qui m'a aussi permis de découvrir la peinture de l'artiste qu'est devenue Sheila LeBlanc. La plupart des informations sur la synthèse de la pénicilline proviennent d'un article de Robert Gaynes publié en 2012 dans la revue *Emerging Infectious Diseases*, « The Discovery of Penicillin – New Insights After more Than 75 Years of Clinical Use ». J'ai également appris plein de choses sur les staphylocoques et le rôle joué par Ogston dans leur découverte en lisant l'article de S. W. B. Newsom, « Ogston's Coccus », dans *The Journal of Hospital Infection*.

Internet

Mon été chez CompuServe aura été une expérience magique grâce à la présence de mes amis sur le forum – surtout Dean, Marie et Kevin.

Le Décathlon académique

La citation de Terry Tempest Williams est extraite de son livre *Red : Passion and Patience in the Desert*. La citation de Maya Janasoff sur les rivières provient de son autobiographie de Joseph Conrad, *The Dawn Watch*. Le Décathlon académique existe toujours ; pour en savoir plus, vous pouvez faire un tour sur usad.org. Todd : je t'aime. Merci.

Les couchers de soleil
C'est Sarah qui m'a fait découvrir les miroirs de Claude, ainsi que la citation de Thomas Gray extraite de son journal de voyage dans le Lake District en 1769. La citation de Bolaño provient de son roman *2666*; celle d'Anna Akhmatova, de son poème «A land not mine, still». La phrase de T.S. Eliot à propos de la lumière invisible est tirée de *Choruses from «The Rock»*. La citation de Tacita Dean est extraite de «The Magic Hour».

Cette histoire de Son/Sun (fils/soleil) m'obsède depuis longtemps – en fait, depuis le jour où le professeur Royal Rhodes a attiré mon attention dessus. La seule nouvelle que j'aie jamais écrite à propos de mon expérience en tant que jeune aumônier, et que j'ai achevée à l'âge de vingt-trois ans, se terminait par une scène on ne peut plus réaliste où l'aumônier rentre chez lui au volant de sa voiture après une longue garde de quarante-huit heures à l'hôpital, «le soleil matinal trop vif pour ses yeux vaincus». Je tiens à dire que j'ai appris à me montrer plus subtil quand j'essaie d'exprimer quelque chose, mais *Nos étoiles contraires* se termine par un mariage, donc... voilà.

Mais revenons à nos moutons! J'ai découvert ce poème de E. E. Cummings grâce à Jenny Lawton, la géniale productrice qui a supervisé la version podcast de ce livre. La citation de Toni Morrison est tirée de son roman *Tar Baby*, publié aux États-Unis en 1981. Je l'ai lu pour la première fois quand j'étais étudiant au Kenyon College, grâce aux recommandations de lecture du professeur Ellen Mankoff. La citation d'Alec Soth est tirée de son portrait par Michael Brown pour le *Telegraph* en 2015.

La performance de Jerzy Dudek le 25 mai 2005
La plupart des informations contenues dans cette chronique (les citations de Dudek et Mirabella, les grandes lignes de la carrière du footballeur, la description de la mort du pape Jean-Paul II) sont tirées de l'autobiographie de Jerzy Dudek, *A Big Pole in Our Goal*. Je manque d'objectivité, bien sûr, étant un fan de Liverpool, mais j'ai trouvé que son livre offrait un regard fascinant sur une carrière totalement atypique. (Dudek s'est lancé dans une seconde carrière encore plus improbable : les courses automobiles.) Les citations de Jamie Carragher à propos de ses rêves anéantis et de la façon dont il a incité Dudek à faire le pitre devant ses cages proviennent de *Carra : My Autobiography*, dont je recommande aussi vivement la lecture. L'histoire de la mère de Dudek en visite dans la mine de charbon est racontée dans «Jerzy Dudek : My Secret Vice», un article paru dans *FourFourTwo* le 28 juillet 2009 sous

la plume de Nick Moore. Reste enfin la question de savoir si Jean-Paul II a vraiment déclaré : « De toutes les choses sans importance, le football est la plus importante. » Jean-Paul II adorait le foot (il avait même été gardien de but à l'adolescence !), mais je n'ai trouvé aucune source confirmant l'authenticité de cette phrase.

« Les Pingouins de Madagascar »
La première fois que j'ai regardé *Les Pingouins de Madagascar*, c'était pour faire plaisir à mes enfants ; depuis, ils l'ont revu avec moi quantité de fois pour *me* faire plaisir. J'ai une immense admiration pour Werner Herzog, sa sincérité en tant que cinéaste mais aussi sa capacité à rire suffisamment de lui-même pour faire une apparition hilarante dans ce film. Comme je l'explique dans cette chronique, c'est mon père qui m'a fait découvrir *Le Désert de l'Arctique*. J'ai beaucoup appris sur les lemmings, y compris sur notre croyance selon laquelle ils tombaient du ciel, grâce à un article de l'*Encyclopedia Britannica* en ligne, « Do Lemmings Really Commit Mass Suicide ? » – « Les lemmings se suicident-ils vraiment en masse ? » (Juste histoire d'être clair, pour la dernière fois : la réponse est non.)

Les supérettes Piggly Wiggly
J'ai entendu parler pour la première fois de Clarence Saunders et des supermarchés Piggly Wiggly par le biais de Sarah, qui m'a lu un passage d'un livre de William Sitwell intitulé *A History of Food in 100 Recipes*. La plupart des citations de Saunders, et celle d'Ernie Pyle, sont tirées du livre de Mike Freeman, *Clarence Saunders and the Founding of Piggly Wiggly : The Rise & Fall of a Memphis Maverick*. Pour toutes les infos concernant mon grand-père, j'ai pu compter sur ma mère, Billie Grace Goodrich, qui était incidemment une cliente fidèle de Piggly Wiggly.

Nathan's Famous et son concours du plus gros mangeur de hot-dogs
Les citations de George Shea proviennent toutes des retransmissions du concours annuel du plus gros mangeur de hot-dogs organisé par Nathan's Famous. La citation de Mortimer Matz est tirée d'une interview accordée à Sam Roberts du *New York Times* en 2010. Le documentaire cité est *The Good, the Bad, the Hungry*, réalisé par Nicole Lucas Haimes. Deux livres sur l'histoire de Nathan's Famous m'ont aussi beaucoup aidé pour la

préparation de cette chronique : *Famous Nathan*, de Lloyd Handwerker et Gil Reavill, et *Nathan's Famous : the First 100 Years* de William Handwerker et Jayne Pearl. Je n'aurais jamais cru qu'un jour, je lirais non pas un mais deux ouvrages consacrés à une échoppe de hot-dogs, mais l'année 2020 a été riche en surprises, et ces deux livres sont très intéressants.

CNN

La première émission diffusée par CNN n'est pas disponible sur cnn.com mais sur YouTube. Pour en savoir plus sur l'évolution de la mortalité infantile, je recommande le site en anglais Our World in Data (ourworldindata.org). Il contextualise des données sur une vaste quantité de sujets – du Covid à la pauvreté en passant par les émissions de carbone – avec le genre de clarté et de bienveillance qui vous rappelle que tout le monde a aussi un anniversaire. Le sondage où 70 % des Américains estiment que le taux de mortalité infantile a augmenté fait partie d'une étude réalisée par l'institut Ipsos en 2014 et intitulée « Perils of Perception ». J'ai découvert son existence sur Our World in Data. Shannon, Katie, Hassan : je vous aime. Merci. Longue vie à la secte de Claremont.

« Harvey »

La citation de Susan Sontag sur la dépression est tirée de *La Maladie comme métaphore*. Celle de William Styron provient de *Face aux ténèbres : chronique d'une folie*. Ces deux ouvrages occupent une place primordiale dans ma vie, compte tenu de mes propres problèmes psychologiques. Le poème entier d'Emily Dickinson, parfois désigné sous l'appellation « Poème 314 », est disponible dans la plupart de ses recueils. Bill Ott et Ilene Cooper m'ont fait découvrir *Harvey* et quantité d'autres choses au cours de ces vingt dernières années ; ce chapitre est ma modeste façon de remercier Bill.

Le yips

Rick Ankiel a raconté sa carrière sportive dans une autobiographie coécrite ave Tim Brown et intitulée *The Phenomenon : Pressure, the Yips, and the Pitch that Changed my Life*. J'ai appris qu'Ana Ivanovic avait eu le yips en lisant un article de Louisa Thomas, « Lovable Headcases » publié dans *Grantland* en 2011 ; ce texte comporte également la citation de la sportive à propos de sa tendance à tout suranalyser. Un autre article publié dans *Grantland* sous la plume de Katie Baker, « The Yips Plague and the Battle of Mind Over Matter », m'a aussi été très utile, de même que celui de Tom Perrotta dans le numéro de septembre 2010 de *The Atlantic* et intitulé « High Strung : the Inexplicable Collapse of a Tennis Phenom ». Nombreux sont les travaux académiques sur le yips ; celui auquel je me suis le plus souvent référé est « The Yips in Golf : A Continuum Between a Focal Dystonia and Choking », dirigé par Aynsley M. Smith. (Gloire aux continuums plutôt qu'aux dichotomies.) Le coach de golf est Hank Haney, et son histoire a été racontée par David Owen dans un article, « The Yips », publié dans le *New Yorker* en 2014.

« Auld Lang Syne »
L'encyclopédie en ligne consacrée à Robert Burns (roberburns.org) est une merveilleuse mine d'informations pour tous ceux qui s'intéressent à sa vie, à « Auld Lang Syne », ou encore à sa fascinante amitié avec Frances Dunlop. La plupart des citations extraites de sa correspondance sont disponibles sur l'encyclopédie. The Morgan Library and Museum (themorgan.org) propose des archives exhaustives sur la chanson, notamment la lettre de Burns à George Thomson dans laquelle il décrit la mélodie comme étant « médiocre ». Les scans de la lettre de Henry Williamson à sa mère à propos de la trêve de Noël de 1914 sont également consultables en ligne ; j'ai découvert les autres citations concernant cet épisode particulier de la Première Guerre mondiale (et plusieurs autres éléments racontés dans cette chronique) grâce à un article de Steven Brocklehurst pour la BBC, « How Auld Lang Syne Took Over the World ». La citation de Robert Hughes provient de son livre, *The Shock of the New*. Après la mort d'Amy, McSweeney a repris toutes ses tribunes pour le magazine *Might*, qui sont donc désormais archivées en ligne. Les citations d'Amy dans ce chapitre sont toutes extraites de ses livres *Encyclopédie de moi-même* et *Textbook Amy Krouse Rosenthal*. The Amy Krouse Rosenthal Foundation récolte des fonds pour la recherche contre le cancer ovarien et l'alphabétisation des enfants. Pour en savoir plus, rendez-vous sur amykrouserosenthalfoundation.org.

Googler des inconnus
Des années après avoir écrit ce texte, j'ai eu l'occasion de discuter avec l'enfant dont il est question dans cette chronique, qui est aujourd'hui un jeune homme – il est même plus âgé que je l'étais lorsque je travaillais à l'hôpital.

Cette conversation (qui m'a rempli d'un réconfort et d'un espoir que je ne saurais exprimer par des mots) a été organisée par le podcast *Heavyweight*. Merci à toute l'équipe d'avoir rendu cet événement possible, surtout Jonathan Goldstein, Kalila Holt, Mona Madgavkar et Stevie Lane. Et merci tout particulièrement à Nick, dont l'amour et la gentillesse sont une lumière.

Indianapolis

Les données concernant la taille et la population de la ville d'Indianapolis proviennent des estimations du recensement national de 2017. La série de reportages de l'*Indianapolis Star* en 2019 sur la White River et la qualité de ses eaux m'a été très utile. (C'est aussi le genre de journalisme dont les villes comme Indianapolis ont tant besoin.) Les passages sur lesquels je me suis appuyé ont été écrits par Sarah Bowman et Emily Hopkins. En 2016, WalletHub a classé Indianapolis numéro 1 des villes microcosmes américaines. La citation de Vonnegut sur la propriété et la maintenance vient de son roman *Abracadabra* ; celle sur l'impossibilité de rentrer chez soi est tirée du portrait de Vonnegut rédigé par Simon Hough en 2005 pour le *Globe and Mail,* « The World According to Kurt ». La petite phrase sur la terrible maladie de la solitude est reproduite dans *Palm Sunday*, un formidable ouvrage autobiographique de Vonnegut mêlant souvenirs personnels, essais et discours.

Le pâturin des prés

J'ai pris la mesure du problème des pelouses américaines en lisant un livre de Diana Balmori et Fritz Haeg intitulé *Edible Estates : Attack on the Front Lawn*. L'ouvrage, qui accompagne le projet artistique au long cours de Fritz Haeg consistant à remplacer les pelouses devant les maisons de banlieue américaines par des potagers, a changé à la fois ma pelouse et ma vie. Je conseille également *The Lawn : A History of an American Obsession* par Virginia Scott Jenkins, et *American Green : The Obsessive Quest for the Perfect Lawn* par Ted Steinberg. Le portail web « BeaverTurf » de l'Oregon State University m'a permis de comprendre à quelle catégorie de gazon appartenait le pâturin des prés, et où il était le plus largement cultivé. Les estimations sur le pourcentage du territoire américain occupé par le gazon proviennent d'une étude publiée dans *Environmental Management* et intitulée « Mapping and Modeling the Biogeochemical Cycling of Turf Grasses in the United States », dirigée par Cristina Milesi. Les statistiques permettant d'affirmer qu'un tiers de l'eau potable des États-Unis sert à arroser les pelouses proviennent de l'étude « Outdoor Water Use in the United States » de l'EPA.

Les 500 Miles d'Indianapolis

Mon livre préféré sur les 500 Miles d'Indianapolis retrace l'histoire de cette célèbre course et raconte le déroulement de la toute première organisée sur le circuit : il s'agit de *Blood and Smoke*, de Charles Leerhsen. Je dois ma passion pour l'IndyCar à mon meilleur ami, Chris Waters, et aux autres membres de notre petite bande d'amateurs, notamment Marina Waters, Shaun Souers, Kevin Schoville, Nate Miller et Tom Edwards. Kevin Daly est le fondateur de notre propre division du pèlerinage annuel à vélo jusqu'à Speedway. Merci à James Hinchcliffe et à Alexander Rossi pour m'avoir donné une petite idée de la manière dont les pilotes ressentent la course, et dont ils vivent au quotidien avec les risques associés à ce sport.

Le Monopoly

Le livre de Mary Pilon, *The Monopolists*, retrace de façon exhaustive la naissance du Monopoly et propose notamment un portrait lumineux d'Elizabeth Magie. J'ai été initié au jeu vidéo *Universal Paperclips* par Elyse Marshall et son mari, Josef Pfeiffer. J'ai découvert l'attitude de Hasbro par rapport à Elizabeth Magie dans l'article d'Antonia Noori Farzan paru en 2019 dans le *Washington Post*, « The New Monopoly "Celebrates Women Trailblazers", But the Game's Female Inventor Still Isn't Getting Credit ». Cet article propose également le meilleur résumé du georgisme que j'aie jamais eu l'occasion de lire.

« Super Mario Kart »

La page wiki consacrée à Super Mario (mariowiki.com), complète et référencée avec soin, est sans doute le meilleur wiki que j'aie eu l'occasion de consulter. Son article sur *Super Mario Kart* m'a fourni la plupart des informations de base dont j'avais besoin pour la préparation de cette chronique. L'interview avec Shigeru Miyamoto à laquelle je fais allusion s'est déroulée lors d'une table ronde Nintendo ; la vidéo est consultable en ligne, sous le titre « It Started With a Guy in Overalls » – « Tout a commencé avec un type en bleu de travail ».

Le désert de sel de Bonneville

L'essai de Donald Hall intitulé « The Third Thing » a été publié pour la première fois dans le magazine *Poetry* en 2005 ; je l'ai découvert par le biais de Kaveh Akbar et d'Ellen Grafton. Toutes les informations contenues dans cet essai sur le désert de sel de Bonneville proviennent du Utah Geological Survey. Je remercie particulièrement Christine Wilkerson pour son article « GeoSights : Bonneville Salt Flats, Utah ». J'ai découvert l'histoire de l'*Enola Gay* et de Wendover grâce à l'artiste William Lamson et au Center for Land Use Interpretation à Wendover. La citation de Melville est de *Moby Dick*, que j'ai lu uniquement grâce aux efforts acharnés du professeur Perry Lentz. Nous étions accompagnés, lors de cette virée à Wendover, par Mark Olsen et Stuart Hyatt, qui ont tous deux profondément enrichi ma compréhension du désert du sel.

Les cercles de Hiroyuki Doi

La première fois que j'ai vu les œuvres de Hiroyuki Doi, c'était en 2006, dans le cadre de l'expo *Obsessive Drawing* à l'American Folk Art Museum. Le dessin sans titre auquel je fais référence peut être visionné en ligne sur folkartmuseum.org. Les citations de l'artiste et ses références biographiques proviennent d'un article d'Edward Gómez, « Outsider Drawn to the Circle of Life », paru en 2013 dans *Japan Times*, d'une critique d'une de ses expositions à la Ricco/Maresca Gallery publiée dans *Wall Street International* en 2017, et d'un article de Carrie McGath dans *Brut Force* en 2016 intitulé « The Inscape in Escape Routes : Five Works by Hiroyuki Doi ». L'étude consacrée au griffonnage, « What Does Doodling Do ? », est signée par Jackie Andrade et a été publiée dans la revue *Applied Cognitive Psychology* en 2009.

Le murmure

L'idée de cette chronique est née d'une conversation avec mes amis Enrico Lo Gatto, Craig Lee et Alex Jimenez. Je ne me souviens plus comment j'ai su que les tamarins à tête blanche murmuraient, mais une étude parue en 2003 dans *Zoo Biology* sous la plume de Rachel Morrison et Diana Reiss, « Whisper-Like Behavior in a Non-Humane Primate », aborde précisément la question. Les deux autrices avaient observé que les tamarins à tête blanche murmuraient (ou, pour être exact, qu'ils produisaient des sons semblables à des chuchotements) lorsqu'ils se retrouvaient en présence d'un humain qu'ils n'aimaient pas – tout à fait le genre de détail qui me rappelle que les humains ne sont guère plus que des primates qui s'efforcent de tirer le meilleur de toutes les situations étranges auxquelles ils sont confrontés.

La méningite virale

Aucun livre ne m'a autant aidé à comprendre ma propre souffrance physique que *The Body in Pain* d'Elaine Scarry, dont la lecture m'a été conseillée par Mike Rugnetta. La phrase de Susan Sontag sur le fait de vouloir donner du sens à la maladie provient de *La Maladie comme métaphore*. J'ai compris (et guéri de) la méningite grâce à mon excellent neurologue, le Dr Jay Bhatt. Je connais bien la catastrophisation pour l'avoir pratiquée tout au long de ma vie. J'ai compris l'ampleur des virus grâce au brillant ouvrage de Philipp Dettmer, *Immune*. Si vous vous intéressez à la relation entre les microbes et leurs hôtes (et surtout leurs hôtes humains), je vous conseille de lire *Immune*, ainsi que *Moi, microbiote, maître du monde* d'Ed Yong. La citation de Nicola Twilley est tirée de son article de 2020 pour le *New Yorker*, « When a Virus is the Cure ».

La peste

La plupart des citations des contemporains de la peste noire citées dans cette chronique sont extraites de *The Black Death*, de Rosemary Horrox. Ce livre m'a été recommandé par mon ami et collègue Stan Muller, et je me suis souvent replongé dedans ces dernières années. C'est un ouvrage sans pareil, comme j'ai rarement eu l'occasion d'en lire, et très émouvant. Je dois aussi beaucoup au livre de Barbara Tuchman, *A Distant Mirror : The Calamitous 14th Century*. J'ai découvert les récits d'al-Maqrizi et d'Ibn Khaldoun sur la peste noire dans *Encyclopedia of the Black Death* de Joseph Byrne. Les détails sur l'histoire du choléra proviennent des ouvrages suivants : *The Cholera Years* de Charles Rosenberg, *Cholera : The Victorian Plague* d'Amanda Thomas, *Ghost Map* de Steven Johnson, et *Cholera : The Biography* de Chistopher Hamlin. Les informations les plus récentes sur le choléra et la tuberculose, y compris leurs taux de mortalité annuels, proviennent de l'OMS. Pour mieux comprendre ce qui provoque les épidémies de choléra à notre époque, je me suis beaucoup appuyé sur les connaissances de John Lascher et du Dr Bailor Barrie de l'organisme Partners in Health au Sierra Leone. *An Introduction to Global Health Delivery*, du Dr Joia Mukherjee, examine en détail toutes les façons dont la santé des êtres humains est affectée par la pauvreté. La citation de Tina Rosenberg sur la malaria provient de son essai de 2004 publié dans le *New York Times*, « What the World Needs Now is DDT » ; je l'ai découvert en lisant *On Immunity*, d'Eula Biss. La citation de Margaret Atwood est tirée de son roman *Les Testaments*. Le récit de la procession à Damas est tiré des *Voyages* d'Ibn Battuta.

La neige mouillée

J'ai lu le poème de Kaveh Akbar « Wild Pear Tree » dans son recueil intitulé *Calling a Wolf a Wolf*. La chanson « The Mess Inside » des Mountain Goats est extraite de leur album *All Hail West Texas*. C'est mon amie Shannon James qui m'a appris le terme de « neige mouillée » (en anglais, *wintry mix*). Certaines des photos de flocons de neige de Wilson Bentley sont archivées au Smithsonian Institute ; je les ai découvertes en lisant un article de Sarah Kaplan dans le *Washington Post* en 2017 intitulé « The Man Who Uncovered the Secret Lives of Snowflakes ». Les citations de Ruskin sont tirées de son ouvrage *Les Peintres modernes*, tome III ; celle de Walter Scott est extraite de *Le Lord des Îles*. Les citations de Cummings sur la neige qui se fiche de savoir qui elle touche sont tirées d'un poème qui commence par les mots « *i will cultivate within* ». J'ai la dent un peu dure avec ce poème, alors que c'est l'un de mes préférés. Parlant de mes poèmes préférés, la citation de Paige Lewis provient de son livre *Space Struck*. Les vers d'Anne Carson sont extraits de son roman *Autobiographie du rouge*.

En plus d'être le premier humain à avoir effectué une sortie extravéhiculaire dans l'espace, Alexei Leonov a sans doute été la première personne à faire de l'art dans l'espace – il avait emporté des crayons de couleurs et du papier en orbite. Il raconte son exploit, ainsi que la terrible expérience de l'atterrissage raté de leur fusée à plusieurs centaines de kilomètres du site prévu, dans « The Nightmare of Voskhod 2 », un essai publié dans *Air and Space* en 2005. J'ai découvert l'histoire de Leonov grâce à une vidéo réalisée par Sarah, « Art We Launched Into Space ».

Les hot-dogs du Bæjarins Beztu Pylsur

Laura, Ryan et Sarah prétendent tous les trois que les événements décrits dans cette chronique ne se sont pas déroulés le jour de la victoire olympique islandaise ; pour ma part, je continue à affirmer qu'ils se trompent et que ma mémoire est absolument infaillible. Nous sommes tous d'accord sur un point, en revanche : les hot-dogs étaient hyper bons.

L'appli Notes

J'ai découvert ce qu'était le design skeuomorphique au détour d'une conversation avec Ann-Marie et Stuart Hyatt. Un essai publié dans *Wired* en 2012 et intitulé « Clive Thompson on Analog Designs in the Digital Age » m'en a fourni d'autres exemples. Le morceau « Jenny » des Mountain Goats est extrait de leur album *All Hail West Texas*. L'incroyable et déchirant mémoire de Sarah Manguso, *The Two Kinds of Decay*, a été publié aux États-Unis en 2008. (J'aime aussi beaucoup son livre *Ongoingness*. Je m'étais d'ailleurs écrit une note pour demander à Sarah de le lire.)

Les Mountain Goats

Merci à John Darnielle, Peter Hughes, Jon Wurster, Matt Douglas et à tous les membres passés des Mountain Goats au fil des années. Merci également aux extraordinaires fans du groupe, qui font résonner leurs chansons avec tant de splendeur – qu'il s'agisse de fan art ou de diagrammes. Valerie Barr et Arka Pain font partie des nombreuses personnes qui m'ont fait encore plus aimer ce groupe ; merci également à KT O'Conor d'avoir éclairé ma lanterne sur le sens des paroles de « Jenny ».

Le clavier qwerty

J'ai commencé cette chronique après avoir lu un article paru dans le *Smithsonian Magazine* sous la plume de Jimmy Stamp : « Fact or Fiction ? The Legend of the QWERTY Keyboard ». « The Fable of the Keys », un article cosigné par Stan J. Liebowitz et Sephen E. Margolis publié dans l'édition d'avril 2009 du *Journal of Law and Economics*, explique de façon convaincante que le qwerty est un très bon agencement de clavier, et que les études démontrant la supériorité du dvorak sont plus que douteuses. L'article de Thorin Klosowski en 2013, « Should I Use an Alternative Keyboard Layout Like Dvorak ? », est un excellent résumé des recherches (certes limitées !) sur la question, et démontre pour sa part que le qwerty est à peine pire que les claviers optimisés. J'ai découvert le combat de Sholes contre la peine de mort grâce à la Wisconsin Historical Society. J'ai également beaucoup appris du livre de

Bruce Bliven, *The Wonderful Writing Machine* (1954) et de *New Scientist : The Origin of (almost) Everything* par Graham Lawton.

La plus grosse boule de peinture du monde

Mike Carmichael continue à s'occuper de (et à peindre) la plus grosse boule de peinture du monde à Alexandria, Indiana. Cela vaut vraiment la peine d'y faire un tour, rien que pour le plaisir de rencontrer Mike et d'ajouter votre propre couche de peinture. Vous pouvez lui envoyer un e-mail à worldslargestbop@yahoo.com. Merci à Emily de m'avoir accompagné lors de nombreux périples pour aller voir les attractions touristiques de bord d'autoroute, et à Ramson Riggs et Kathy Hickner, qui ont entrepris avec moi un *road trip* au cours duquel nous avons découvert tant de ces lieux fascinants. À ce propos, le guide en ligne Roadside America (roadsideamerica.com) recense depuis des décennies tous les sites des plus gros et plus minuscules trucs touristiques à voir. Nous le consultions beaucoup quand j'étais à la fac, et je l'utilise encore, au grand dam de mes enfants, pour les traîner voir toutes sortes de choses, comme le célèbre immeuble en forme de panier à pique-nique, par exemple. Plus récemment, Atlas Obscura (atlasobscura.com et, sous forme de livre, *Atlas Obscura : An Explorer's Guide to the World's Hidden Wonders*) m'est devenu une source indispensable. Le chapitre d'Eric Grundhauser consacré à la boule de peinture m'a été particulièrement précieux. Enfin, un grand merci à Ella Axelrod et son article « Big Balls » publié sur ArcGIS StoryMaps, qui comporte quantité de photos magnifiques et de merveilleux sous-titres.

Les sycomores

Cette chronique cite deux de mes livres préférés de tous les temps : *Mon bel amour…* de Jacqueline Woodson, et *Pèlerinage à Tinker Creek* d'Annie Dillard. Parmi les nombreux trésors qu'il m'a apportés, le livre d'Annie Dillard m'a fait découvrir l'histoire de Xerxès et du sycomore telle que racontée par Hérodote. Le fameux arbre des frères Pringle se trouve au Pringle Tree Park de Buckhannon, Virginie-Occidentale. J'ai lu le poème d'Edna St Vincent Millay « Not So Far as the Forest » dans son recueil de 1939, *Huntsman, What Quarry ?*.

« New Partner »

La chanson « New Partner » figure sur l'album *Viva Last Blues* de Palace Music. Je l'ai entendue la première fois par l'entremise de Ransom Riggs et Kathy Hickner, qui l'avaient eux-mêmes découverte par l'entremise de Jacob et Nathaniel Otting. Le poème « The Palace » de Kaveh Akbar a été publié dans le *New Yorker* en avril 2019.

« Trois fermiers s'en vont au bal »

L'écriture de cette chronique aurait été impossible sans l'aide de la communauté en ligne Tuataria, notamment Ketie Saner, qui a effectué pour moi de plusieurs traductions de l'allemand et m'a aidé à remonter le fil de nombreuses pistes. Je n'aurais jamais connu l'histoire des trois jeunes fermiers sans le formidable travail d'enquêteur de Reinhard Pabst pour le *Frankfurter Allgemeine*. Dans un article de 2014, Pabst rassemblait toutes les recherches entreprises sur les trois jeunes gens ainsi que les témoignages de leurs descendants encore en vie. Je dois aussi une fière chandelle au roman de Richard Powers *Trois fermiers s'en vont au bal*. Les romans de Powers m'accompagnent depuis vingt ans, et ils trouvent toujours le moyen de venir à moi quand j'ai besoin d'eux. Une conversation de 2014 (archivée en ligne sur sfr.ch) entre Christa Miranda et Gabriele Conrath-Scholl, spécialiste de Sander, m'a également beaucoup appris sur cette photo. La citation de John Berger est tirée de son livre, *About Looking*. Je dois également beaucoup à l'ouvrage de Susanne Lange, *August Sander*, et à la monographie *August Sander : Hommes du XXe Siècle*, éditée par Susanne Lange et Gabriele Conrath-Scholl en 2013.

Postface

J'ai la même éditrice (Saskia Heintz chez Hanser) et la même traductrice (Sophie Zeitz) en Allemagne depuis la parution de mon premier roman en 2005. L'une des grandes joies d'avoir mes livres traduits dans d'autres langues est de voir comment les titres sont adaptés. En allemand, *Nos étoiles contraires* est devenu *Das Schicksal ist ein mieser Verräter*, ce qui signifie grosso modo « Le destin est un sale traître ». Le destin est en effet un sale traître, et j'adore ce titre. Mais la palme du meilleur titre adapté de l'un de mes romans dans une autre langue est décernée à la traduction norvégienne de *Nos étoiles contraires*. Il s'intitule *Faen ta skjebnen* – « Que le destin aille se faire foutre ».

REMERCIEMENTS

Merci à Hank Green, Sarah Urist Green, Rosianna Halse Rojas, Elyse Marshall et Stan Muller pour m'avoir encouragé à concrétiser cette idée. Mark Olsen et Meredith Danko m'ont aussi apporté de précieux retours. L'aventure du podcast *The Anthropocene Reviewed* avec WNYC Studios a été une joie absolue grâce à Jenny Lawton, notre productrice, Hannis Brown, notre compositeur, Joe Plourde, notre directeur technique, et Nadim Silverman. Je dois aussi une fière chandelle à Tony Philips et Ashley Lusk, pour ne citer qu'eux. Niki Hua m'a été d'une aide précieuse dans le travail préparatoire d'un grand nombre de ces chroniques et m'a aussi expliqué le tempo de «You'll Never Walk Alone». Julie Strauss-Gabel est mon éditrice depuis près de vingt ans ; je lui suis infiniment reconnaissant d'avoir guidé le cheminement de cet ouvrage, et de toujours trouver une histoire à raconter là où je n'en vois pas. Merci à toute l'équipe de Dutton et Penguin, notamment Anna Booth, Melissa Faulner, Rob Farren, Natalie Vielkind, Jen Loja, Christine Ball, Emily Canders, Stephanie Cooper, Dora Mak, John Parsley, Linda Rosenberg, Amanda Walker, Helen Boomer, Leigh Butler, Kim Ryan, et Grace Han. Je suis également reconnaissant envers Jodi Reamer et Kassie Evashevski pour leurs sages conseils.

Mes parents, Mike et Sydney Green, ont enrichi ce livre de bien des manières, ainsi que mes beaux-parents, Connie et Marshall Urist. Je remercie également Chris et Marina Waters. Sarah Urist Green est la meilleure collaboratrice dans le travail et dans la vie dont je pouvais rêver.

Ce livre doit énormément aux auditeurs du podcast *The Anthropocene Reviewed*. Merci à tous pour vos suggestions et vos poèmes. Je remercie tout particulièrement la communauté d'internautes Tuataria, pour ses recherches sur l'histoire des trois jeunes fermiers qui conclut ce livre, et le Life's Library Book Club ainsi que tous ceux qui œuvrent à le rendre si formidable.

Enfin, à Henry et Alice : merci. Vous faites tous les deux ma joie et mon émerveillement. Merci de m'avoir aidé à écrire ce livre et aussi de m'enseigner autant de choses, des vélociraptors aux murmures.

L'AUTEUR

JOHN GREEN naît à Indianapolis en 1977. Après des études de littérature et de théologie, il devient pendant six mois aumônier dans un hôpital pour enfants incurables. Il décide que cette vie n'est pas pour lui et s'oriente vers la radio et la critique littéraire. C'est à l'âge de vingt-cinq ans qu'il écrit son premier roman, *Qui es-tu Alaska ?*, et remporte le M. L. Printz Award du meilleur livre pour adolescents. *Le Théorème des Katherine*, *La Face cachée de Margo*, *Will et Will* écrit avec David Levithan, *Nos étoiles contraires* et *Tortues à l'infini,* il a depuis signé de nombreux textes dont certains ont été adaptés au cinéma, et s'est imposé comme une des voix majeures de la littérature «jeune adulte».

D'une énergie inouïe, John crée en 2007 avec son frère Hank Vlogbrothers, une chaîne en ligne qui est devenue l'une des plus populaires de l'histoire du Net : leurs vidéos cumulent plus de 200 millions de vues. Ils lancent en 2012 une chaîne de vidéos éducatives, Crash Course, qui leur vaut la médaille de l'Innovateur 2013 du *Los Angeles Times*.

Avec *Bienvenue dans l'Anthropocène*, il reprend des épisodes du podcast qu'il a créé en 2018 : The Anthropocene Reviewed, salué par la critique.

Le *Time Magazine* a sélectionné John Green dans sa liste des « 100 personnes les plus influentes du monde» en 2014.

Il vit à Indianapolis avec sa femme, Sarah, et leurs deux enfants, Henry et Alice.

Vous pouvez rejoindre les millions de fans de John Green
sur Twitter (@realjohngreen)
et Tumblr (fishingboatproceeds.tumblr.com)
ou vous rendre sur son site : johngreenbooks.com.

Découvrez d'autres romans

de **John Green**

chez Gallimard

TORTUES À L'INFINI

BOULEVERSANT, ÉBLOUISSANT DE LUCIDITÉ, DE TENDRESSE ET D'HUMOUR RÉDEMPTEUR.
Prise dans la spirale vertigineuse de ses pensées obsessionnelles, Aza, seize ans, n'avait pas l'intention d'enquêter sur la disparition du milliardaire Russell Pickett. Mais c'était compter sans Daisy, sa meilleure amie, et une récompense de 100 000 dollars. Aza renoue alors avec le fils Pickett, Davis. L'improbable trio trouvera en chemin d'autres mystères et d'autres vérités, celles de la résilience, de l'amour et de l'amitié indéfectible.

QUI ES-TU ALASKA ?

PREMIERS AMIS, PREMIÈRE FILLE, DERNIÈRES PAROLES. La vie de Miles Halter n'a été jusqu'à maintenant qu'une sorte de non-événement. Décidé à vivre enfin, il quitte le cocon familial pour partir dans un pensionnat loin de chez lui. Ce sera le lieu de tous les possibles. Et de toutes les premières fois. C'est là aussi qu'il rencontre Alaska. La troublante, l'insaisissable et insoumise, drôle, intelligente et follement sexy Alaska Young.

LA FACE CACHÉE DE MARGO

PERSONNE NE S'INTÉRESSE VRAIMENT AUX CHOSES IMPORTANTES.

Mar-go-Roth-Spie-gel-man, le nom aux six syllabes qui fait fantasmer Quentin depuis toujours. Alors forcément, quand elle s'introduit dans sa chambre, une nuit, par la fenêtre ouverte, pour l'entraîner dans une expédition vengeresse, il la suit. Mais au lendemain de leur folle nuit blanche, Margo ne se présente pas au lycée, elle a disparu.

WILL & WILL

(coécrit avec David Levithan)

ÊTRE AIMÉ TEL QUE L'ON EST.
Will Grayson se méfie des sentiments. Les histoires de cœur portent la poisse, tout le temps. Alors dans la vie, autant se faire discret. Son meilleur ami, Tiny Cooper, est à la fois une bénédiction et une vraie plaie : ami fidèle et rayonnant, il est aussi ouvertement gay que corpulent et n'a pas l'habitude de passer inaperçu. À l'autre bout de la ville, un adolescent en pleine déprime assume mal sa différence. Le hasard veut qu'il se nomme lui aussi Will Grayson…

Le papier de cet ouvrage est composé de fibres naturelles,
renouvelables, recyclables et fabriquées à partir de bois
provenant de forêts gérées durablement.

Mise en pages : Maryline Gatepaille

Loi n° 49-956 du 16 juillet 1949
sur les publications destinées à la jeunesse

ISBN : 978-2-07-515795-7
Numéro d'édition : 379469
Dépôt légal : janvier 2022

Imprimé en France par Normandie Roto Impression s.a.s. (2106205)